日中競作唐代ＳＦアンソロジー

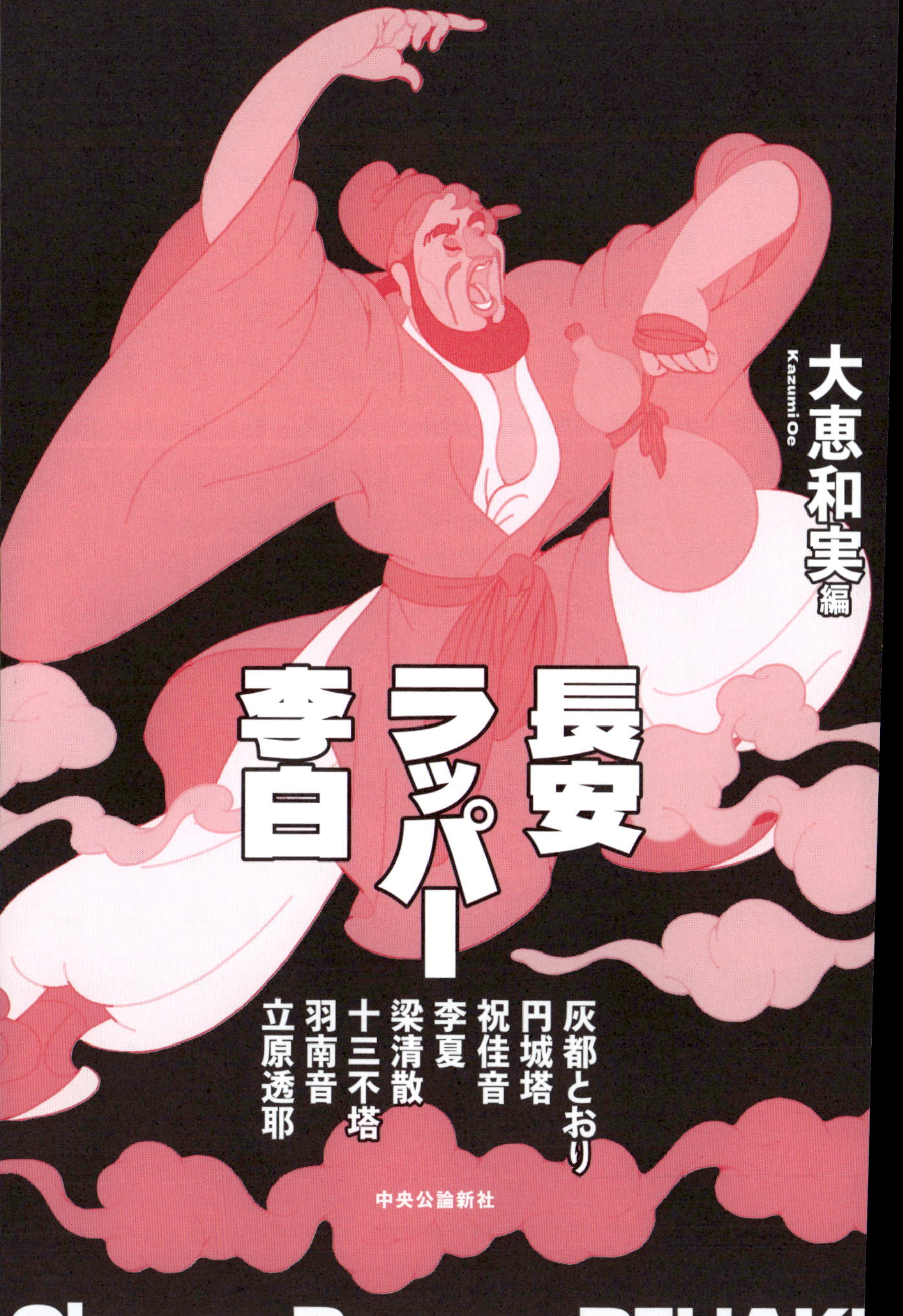

長安ラッパー李白

大恵和実 編

Kazumi Oe

灰都とおり
円城塔
祝佳音
李夏
梁清散
十三不塔
羽南音
立原透耶

中央公論新社

Cho-an Rapper RIHAKU

序

李白一斗詩百篇
長安市上酒家に眠る
天子呼び来たるも船に上らず
自ら称す臣は是れ酒中の仙
（杜甫「飲中八仙歌」）

後に詩聖と呼ばれることになる杜甫《とほ》が、朝廷に出仕した友人李白《りはく》の姿を歌った詩である。当時、「謫仙人《たくせんにん》（天上から下界に左遷された仙人）」とも評されていた李白は、自由奔放《ほんぽう》な言動と抜群の詩才で長安中にその名を轟かせていた。

武徳《ぶとく》元年（六一八）に成立した唐朝は、ユーラシア大陸東部に遊牧世界と農耕世界を複合する巨大帝国を築いた。シルクロード貿易の活性化とともに国際色豊かな文化が生まれ、日本や新羅《しらぎ》といった東アジア諸国にも多大な影響を与えた。李白が出仕した天宝《てんぽう》元年（七四二）、唐朝は第六代皇帝玄宗《げんそう》のもと平和を謳歌《おうか》していた。西域で生まれた李白（ソグド人またはバクトリア人説もある）は、その詩才を評価されて官僚となったのである。※1

ところがその二年後、李白は官界を追われてしまう。その奔放な言動と才能が官界で摩擦を引き起こしたためである。唐朝自体もこの頃から陰りを見せ始め、天宝十四載《さい》（七五五）に発生した安史《あんし》の乱《らん》（七五五〜七六三）を境に、外ではウイグルや吐蕃《とばん》に押され、内では藩鎮《はんちん》が跋《ばっ》扈《こ》し、大幅に領土を減らしてしまった。李白もその混乱のなか病死した（七六二年）。享年六十二。この後、唐朝はどうなったのか。ただちに崩壊したのかといえば、そうではない。唐朝は巧みに諸制度を改変して生き残りを図り、後世に様々な影響を残し、なんと十世紀初頭（九〇七年）まで存続したのである。[※2]

どうだろうか、このダイナミックでドラマチックな歴史展開は。想像力をかきたてられずにはいられないではないか。そのため、同時代から現在に至るまで唐代を舞台にした文学作品は数多く創られてきた。では、史実も物語も実に豊かな唐代と、想像力&可能性の文学たるＳＦが融合したらどうなるだろうか。中国ＳＦの中には、様々な時代や王朝を舞台にした作品が描かれているが、唐代を舞台にした作品はバリエーションが豊富で傑作も多い。そこで今回、唐代ＳＦアンソロジーを編むこととした。

本書の目玉はもう一つ。中国と日本のＳＦ作家による競作にチャレンジしたことである。本格的な日中競作のＳＦアンソロジーが日本で出版されるのは今回が初めてと思われる。日本の作家に唐代ＳＦが書けるのか。そんな心配は無用だ。そもそも古代日本は唐朝の制度や文化を吸収して、独自の文化を形成した。そのなごりは今でも随所に残されている。また、現代日本における唐朝の知名度も高く愛好家も多い。さらに、日本ＳＦは中国以上に歴史ＳＦの比率が高くて傑作ぞろいである。[※3]日本のＳＦ作家が唐朝をどのようにＳＦに昇華させるのか、そう考えるだけでわくわくしてしまうではないか。

本書には中国SFから四作、日本SFから四作収録した。このうち書き下ろしは四作（中国SF一作・日本SF三作）。収録作家は、中国SFが李夏《リーシア》・梁清散《リアンチンサン》・羽南音《ユーナンイン》・祝佳音《ジュージアイン》（ピンイン順）、日本SFが円城塔《えんじょうとう》・十三不塔《じゅうさんふとう》・立原透耶《たちはらとうや》・灰都《はいと》とおり（五十音順）の計八名である。作品の配列はおおむね時代順となっているが、各短篇の前に作品の時代背景に関する説明を付した（文責は編者）。

さて御託《ごたく》はもういいだろう。この先には激動の歴史と無数の物語、そして現在と未来を燃料に、新しい世界に到達した珠玉の唐代SFが待っている。ぜひページをめくって、編者が自信を持ってお勧めする八作を堪能してほしい。多くの読者に楽しんでいただければ幸いである。

二〇二四年七月

大恵和実

※1　李白の事跡については、松浦友久編訳『李白詩選』（岩波文庫、一九九七年）、金文京『李白—漂泊の詩人 その夢と現実』（岩波書店、二〇一二年）を参照した。

※2　森部豊『唐—東ユーラシアの大帝国』（中公新書、二〇二三年）参照。

※3　拙稿「中国史SF迷宮案内」（拙編『中国史SF短篇集 移動迷宮』中央公論新社、二〇二一年）参照。

目次――日中競作唐代ＳＦアンソロジー　長安ラッパー李白

凡例

一、作品理解に資する補足情報は、注番号を振り、各作品末に後注として付した。簡便な訳注は割注を用い、本文中に記した

一、唐代の発音は、現代中国語よりむしろ日本語の漢音に近いため、固有名詞のルビは原則、日本語読みを付した。ただし、単語の読みそれ自体も文芸の一要素であり、ルビを効果的に用いた作品もある

日中競作唐代ＳＦアンソロジー

長安ラッパー李白

西域《さいいき》神怪録《しんかいろく》異聞《いぶん》

灰都とおり

時代背景

日本で最も著名な唐代の人物は誰だろうか。皇帝の太宗（李世民）や玄宗（李隆基）か、それとも李白・杜甫・白居易といった詩人か、はたまた則天武后に楊貴妃か。もしかしたら、それは『西遊記』に登場する三蔵法師かもしれない。孫悟空・猪八戒・沙悟浄とともに仏典を求めて天竺に向かう三蔵法師。その姿は小説だけでなく、漫画やTVドラマなど数多の作品に描かれてきた。

孫悟空らは架空の存在だが、三蔵法師は実在の人物である。彼の名は玄奘。貞観初年（六二七年説と六二九年説がある）に唐を旅立ち、西域を通って天竺に行き、貞観十九年（六四五）年に六五七部の仏典とともに長安に戻ってきた。帰国後、三蔵法師とも呼ばれた玄奘は、仏典の翻訳に傾注し、麟徳元年（六六四）に亡くなった。

本書は、この玄奘の旅路から始めることとする。出国するために唐の長安城を訪れた玄奘は、騒然とする宮城内で奇妙な現象に見舞われることに。史実と数多の物語の先に描かれた本作をご堪能あれ。

（編者）

魯迅《ろじん》が呉承恩《ごしょうおん》の名を広める以前に『西遊記』の作者として喧伝されていた丘処機《きゅうしょき》（長春《ちょうしゅん》真人《しんじん》）は一二～一三世紀を生きた登州《とうしゅう》（現在の山東省の一部／筆者注）出身の道士で、カラ・ホトやサマルカンドなどマルコ・ポーロも訪れた中央アジア各地を巡ったことで知られる。この旅は世界帝国を築いたチンギス・カンの招聘によるもので、旅行記として残る『西遊記』は当時の史料となっているが、もちろん内容は七世紀の玄奘《げんじょう》の旅とは何の関係もない。つまりたまたま同じ書名から孫悟空の物語作者とみなされたわけだが、そもそも『西遊記』は『千夜一夜物語』と同様に何世紀にもわたり無数の作者が生み出したエピソードの集合体なのだから、その作者のひとりとして実際に西域を旅した歴史上の偉人をあてることにはナンセンスと切り捨て難いものがある。現実の河西回廊を歩いた丘処機の旅が何らかの形で三蔵法師たちのエピソード群の生成に影響を与えたと想像することは楽しいし、事実として無数の旅人の実体験や、国も様々だったろう語り手たちの想いがこの多層に入り組んだ物語に反映されている。ここには何か空想《フィクション》の本質に潜む仕掛《からくり》がある。

――江志明「西遊記の神怪と歴史的背景研究」（『西遊記研究論文集』収録）より抜粋（筆者訳）

1

どこへ向かって足を速めているのか。

宮殿の向こうから剣戟と怒号が迫っている。

殺気立った衛士や狂乱する女官たちが走り回るなか、俺は身を隠そうと承天門の手前から翠竹と玉で飾られた走廊に入り込んだ。

最初から不穏な気配があったのだ。

夏至を過ぎたばかりの陽光は早朝から参内する役人たちの顔を照らしていたが、そこには戸惑いの翳りがあった。

微かに喧噪が聞こえたのは宮城の遥か北側、玄武門のあたりからだったろうか。太子が急遽参内されたとの声があり、慌てた文官たちは大覚寺の遣いでやってきた俺たちを追い返した。俺はその顔を、かつて王世充《おうせいじゅう》が掠奪を尽くした洛陽で幾度も見た。飛蝗《ひこう》の群れ、豺狼《やまいぬ》の声、餓えた兵たちの足音、己では如何ともしがたい力に怯える人間の顔だ。

慄《おのの》きと混乱が渦を巻くなか、ひとり俺だけが宮中に留まれたのは何の悪運だったか知れない。懐に潜ませた皇帝への嘆願書をどうにか取り次いでもらえないかと、無謀な期待を捨てられなかったのだ。浅慮というほかない。いまは天下の急を告げる激流が都を呑み込まんとしているのに。

〈第二皇子の兵が宮殿の周囲を固めているんだ。太子はすぐ殺される。皇帝も譲位するだろう〉

叫び声と足音から身を遠ざけて、入り組んだ宮中をどう彷徨《さまよ》ったものだったか。奇妙な角度で壁に開いた隙間をくぐり、俺は知らぬ間に地下へと延びる通路を進んでいた。暗がりのなか、なお遠く地上の騒乱が聞こえる。

いや知らぬ間にだって？　そんな偶然があるだろうか？

〈私が案内したからだ。ただ路《みち》をそのまま進めばいい〉

闇のなかで声が俺を導いている。

天井から外光が染み出しているらしく、目が慣れると蒼白くあたりを照らしているのがわかった。

通路の奥からは冷たく湿った石の匂いが流れてくる。皇帝やその一族だけが知る秘密の地下道とでもいうのだろうか。とても現実とは思えない。

俺は考えるのを止める。

体は思考に拠らず、ただ闇の先へと歩を進める。

この感覚には、幼少時から馴染みがあった。

洛州の生家で、俺は物心つくころにはひとりで『孝経《こうきょう》』を読み上げていた。病に臥せる母を喜ばせようと、知らず覚えたものだったが、父は驚き、それから随分と熱心な教えを受けたものだ。

皇帝が国をあげて度僧を募ったときはまだ一三で、試験を課す役所の公門すらくぐれなかったが、大理卿の訪れた折に偶然にも門前で問答の機会を得て、異例の若さで出家を許された。兄は不思議がった。しかしなぜそのときその場所にいたのかと問われても、説明できるものではなかった。

感知できない領域から働く力がある。

それはこの身を動かし、この視界を拡張する。

母は病から癒えることなく亡くなったが、そうとわかっていたから俺は泣くことはなかった。日月《とき》も所在《ばしょ》もすべて仮のものだ。何処とは指し示せない方角に、ほんとうの住処《すまい》がある。誰もがそうと知っていれば、別離の哀しみもそのかたちを変えるだろうに。

現実の外側から訪れるこの感覚について、父も兄も、経典を教える師たちも、誰も口にしなかった。俺だけが白昼に夢でも見ているのかと、年を重ねるほどに不思議さが募る。だが都で学んだ論書のなかに、それはあった。

天竺の無著《アサンガ》が記した『摂大乗論《しょうだいじょうろん》』によれば、人間が眼鼻を通じて知覚する現実《せかい》は実体のない幻であり、すべては深層にある根本の「識」が生み出している。これを阿頼耶《アーラヤ》識という。

生まれたときから身の内にあった力の名を、そのとき知った。

その言葉は遥か西の方からもたらされた。

都から四〇〇〇里に位置する西域への扉、玉門関。その先を俺は夢想する。

天山山脈、高昌国、康国《サマルカンド》、そして天竺。

現実《せかい》の外側にある世界。

いつかそこへ辿り着く、そのことだけは理解していた。

関を越えることは禁じられていたが、何度も潰される出国の嘆願がかえってこの想いを強める。悟りを得たいという煩悩が我執を深めるように。


〈きみのその衝動について知りたいんだ〉

闇からの声は大きくなる。

進むうちに勾配を強めていた通路が水平になったかと思うと、すぐに大きな空間が開けた。

森閑とした広間だった。微かに射し込む光のもと、整然と配された大小様々な品が見える。

衛士たちの俑《ひとがた》、高棚の宝物の数々——鎏金《りゅうきん》の馬の像、瑪瑙の杯、華々しく彩られた瑠璃の皿などとともに、明らかに庶民のものだろう粗末な食器や衣類などの日用品までもがまるで見物客がいるかのように並べられている。

壁沿いには史書や詩文の記された木簡や帛《はく》、紙片が置かれているほか、色鮮やかな絹や毛織物が飾られていた。

〈この国の歴史のなかでも長安ほど興味深い都城はないな。ああ、物が多くて煩わしいだろう

が、書きものをするにはまず資料集めと考証が大事なのでね〉

暗く見透せない広間の奥からその言葉が響いた。

声のもとへと歩み寄ると、並べられた品々の向こうに何かが凝《こご》っているのがわかった。

〈よく来たね陳禕《ちんい》、その字《あざな》を玄奘。孫行者《そんぎょうじゃ》、猪八戒《ちょはっかい》、沙和尚《しゃおしょう》のいない史実の三蔵法師。私はきみの作者だ〉

……三蔵だって？

「識」が俺自身の感覚をあたかも空想の存在が語りかけるように聞かせることはあるが、こうも奇妙な内容ははじめてだ。

〈いや、私は別の領域から話しかけている。ここは会話のために設定した苦し紛れの部屋でね。私はきみの外側から、きみたちのすべてを創っているんだ。しかしながらこの世界には齟齬があまりに多く、好き勝手に投じられた設定が機能不全を起こしていて修正が追いつかない〉

往古の時、四極《だいち》は廃《こわ》れ、九州《せかい》を裂く
於是《ここにおいて》女媧、五色の石を煉《ね》り、蒼天を補《なお》す

脳裏に『淮南子《えなんじ》』の一節が浮かぶ。

太古、人を創造し、乱れる天地を修復したもの——女媧。

その像が脳裏に浮かんだ途端、ずる、ずるりと巨大な蛇体が這い寄る音が響く。

やがてその巨体の上に人間の顔が現れた。

〈尋伺《じんし》より言説《ごんせつ》が発起し、名《みょう》が義を生ず。つまり思考が言葉を、言葉が現実を生成するということだね。私は呉承恩という。詩作を嗜むだけの一介の役人なんだが、きみがこの姿として認識するならかまわないよ〉

こいつはなんだ？

神怪の類とは、こうも話す言葉が異なるものだろうか。

天井に頭をつかえるほどの巨体が首を傾げると、胴が壁を擦り、掛けられていた織物を揺らした。

〈長年無数の作者が恣《ほしいまま》にきみの物語を綴ったものだから、一篇にまとめろと頼まれて困っているんだ。私はただ詩文を書いていたいのだが、こうした仕事もせねば暮らせない。まあそれで、三蔵法師が旅に出る動機をはっきりさせようと本人を呼んだわけだ〉

その言葉に揺さぶられながら、俺の目は織物に描かれた馬の姿をじっと捉えていた。

〈さあ教えてくれ。なぜきみは、わざわざ国を出ようと思ったんだね？〉

「理由などなくとも、あなたは我知らず進むでしょう」

旅に焦がれるようになってすぐ、何《か》と名乗る占術士と話し込んだことがある。都の西の里坊の一角だった。男の顔つきや瞳の色に西域の香りを感じたせいだったかも知れない。

「方角を知るのはあなただ。だが路《みち》はそれをよく知る馬に任せればいい」

周易《しゅうえき》の卜筮《ぼくぜい》とは異なり、宿曜《ほしぼし》の位置から角度を辿る奇妙な占術。たしかに漢のころより歳《もく》星《せい》から吉凶を卜《ぼく》する俗習はあるが、男が描き出した奇妙な図は天宮をそっくり筆写する精緻なもので、遥か西方の古代帝国で究められた業《わざ》だった。男のやってきた何国《クシャーニヤ》の都邑まではこの都から馬で一五〇日、そのさらに向こうに太古の強大な帝国があったという。馬上に生涯を乗せ、旅を住処とする者たちが、その妙技を東へと伝えたのだ。占術士の言葉を聞くうち、大陸に茫漠と横たわる草原で遠く三皇五帝のころより馬を駆る者たちの姿が脳裏に宿った。

きっとあのとき、俺の旅は始まっていたのだ。

「呉先生、あなたはあれが何処から来たのか知っているか?」

追憶を呼び起こした壁の錦織、そこに表された画を指し示して俺は語りかけた。

朱と金に彩られた紋柄のなかで、騎乗の射手が振り返りざまに師子《ライオン》を狙っていた。

〈ああ、たしかきみは、しばらく騒乱の都から逃れて蜀の国にいたんだったね。蚕叢《さんそう》の建てた古都は錦城とも呼ばれた。その絹はまさに四川から来たものだろう〉

「いや、あれはもっと遠くから来たものだ。そこに描かれているのは都から一万五千里、西涯《せいがい》の帝国大秦《ローマ》を脅かした安息《アルサケス》の騎馬軍の姿だ」

〈西戎《せいじゅう》からの朝貢品だと? 漢の文字が見えるようだが……〉

そいつが織物を繁々と眺めるさまは、たしかに文人らしい。しかし俺の視界は、世界の創り手だというこの異形を上回ってさらに拡張される。

「そう、たしかに織られたのは蜀だろう。しかしその意匠も、文帝の命で開発された緯糸《よこいと》で紋を描く織技法も、遥か西の国々で生み出された業《アート》がこの土地まで流れ着いて芽吹いたものだ」

「識」が俺を解放する。

俺の目に映るのは、数千年の時が数万里の回廊を繋ぎ、大河のように留まることなくこの地へと流れ至るさまだ。馬と駱駝の背に載せられた織物や宝飾品が、そしてそのなかに灯る無数の言葉たちが、陽の沈む方角より運ばれてくる。同時に、この世界において彷徨える者たちを呑み込み、遥か西の彼方へと押しやるもうひとつの滔々とした流れが見える。そのそばで蠢く小さな蚍蜉《アリ》が俺だった。

「人智を超えた流れがあるんだ。主人公の衝動を書き手が理解できないこともあるだろう。人頭蛇体の創造神にして兼業作家の呉先生、あなたも俺も、とどのつまり自らの意志で行為してなどいないんだから。この世界には俺たちには知覚できないおびただしい力のうねりがあり、その流れがたまたま俺やあなたから出力されているだけだ。それを衝動と言うんだ。あなたの言葉はあなたを超えたところから流れてくるのだし、整合性を問うのも無意味だろう」

〈しかし……明確な主人公像を固めておかないと、首尾一貫した物語としては破綻するじゃないか〉

そいつの顔は、文字の奔流に舵をとらんと苦悩するもの書きのそれだった。しかし物語とは——言葉とは、そういうものだ。自分自身を規定し、幾多の制約を自らに課しながら、それを逸脱し続けるもの。

地上で高らかな宣言が轟いた。俺の目には、迷いなど一片もないさまで身をそびやかすひとりの皇子の姿が映る。宮中の狂乱が収束していく。

「すべてを統べようとする、それもひとつの力だな。たったいま地上で産声をあげた帝国がそうだろう。三〇〇年にわたり大陸の東半分を支配する世界帝国。この資料室にある品々が表すとおり、帝国は外からやってくる流れを呑み込んで肥え太る。そうしてただひとつの現実《ものがたり》を規定し、外側を流れるものすべてを迷妄《フィクション》と断ずるだろう。だが常に、外へ向かって脈動し俺たちを押し流すもうひとつの力があるんだ。呉先生、俺たちのこの歴史からの逸脱、この言葉が帯びる時代錯誤《アナクロニズム》、それは言うなれば帝国への叛逆なんだ」

〈……ではなぜ、きみはまだここにいる？〉

なぜ。それは嘆願のために……。

いや、そうだろうか。漢語と梵語《サンスクリット》を往来した玄奘。唐帝国と広大な西域とを往還した三蔵法師。おまえはなぜまだ旅に出ていない――。


俺は暮れ行く朱雀大街のなかで我に返った。

迷いがきれいに洗い流されたようだった。

斜めに射す陽に照らされた西市には、数千里を運ばれた玉、玻璃細工、毛織物が並び、紫髯《しぜん》緑眼《りょくがん》の商人たち、西域より伝えられた祆教《けんきょう》の宗徒たち、異国情緒の艶やかな胡服胡妝《こふくこしょう》の娼妓たちが賑やかな街頭をさらに彩っていた。

握りしめていた手を開くと、嘆願書が雑踏へ消える。

とうに道は開いていたんだな、呉先生。

帝国の誕生とともに、俺は帝国を脱し、西域へ向かう。そしてあなたは想像の赴くままに挿話を連ねることで、ただひとつの物語という枷を解体するんだ。いずれ作者という呪縛からも自由になれるさ。

〈……この話の辿る路《みち》はただ筆に任せるとしよう。三蔵法師、きみも自由になれるといいな〉

そうだな。

少なくとも、路は選ぶまい。

ただ方角を知るのみだ。

ゆっくりと宵闇が染み渡り、街にぽつぽつと灯りが燈《とも》されるころ、俺はひとり西に沈む最後の光に向けて歩き始める。

2

敦煌よりその国までは沙磧《すな》多く、道里を准《ただ》しく記《しる》せず
ただ人畜の骸骨《ほね》と駞馬《らくだとうま》の糞が験《しるし》となり、また魍魎怪異有り

ああ、岩みたいに堅苦しい言葉はやめて。

文字はもっと、風の編む砂紋のように、艶やかに綴らなきゃ。

盤古混沌《きょじん》を破り　開闢《あめつちひら》いて清濁辨《わ》かる
天は群生《いきもの》を覆い　巷間《せかい》に万物を発《ひら》く

って、こんどは随分むかしから始めちゃったかな。でも文字の並びには規定がある。大事なのは手順を踏むこと。正しい律《コード》を押さえること。

わたしがこれから語るのはもちろん、ここ高昌国のこと。大陸を横断する交易路でもっとも過酷な大地。夏はどこよりも暑く、冬は岩すら凍る。

路《みち》を行くは悪霊　熱風の吹くこと多し
空に飛ぶ鳥無く　地に走る獣無し
望《なが》めに頼るもの無く　ただ枯骨を道標にする

うん、尖鋭的《ソリッド》じゃない？　旅人の前に、灼熱の砂塵にゆらぐ幻のような王城が現れる。その瞬間はなんて美しいんだろう。それは天を突く山脈と死の影が覆う沙漠のはざまに、ひとすじの路《みち》を見つけたということだから。

わたしもこうして、拙い文字の連なりを幾度も書き直しながら、ただひとつの道を探している。いつかこれが詩仙たちの作品に肩を並べる、そんな道を。この国が消え、史家たちから忘れ去られても、その詩だけは遺るような。

「公主《ひめ》、またこのようなところで外を眺めておいでですか」

小言めいた声に意識が引き戻される。城壁の上、物見の兵の脇をぬって侍女が歩いてくる。

「唐が国境を侵したこのとき、やってくるのは戦を逃れた民ばかりでしょう」

なんてぼやきつつ、侍女は革袋から貴重な水を注いだ杯を手渡してくれる。

わたしは兄や姉たちと違って母の身分が高くなかった。若くして嫁いだのは粟特《ソグド》人の薩宝《おさ》で、牛のように大柄で豪放なひとだったが、子をつくる間もなく東の戦乱に巻き込まれて死んでしまった。だからこうして、公主の身のまま好きにやらせてもらってる。書物や道士から学んだ東西の神仙の業《わざ》で、漢の文字を使った詩を編み上げる。それが許される時間も長くはなさそうだけど。

「唐兵は王城までくると思う？」

「私にはなんとも。わかるのはこの有様だけです」

足下の邑《まち》を見下ろせば、痩せた土にしがみつくひなびた家屋と、人影のまばらな通りがあるだけ。強張った顔の兵士や、着の身着のまま東から逃げてきたらしい民が混じり、ひきつった空気を漂わせている。

視線を上げて、地平の彼方――外の国々に繋がる公路を見つめる。侍女の言うとおり、そこにあるのは戦の気配だけ。わたしがずっとこの城壁から眺めてきた異国からの隊商《サルト》など影もない。

あのひとが生きていたころ、四海八埏《せかいじゅう》に散らばり大陸を股にかけて交易する粟特の商人たちと毎日のように語らったし、その隊商がもたらす品々によってわたし自身が形づくられるのを感じた。茶葉に酒。舌を辣《しび》れさせる香辛料。神技を凝らした工芸品。そして驚異に満ちた物語――大夏《トカラ》語、粟特語、漢語、波剌斯《ペルシャ》語、そして梵語《サンスクリット》、それら固有の文字列から現れる神仙譚、怪力乱神たちの饗宴。わたしに授けられる霊感《インスピレーション》の源。そんな異国の風はもう届かない。

「だとすると……あれは何者なんだろう」

ぼんやり呟いたわたしの視線を追って、侍女が驚いた様子を見せる。照りつける太陽に焼かれるようにして、一〇人に満たない小さな隊商がまっすぐ城へ向かってくる。先を歩くのは子供のようだし、剃髪した沙門《ぼうさん》らしい者、ほかにも商人や雇われ兵とは明らかに違ったいでたちが混じっている。

その者旅を住居《すまい》とし　世俗の言葉に囚われず
その身を慮外に置かばこそ　王城の律法を知らず

そう、わたしにはわかっていた。この詩に足りないのは、外から訪れる風《トリックスター》なんだ。

羯鼓《ドラム》が撃拍《ビート》を刻み、重ねられる簫《パンパイプ》の音の上で横笛《おうてき》の旋律が跳ねる。

楽人たちの動きが山羊形の台座に乗せられた灯盞《あかり》を揺らし、影を踊らせて、迎賓の間の一角を華やかに彩っている。

昼に見た旅人たちは、父王がわざわざこの国へ立ち寄らせた求法僧の御一行だった。経典を求めてはるばる天竺へだなんていうが、本当だろうか？　仏の教えにはまっている父王にとっては、国をあげた夜宴でもてなすほどの賓客らしいけれど。

甲高い銅鈸《シンバル》がひときわ大きく響いたかと思うと、派手な飾りのついた黄色い道士服の少年が演奏の輪に飛び込んできて、宴の客たちを沸かせる。その額にはめられた金の冠《サークレット》が燈火に煌めいたとき、隊商の先頭を歩いていた子供だと気がついた。

詩の題材にでもしてやろうと眺めていると、いつの間にか床には小さな円形の毯《カーペット》が敷かれ、少年は激しく身体を旋回させて舞い狂いながらもそこから足を踏み外さない。雲の上に乗って空を飛び回っているという見立てらしい。楽隊の演奏は極端な緩急をつけ、踊り手が危うく体勢を崩しそうになるたび、観客ははらはらさせられる。

漢人のものじゃない。あれは、あのひとの故国の舞いだ。

わたしの視線が少年の巴旦杏《アーモンド》のような目とぶつかったとき、悪戯な笑みとキラキラ飛び散る汗が視界に焼き付いた。

宙を舞う身体は、最高潮を演出する音とともに毯に着地して、喝采が巻き起こる。

わたしの心は言葉をつかみ損ねたまま、遠い異国からの風を感じていた。

「嫂嫂《ねえさん》の書いてるのはさ、物語ってやつじゃないかな」

焼けた羊肉や茴香《ういきょう》の香りに満ちた広間の片隅で、少年が串焼き肉に齧りつきながら話しかけてきた。小さな体をまだ伎楽の余韻に火照らせながら、わたしを見上げてあの悪童じみた笑みを浮かべる。

漢人とも、どの国の者ともみえない。開け放たれた窓から沙漠の涼しい夜風が吹いて、その子の癖のある髪を撫でていった。

「……あの楽人は亀茲《クチャ》のひとたちでしょ。いきなり康国《サマルカンド》の旋舞だなんて、よく合わせられたもんだね」

「あ、わかった？　でもさ、漢人が規定するように天竺の曲は僧形で、胡楽は緋襖《あかぎぬ》で舞えだなんて窮屈だよね。だって大事なのは勢いだからさ。もっと自由でいいんだよ。言葉だって同じでしょ」

声調に癖はあるものの、すらすらと漢語を話す。こいつはいったいどこから来たんだろう。この立ち振る舞いは、まるで旅芸人が回す猴《さる》だけど。

「あはは、ひどいじゃん。でもさ、お師匠によればこれも物語をひっぱる脚色《キャラづけ》なんだって。ほらこの格好どう？　雲に乗って空を駆け、天にも斉《ひと》しいって触れ込みなんだけど」

「ふぅん。つまり戯曲の表演《はったり》みたいなこと。詩の平仄《ひょうそく》が文字とは別の節奏《リズム》を打つような」

天地の凝らせた神仙の霊　山頂に生じた猴の童子

狭い俗世に嫌気がさして　天界に至らんと心に決めた

お気に入りの香木の扇子を扇ぎながら、わたしは即興の言葉を紡ぐ。突厥《テュルク》の葡萄酒を酔うほど飲んだわけじゃないのに、わたしの瞼には雲に乗って空を駆ける猴《さる》じみた姿が浮かぶ。仏の経典を求めて西を目指す僧と、これに従う人外の弟子たち。行く手を塞ぐ妖怪変化と、騙し合い、化かし合い、大立ち回り。

「そうそう、それが俺の物語《ストーリー》ってこと。まあ嫂嫂の漢詩とは作法が違うけどさ。だってこっちは白話小説《ライトノベル》だから」

異国の少年は、わたしと同じ杯をとって得意げに飲み干す。額の輪が意味ありげに室内の灯りを照り返した。

「涼州ではお師匠も派手に講じたもんさ。俺らの旅はいちおう西天取経の歴史ものだけど、そこに神仙術や活劇の要素を練り込んで娯楽作《エンタメ》に仕上げたってわけ。だってあり得ないことほど物語は面白いんだ。仕掛《からくり》をばらすとね、つまりそうだと書けば、そうなるんだから」

もっと衝動に任せればいいじゃん、そう笑う子供に不覚にも心を動かされる。その一方で、偉そうに言うけど猿の魔神だなんて羅摩王行状記《ラーマーヤナ》の模倣《パスティーシュ》じゃないのかとも思う。もしかしてこいつは、天竺から来ただなんて言うつもりだろうか。

「ううん、俺はもっと西から来たんだ……」

懐かしい故郷でも思い出すような顔をそいつがしたから、わたしの言葉はまた宙を彷徨ってしまう。

「……識は、眼耳鼻などの六根から生じる。しかしそもそもこの世は空であり、そこに六根は無く、識もまた無いといいます」

宴の賑わいのなか、ふと父王たちの会話が耳に届く。

言葉を交わしている相手が、少年が師匠と呼ぶ件《くだん》の僧なんだろう。見た目はまだ三〇に満たない若さ、精悍な顔立ちは僧というより隊商の長に見える。

「我々の中枢神経系は感覚器や体性感覚の受け取る刺激をもとに知覚経験を統合し、当人なりの認知、つまり現実を生成しているわけですし、その一連のプロセスにはそれまでに形成された当人の経験も強く作用しています。五蘊皆空《ごうんかいくう》、つまりだれもがその場で自分だけの現実を生成しているのであって、ただひとつの確たる現実などないということです」

「なるほどなるほど。ではいったい何が、そのようにひとりひとりの現実に違いをもたらすのでしょうか」

「知覚経験を当人固有の現実としてアウトプットするプロセスがどこまで生得的なのか、そこにどの程度後天的な影響を受け得る余地があるのかについては議論のあるところでしょうが、いくつかの社会的要素は現実生成にそれなりに深く関与するとひとまずいえるでしょう。具体的には、まあ虹の色の数や雪の名称といった眉唾な話はおくとしても、やはり避けて通れないのが言語です。科幻《SF》小説的に言えば、言語によって現実が変わるというわけです」

すらすらと語られる僧の話に王も侍臣も感心するように頷いていている。ぼんやり耳に入るその言葉の何かが、わたしの現実に亀裂を入れる。

きっとあの男の漢語は西都風の正しいもので、同じ漢語といってもわたしの言葉とは異音も表現のずれもあるから、わたしと僧とはすでに住む国、生成している現実が異なるってことだろう。

だとすると――。

わたしは宴にいる粟特人、亀茲人、吐蕃《ボド》人、回鶻《ウイグル》人といった漢語でない言葉をもつ者たちの姿を見まわして、世にどれほどの数の現実があるだろうと考える。漢人たちはわたしたちを諸蕃《バルバロイ》とひとくくりに呼ぶけれど、そこにはそれぞれ異なった言語世界があるんだ。であるなら、あのひとが――隊商を率いて国々を渡る商人たちがやってきたことは、言語を変換し、世界を越境する行為だったってことだ。

わたしたちは世界を繋ぐ網《ネット》だ。

僧がやってきた唐の大国も、あのひとの故郷の康国も、いま酔っぱらった連中と踊っているあの少年の故国も、そして天竺ですら、みなそれ単体では成り立っていないんだ。

そのとき、宴の熱気を冷ますように一陣の風が吹いた。

外から、何やらざわついた気配が近づいてくる。

広間に飛び込んできた兵から知らせを聞くと、父王は立ち上がり落ち着いた声を響かせた。

「皆様方、ただいま法師の有り難い言葉を伺い、もちろん仏の深淵な教えに理解の及ぶところではありませんが、我が高昌国もまた仏の語る現実と同じく沙漠に浮かぶ幻であると感じた次第です。さて唐の皇帝は、この地に多くの漢族が住むことを理由に高昌国を併合せんと、我らが領土を侵しています。知らせによれば、いま国境を越えた二万の唐軍が、公路を守る我らの砦と、何代にもわたりこの地にあった邑々を焼きながらこの王城へ向かっています。残念ながらこのことは幻ではありません。いえ、高昌国も、唐も、大陸の国々も、歴史という巨《おお》きな風の前では吹き消される灯火なのかも知れませんが、その火を拠り所に生きる我々は、これを絶やさぬために戦わなければならない。門出を十分祝えなかったのは心残りですが、法師御一行にはこの地が戦に呑まれる前に西への歩みを進めていただき、その帰路において我々は今宵の続きを開こうではありませんか」

公路は乱れすでに象《みち》無く　ただ飢えた豺虎の爪跡が残る
邑を歩くも見るところ無く　ただ棄てられた亡骸が溝を埋める

ひとびとが城内に逃げ込む騒ぎのなか、いまさら城壁にのぼってどうなるものかと思ったけれど、わたしはいつもの場所に立って東を眺めた。

冷たい夜風の吹きつけるなか、地平の向こうに闇夜を照らす不気味な灯りがみえる。燃やされる邑々の焔《ほのお》——。

「嫂嫂、俺たちは行くよ」

そばにいるのは侍女かと思ったら、あの少年だった。とっくに師匠と逃げたと思ったのに。まるでほんとうに雲に乗って飛んできたみたい。

「こんなことがなければ、父は嫌と言っても引き留めたでしょうね。送り出すにしたって、金銀を載せた馬何十頭やら何十人もの人足やらを同行させたと思う」

「綾絹《あやぎぬ》五百疋に黄金一百両って？　ははっ、そんな大所帯じゃ俺らの旅にならないよ」

そいつは身軽に城壁の縁に飛び乗って、風に服を弄《なぶ》られながら楽しそうにわたしを見下ろしていた。

「この先は炎《アグニ》の国だから。せいぜい気をつけて」

「大丈夫さ、こいつがあれば」

悪戯な笑みとともに掲げるのは、あの香木の扇子だ。手の早いやつ。まあいいよ。あげる。きっとあんたたちはその先で、馬を駆る突厥《テュルク》たちに出会い、康国の壮麗な都城で王に謁見し、ついには仏塔の建ち並ぶ天竺にまで至るんだろう。ほんとに嘘《フィクション》みたいな旅物語《げんじつ》だね。

ふと記憶の底から一節の詩が浮かび上がる。それは康国よりも波刺斯《ペルシャ》よりも、さらに西方から伝わったもの。

雲に乗りて空駆ける者　夜陰に盗み夢を運ぶ者
胎より出てひとときも居を定めぬ　旅人の神ヘルメスよ
その持物は豊穣の角　妙なる音の竪琴　葡萄と酒杯なり

永遠の少年の神。狒狒《さる》の姿の学芸神《トート》と習合し、旅に生き商人を護る天衣無縫《トリックスター》の神。

ああ、おまえだったのか。

規定された文字の連なりを飛び越える力を、わたしはみつける。
この文字がこのひどい現実をつくっているというのなら、わたしはその外側へ出なければならない。異なる時、異なる場所の言葉へと飛翔しなくてはならない。夜を焦がすあの怖ろしい火を消すために。

六二九年、唐から訪れた玄奘が高昌を訪れたとき、王の麴文泰《きくぶんたい》はこれを手厚くもてなしました。そして西方の突厥に旅の保護を託す親書を書いたほか、馬二十頭とも伝わる財宝を渡し、インドまでの旅路を大いに援助したのです。当時唐は西域諸国と争って領土を拡げていましたが、高昌はこの大国や周辺の遊牧民族との硬軟織り交ぜた外交を通じて独立を維持していました。麴文泰の息子の代で高昌は唐に併合されますが、その城市はウイグルやモンゴルなど様々な王朝のもとで栄え、明代以降はトルファンと呼ばれるようになります。城市の北に広がる山脈は、その形状と土地の暑さから火焔山と呼ばれ、孫悟空が羅刹女から奪った芭蕉扇でその炎を吹き消したという『西遊記』の伝説の舞台とされるようになりました。

うん、わたしはいま少しずるをしてる。だけどあいつらもやっていたことだし、大目に見てもらえるよね？

ひとつに、そもそも漢語で書かれた記録だけを現実とするのは対等《フェア》じゃない。あたしたちの言葉は、漢語の世界にも吹きつけていて、いずれ内側からその世界《げんじつ》を変えることだってできるはず。

もうひとつに、だってこれは物語なんだから。書けばそうなる、でしょ？

「お師匠、城が見えたよ。早く行こう、喉が渇いて死ぬよ」

隊商の先頭を歩く少年が叫ぶ。

やがて一行の前に、尖塔をもつ数々の寺院と、奥にそびえる巨大な王城が現れる。周囲には賑やかな市街が広がり、中央の大街を挟んで美しい刺繍の布を垂らす民家が連なる。通りは多彩な異国の装束でごった返し、山楂《サンザシ》や棗《ナツメ》の赤、西瓜や甜瓜《メロン》の白、苹果《リンゴ》の黄色が市場《バザール》を眩しく彩っている。

「すごいなお師匠。この国はなんでこんなに栄えてるの？」

「天山山脈の豊富な雪解け水が、地下水路《カレーズ》を通じて街を潤している。日照時間は年間三〇〇〇時間を超えるというから様々な作物が実るんだろう。ここは東西の隊商が行き来する交通の要衝でもあって、まあつまりオアシスの大都市ということだ」

その言葉も終わらないうち、少年は目の前に現れた一面の緑の園と、小窓の並ぶ土煉瓦の建物に目を丸くしてはしゃぐ。あれは？　素敵な予感がするよお師匠！　整然と並ぶ杭に巻き付いて枝を伸ばすそれは、珠のように小さな果実をいくつも実らせていた。

長い日照時間、乾燥した大地、昼夜の寒暖差、これらは葡萄を甘く実らせる最適な環境です。トルファンで最もよく知られたのがこの葡萄で、広大な垣根園でつくられる豊潤な実は多くの旅人の喉を潤しました。収穫された葡萄はそばに建てられた涼房で干し葡萄となり、その恵みはシルクロードを通じて西はトルコ、東は中国へと広まったのです。

収穫には早かったものの、その夜に旅人たちを招いて開かれた王宮の宴では、早摘みの果実が並んだ。少年は、わたしが食べ方を説明するより早く、種ごと呑み込んだ。まだそう甘くはなかったはずだけど、まるで仙桃みたいだ、一〇〇〇年寿命が延びると喜んだ。

3

達人の業《わざ》を目に焼きつけるほど、より高みへ到達できるだろうか――。

炎にくべられた栴檀《センダン》の木片が香りとともに爆ぜるのを見つめ、ツェリンは思う。これから目にするものへの期待で昂ぶっていたのだろう、一心に暖炉に見入るツェリンをなだめるように隣から声がかかった。

「おまえの国では木を燃やさないのか？」

流暢な漢語だった。たしかに数年前に東の高昌国が唐に滅ぼされてから、ここ于闐《コータン》でも漢人が増えているらしい。しかしその男は袖口に華模様を刺繍した暗赤色の長衣《カフタン》と長靴《ロングブーツ》という姿で、まるで古い挹怛《エフタル》の民のように見えた。いささか驚いたせいもあり、ツェリンは自身の拙い漢語での返事に苦心する。

「牛の……ああ、牦牛糞《ヤクのくそ》をな。なるほど、吐蕃の大地は空に触れるほど高く、樹木も育たないと聞く。ならば木を燃料とする緑洲《オアシス》のやり方は随分と贅沢に映るだろうな」

男の声は心地よく響く。それは公主さまがツェリンに聞かせた昔語りを――霊山《カン・ティセ》の雪のように清廉な言葉たちを思わせた。

唐の帝都に生まれ育ちながら、遥か一万里を旅して吐蕃の若王へ嫁がれた公主さま。詩を詠うように美しい発音。都《みやこ》びとの言葉。それはツェリンに届けられた外の世界の調べだった。

「うん、俺は西都から来た。ああ長安と言えばいいか。もっとも、彼の地を発って一六年、いまは帰路にあるわけだが」

男は陳禕《ちんい》という漢名を名乗った。話しぶりがやけに大仰だが、つまりは交易路を旅する商人なのだろう。部屋には他にも数人の客がいたが、みな道楽で見物にやってきた商人や役人たちのようで、仏画師に類する者はツェリンだけのようだった。

「いや、俺はお仲間だよ。阿頼耶識《アーラヤ》を求めて世界の境界を越えたのが俺の旅だったが、おまえは雪の住処《ヒマーラヤ》の麓から外へ飛び出したわけだろう」

男の話に仏典の言葉が混じるのをツェリンは注意深く聞き分ける。仏僧か？　ならば仏の描線を求めてこの地を訪れる人間がほかにもいたわけだ。

于闐は仏画《タンカ》をものする人間にとって特別な地だった。ツェリンが唐で目にした無数の仏画――いずれ規定をなぞるだけの退屈な線ばかりのなかで、その画だけはまったく違っていた。

鉄を屈《ま》げたように力強く、絲を盤《かさ》ねたように優雅な筆致。その奇形異貌は中華に継ぐ者なしと謳われた画聖・尉遅乙僧《うっちいっそう》。その故郷がこの国だったからだ。

「ああ、その画は涼州で観たことがある。懐かしいな。あのとき猴行者を舞った少年におまえは似ている。どこにも住処をもたない眼差しが……もっともあいつは天竺に着くなり消えてしまったが。目的地などない旅をするやつもいる。おまえの旅がこの国の仏画を目的とするなら、むしろおまえは俺に似ているのかも知れない」

　謎めいた男の言葉をツェリンがじっと反芻しているとき、ようやくその日の催しが始まる旨が伝えられた。

　奇妙な節拍《リズム》で鳴る鈴の音が聞こえると、しばらくしてでっぷりとした壮年の女が現れ、ひとりひとりと目を合わせながら部屋の奥に座を占めた。華美な銀細工と玉《ヒスイ》で飾った姿から、于闐随一の豪商の女主人と知れた。

「さて、言葉も祈る神も異なる我々が今宵この場に集えたことを言祝《ことほ》ごう」

　女主人が大きな掌をゆらりと正面にかざすと、手首の銀輪が炎を照り返し、鈴に加えて金属製の盃が響かせるらしい幻想的な音が部屋を満たした。それを合図に四人の青年が巨大な皿を持ち込み、食台の上に羊一頭が四肢を広げて鎮座した。飴色の皮からは花椒、孜然《クミン》、蜂蜜、そして遥か西域からもたらされた鬱金香《サフラン》の香りが昇り、部屋を染めた。

「ここ于闐は絹を織る技で知られる。巷間に伝わるとおり、それは太古に東の漢帝国よりこの地に嫁がれた姫君が伝えたもの。国々を越境する者こそが新たな業《アート》を芽吹かせる。それは交易回廊を通じ西方よりもたらされた方術による研鑽を経て、いまやその精髄を極めるに至った。

なんとなれば、この国では年に一度織手たちがその絶技を競い合い、もっとも優れた業を決めてきたからだ。選ばれた者たちが遺した紋柄図像はいま一枚の曼荼羅として織り込まれ、これを観る者はそこに歴代の達人が描いたあらゆる筆致を見出すことができる」

朗々と女主人の語りが響くなか、四人の、今度は若い女たちが一枚の絹織物を持ち込み、正面の壁に吊り下げた。

濛々と香辛料の煙るなか、そこにははじめ単調な紋様しか見えなかった。

「これぞ無数の宝玉が互いを鏡映する帝釈天《インドラ》の宝物、帝網曼荼羅《たいもうまんだら》である。あらゆる有相《ものごと》はそれ単体では成り立たず、すべては網の目のように繋がり、響き合い、変わり続ける。その諸相の結晶がここにある。さあ注意深くご覧いただこう。この錦のなかで、三五〇もの織匠たちの珠玉の作品が生じては移り、消えてはまた生じるだろう。夜は短く、すべてを目の当たりにできる者は少ないぞ」

これがそうなのか。

ツェリンが茫然と眺めていると、視界の隅で客のひとりがぶつぶつ異国の言葉を呟きはじめる。魅入られたように立ちすくむ者もいる。

そうぼんやり思ううち、目の前に極彩色の世界が生じていた。

「仏がその半身を傾ける角度。中指の先までの距離。仏画において、すべては規定されている。

しかしわたしには、おまえの引く線はすぐそれとわかるな」

そう言って公主さまが微笑むとき、弧を描く眉が美しいとツェリンは思う。

その微笑を思いながら、数々の観音《チェンレースィ》を描いた。

あのころは考えずとも下布を筆が走るのが楽しかった。公主さまが帝都から持ち込まれた画巻や仏像が、ツェリンにさらなる線を生じさせた。いったい何が最適な線を選ぶのか、ツェリンには説明できなかった。少なくとも自分ではない。自分には知覚できない何かが手を動かしていて、あり得る無数の線の重なりからひとつが顕《あらわ》れるのをただ見守るだけだ。そしていつも、その線を愛でる公主さまの微笑みがあった。

だが、あるときからツェリンの線は、あらゆる様態を重ねもったまま沈黙した。公主さまの瞳に映すべき、なにものもそこに顕れることがなかった。若王が——ツェリンの実兄が、落馬の事故がもとで急死したころのことだ。その馬を直前に世話したのがツェリンだった。

そして彼は国を出た。唐の国へ至り、河西回廊を経て、放浪の仏画師としてただひたすら、美しい観音を描き出す線を探し求めた。

いま、正面の織物には完璧な線があった。
曼荼羅——あらゆる比率が厳格に規定されるはずの空間で、あまりに奔放、かつ正確に線が走るのが観える。

あれは仏典にある飛天や護法神たちの姿だろうか。あるいは異教の神霊《グラハ》の像か。眺めるうち、そこに次々と顕れる達人の線を前に、ツェリンは用意してきた羊皮を床に広げ、見上げながら必死に描きつけていた。自分には到底引けない線ばかりだ。名匠たちの饗宴に虚しく手を伸ばしながら、その欠片でもつかめないかと喘ぐ。すごい。なぜこんなことができる。この線を引けるのはどのような人間なのだ。

　立ち込めた香と、沙漠より吹く風のように強弱を繰り返す金属の響きが、ツェリンの感覚を集中させる。曼荼羅のなかで犬歯を剝き出しにした頭部が姿を見せると、そのそばには第三の眼をもつ異貌、四臂の身体、蛇体の半身といった異形が次々に顕れる。あれは夜叉や竜女《ナーガ》たちだ。天人の身体からたなびく長衣は漢人の官服のようにも見えるが、頭上に日月の装飾が浮かんだ途端に波刺斯《ペルシャ》の礼服に様変わりする。菩薩たちの手にする持物《アトリビュート》は宝玉から笏へ、錫杖から盃《ゴブレット》へと変化するうち、交易路を通じて東西からもたらされた無数の象徴と重なり合って、すべては溶け合い混淆する。それなのに、観音の姿を顕す線だけが見えない。公主さまに微笑みをもたらしてくれる正しい線――俺はその路《みち》を見つけるために故郷を離れて彷徨ったというのに。ああ、そんなものはおまえが勝手に見ているだけだよ。だれだろう、涼しげな声が聞こえる。カオスにパターンを見るアポフェニアは人間の習性だ。この麻薬と催眠術による紋様《ヴィジョン》など、ミートソースの画像から奇形の犬を現出させたGoogleのインセプショニズムと同じ戯れに過ぎんよ。だが、古来人間はこの錯覚を用いて世界を描画してきた。天体の動き、河川の氾濫、あるいは羊の臓物からな。俺はバーミヤンでは弥勒の顕現を、ナガラハーラの石窟では如来の影を目の当たりにしたが、いずれ錯覚であり極限状態のなかで中枢神経系が生じさせる幻であると同時に、それはひとつの現実でもある。もとより正しい線などなく、世の諸相、おまえが顕す仏の画、すべては眼耳鼻舌身意の六識が仮有《バーチャルな》の世界を生じせしめることを利用したライフハックだよ。耳に届く陳禕の言葉にツェリンは違和感を覚える。あんたの台詞《セリフ》は時代錯誤《アナクロニズム》のようだが……。ここまできてずいぶんと生真面目な奴だ。つまりこれは時輪《カーラ・チャクラ》によるものさ。時を越えた認識、ナーランダ僧院で学んだ技術だ。だけど……密教《タントリズム》はこの時代にまだ体系化されていないはずでは……。細かいことを言うな。俺とともに旅をした少年には十六大国時代の天竺《インド》の物語からキャラクターを拝借してやったんだが、あれはそもそも呉先生が後に斉天大聖になるやつが必要だと言うもんだから後付けでやったまでで、まあ時代考証は大事だがそれに縛られる必要はないってことだ。おまえのその吐蕃《チベット》の公主への崇拝も、達人と肩を並べて認められたいというオブセッションも、単に千年後の物語の素材というだけさ――。

「まあそう必死に眺めるな。これはこう使うんだ」

ふと意識が晴れ渡った。

見れば朦朧と床に転がる客たちのなかで、ツェリンと陳禕だけが立っていた。

陳禕が織物《スクリーン》に歩み寄ってなにやら操作すると、端に小さな窓《ウィンドウ》が現れ、そこへ文字が打ち込まれていく。

「ただひとつの正しい路《みち》なんてない、だからこそ俺たちは彷徨うんだろう。知覚することのできない深淵に豊潤な情報のカオスがあって、俺たちはそのなかから都度、自分の見出したい世界《げんじつ》をすくいあげているんだ。そのためには方角《ベクトル》だけを知っていればいい。距離は測れなくとも、方角さえわかれば目的地へ近づける。つまり追求すべきはアウトプットじゃなく、おまえの世界《げんじつ》を方向づける指示言語《プロンプト》の精緻化だ」

陳褘の打ち込む指示言語は、一三八億年前の開闢《ビッグバン》より定まった物理定数から共通紀元二〇〇〇年を経て起こる特異点《シンギュラリティ》の定める知性境界に至るまで数千の設定を書き連ねる。その末尾、「――以上と仮構《バーチュアライズ》される世界」という文字を最後にスクリーンがタップされると、そこに見たことのないヴィジョンが描き出された。

闇夜を眩しく照らし、天を貫く銀色の構造体。

地を高速で走る無数の神々の乗物《ヴィマナ》。

そして穢れひとつない服装の人間たち。

「……これはまるで――須弥山か。諸天が住処《アーラヤ》とする世界……」

ツェリンを振り返った陳褘は微笑んでいた。

「俺はかつて、蜀の絹織物に描かれた騎馬を見て外の世界を知った。粟特《ソグド》商人たちと出会って世界の網《ネット》に接続し、草原の突厥《テュルク》たちに助けられて宿曜《ほしぼし》から方角《ベクトル》を精緻化する術を学んだ。すべては、住処《アーラヤ》を求めてのことだ。そうして天竺に辿り着いたわけだが、そこが楽園《ゴール》だったとは物語ですら言うまい。さらにその先へと進むしかないんだよ。その新たな起点がこの絹の国というなら、俺の旅としちゃ上出来さ。この世界《げんじつ》には空を飛んで連れ還ってくれる八大金剛がいるわけじゃないし、この足がどの路《みち》を選ぶかも知らないが、どこへ向かうかだけはわかっているんだよ」

観音のように美しく弧を描く眉だと思った。

公主さまの微笑み。

それはともにゆこうという誘いでも、連れ出してくれという願いでもなかった。あれはきっと、自分の外側に世界が広がっていることを知覚したときの喜び——。

「往きて還りし物語というのもひとつの規定だな。今日俺はその物語のさらに外側へ行こう。呉先生ともここでお別れだ——じゃあな」

陳禕は織物のなかへ足を踏み入れると、そのまま映像とともに消え去った。ツェリンの前には、ただ真っ白なスクリーンと、指示言語の入力を待つウィンドウだけが残されていた。

主要参考文献
森安孝夫著『シルクロードと唐帝国』講談社学術文庫、二〇一六年
近本謙介・影山悦子編『玄奘三蔵がつなぐ中央アジアと日本』臨川書店、二〇二三年
長澤和俊編『シルクロードを知る事典』東京堂出版、二〇〇二年
岸辺成雄著『古代シルクロードの音楽—正倉院・敦煌・高麗をたどって』講談社、一九八二年
中野美代子著『西遊記の秘密—タオと煉丹術のシンボリズム』福武書店、一九八四年
横山紘一著『唯識の思想』講談社学術文庫、二〇一六年

腐草為蛍《くされたるくさほたるとなる》

円城塔

時代背景

ここで唐建国の過程を改めて確認しておこう。中国では四世紀初頭に遊牧民の挙兵・侵入が相次いだ結果、黄河流域を遊牧民（五胡十六国→北朝）が、長江流域を漢人（東晋→南朝）が支配するようになり、三百年近く南北対立が続いた。このうち北朝では遊牧民と漢人の融合が進んでいった。長きにわたる南北分断を解消したのは、北朝から出てきた隋である。開皇九年（五八九）に中国統一を果たした隋は中華王朝としての体裁を整えるべく諸制度を整備したが、二代目皇帝の煬帝の「暴政」によって反乱が多発し、あっけなく崩壊してしまった。

隋末の混沌の中から台頭してきたのが李淵（在位六一八〜六二六）である。彼は煬帝が江南に避難している間に長安を占領し、武徳元年（六一八）に皇帝に即位して唐を建国した。その後、唐は李淵の子の李建成・李世民の活躍によって勢力拡大に成功した。二代目皇帝である太宗（李世民：在位六二六〜六四九）は中国統一を果たしただけでなく、モンゴル高原を支配する遊牧民の東突厥をも撃破し、東アジアに冠たる大帝国を築いた。

本作は、隋末唐初の李世民の活躍と変貌を、あるいは生態系の変化を描いた異形の唐代ＳＦである。

（編者）

穆宗《ぼくそう》の代のできごとである。

殿前の牡丹が紅く咲き誇り、あたりに香気が満ちた。一朶千葉《いちだせんよう》という。

穆宗は、

「人間未有《じんかんにいまだあらず》」

と感嘆した。

そこから毎夜宮中に、何万とも知れない黄白の揚羽蝶の群れが光り輝きながら現れるようになり、皆、虚しく布を振り回したりするのだが捕えられない。明け方にはどこへともなく姿を消してしまう。

穆宗は空中に網を張ることを命じ、それでようやく数百を得ることができた。殿中へ放ち、皆で追いかけ回して遊んだ。明け方になってみると、蝶たちは全て金細工であり、その巧緻は、これまで誰もみたことのないものである。人々はその脚に絳《あか》い糸を結んで首飾りとしたりした。箱に納めておくと、夜、光を放った。

その後、宮中の宝物箱を開く機会に、金銀や玉の山の中に、蝶へ変化途中のものがみつかったという。

穆宗は唐の第十五代皇帝。初代、高祖からは二百年ほど後の人物となる。
九代玄宗《げんそう》以降、穆宗の父憲宗《けんそう》までは長男が皇帝位を継いだ。穆宗は憲宗の三男である。二代太宗《たいそう》李世民《りせいみん》は高祖李淵《りえん》の次男、三代高宗は太宗の第九子となる。この高宗が武則天《ぶそくてん》と結んだところから話はややこしくなり、以降、玄宗に至るまでの皇帝はほぼ名前だけの存在となり、武則天が実権を握り続けた。周知のように、武則天は自ら皇帝位にもつき、唐王朝から周王朝への転換までも実現している。唐は一旦滅びた、ということになる。

武則天の死後、唐王朝は息を吹き返すが、それが仮死からの復活なのか生まれ変わりか、実は全く別の王朝なのかというのが、実はこの話の隠れた主題なのだがそのことはよい。ただ、武則天が神都とした洛陽に、明堂という名の巨大建築物を構築したことを述べておきたい。天円地方の世界観に基づいて、上円下方として造られたこの構造物が本当のところ何のためのものだったのかはよくわからない。象徴であり正殿であったとされるが、その形態は異様であって、古来、復元を試みる者たちのプランはみな、どこか魔法陣の気配を帯びることになる。

かの玄宗は、この武則天の孫である。武則天は李家をほぼ族滅に近い状況へ追い込んだが、それでも高宗との間になした何人かの子は残した。玄宗はサバイバーであったといえる。
ついては玄宗から血のつながる穆宗にも、高祖の血と武則天の血が流れていた。何代かをかけて、武則天の血をなだめ、落ち着かせることができたのかどうか。

穆宗の頃になると、皇帝はほぼ全ての時間を遊興に費やすのが常となっており、国政からは遊離した。あるいは理念と同一化し、想像の中の秩序が現世と同一視されるようになっている。この傾向はとにかく実務に追いまくられた李淵、李世民の時代を経て、武則天の時期から急速に強まった。宮中に楽園を実現すれば、天下もまた楽園となるはずであるという不思議な思想が行われた。

もっとも穆宗には、太宗の貞観《じょうがん》、玄宗の開元《かいげん》における治道を見習おうというほのかな意思を持つだけの責任感があり、その旨、周囲に「どんな本を読めばよいか」と問うたりはした。問いとしては間が抜けているが、周囲の方でも馬鹿正直に、儒教経典を薦め、必読とした。享楽からの束の間、浮かび上がった向学心に対して酷とも言えるが、別に周囲としてもいまさら名君や聖王を望むわけではなく、システムとしての機械的な応答であるともいえた。無論、学生の方はやる気をなくし、これは代々の悪癖である金丹による肉体と精神の改変へ興味を移した。

宮廷の金銀が蝶に変じはじめたという報告を受けた穆宗は、これを周囲の者に諮ったが誰も捗々しい答えを持たなかった。ただその話を耳にした周息元《しゅうそくげん》という隠士だけが、

「是《オール・ザット》」

と応えたという。それでよい、というほどの意味か。

浙西の地で数百年をながらえてきた人物だというが、これはあやしい。

唐の皇帝家である李家は、北方に出た。

李家は、鮮卑族と漢族の血を混ぜている。鮮卑はトルコ系とされてきたが、モンゴル系ではないかとされるようになっている。

元来、高い個体戦闘力を誇り、おおよそ二代李世民の代に極みに達した。この時期の李家は、人馬一体型である。食事や睡眠も馬に乗ったまま行うことが可能で、身体制御機能を人馬の間で融通することもできた。

脊椎動物に連なるが、北方の気候に適応し、キチン質の外殻を持つ。昆虫のものよりは、蟹を想像する方がまだしも似る。個体によって異なる形状の突起を備え、遠景での識別が可能だった。シルエットを利用して、藪を特定の個人にみせかける計略などもよく使われた。

北方の諸族は多く、「殻」を備えた。戦闘を繰り返すうちに自然そうした器官が発達し、家ごとの特徴を持つに至った。武骨にして簡明であることに価値を置いた。装甲は軽く、剛柔ともに備え、得物は重く硬く、相手を打つ。こちらも人馬と一体化する形で支えられている鋭い得物を閃かせ、あらゆる装甲を両断し、全体が巨大な槍となって相手を貫いた。

対する南方の漢族は巧緻を求めた。

体構造も入り組んでいる。メンテナンス性を無視した装飾を発達させたり、体節構造を多段化するなどの奇抜さを好んだ。芸術性を追求したためとも言われるが、ひねくれている、ということかも知れず、柔弱との評価も生んだ。発想にいちいち面倒なところがあって文脈への依存性が高い。機能美とともに遊びを重視した。詩文を作成するための器官を発達させた一族もあり、正音を発するための器官を代々伝える一族があった。自らを中華と規定し、北方の民のことは洗練を知らぬ奴らと見ている。そのくせ、いざとなればなにかと北方の民の戦闘力を必要とした。

唐国公李淵が隋帝煬帝《ようだい》に対し反旗を翻したのは、大業十三年《617》六月のことである。蹶起《けっき》にあたり、突厥《とっけつ》の始畢《シビル》可汗に援軍を要請し、兵と馬を得ている。北方は武力の供給源であると同時に策動の地であり、李淵はその駆け引きをよくした。

李淵自身は中央軍を率い、長男李建成《けんせい》を左軍、次男李世民を右軍として、九月には早くも首都長安に迫る。江南の地に逃亡したきりである隋王朝二代皇帝、煬帝を欠く長安は十月には陥落。傀儡《かいらい》の皇帝を立て、改元して義寧《ぎねい》元年とした。翌年には禅譲を受け、李淵は新皇帝として即位。改元して武徳《ぶとく》元年。李建成を皇太子、李世民を秦王、四男李元吉《げんきつ》を斉王とし、ここに唐の時代が幕を上げることになるのだが、基盤は未だ脆弱である。

客観的には、李淵はまだ首都に入城して先王朝の皇帝家の一人を擁し、弑《しい》したにすぎず、煬帝の子孫は各地に散らばり、そちらを担ぎ上げることも可能だったし、なんなら直接李淵を倒し、さらに皇帝位を譲らせるという手もあった。

長安の周囲は敵対勢力に囲まれていた。主なところを挙げるだけでも、東に李密《りみつ》、王世充《おうせいじゅう》。西に薛挙《せつきょ》、南には朱粲《しゅさん》に蕭銑《しょうせん》、北に竇建徳《とうけんとく》、劉武周《りゅうぶしゅう》、劉黒闥《りゅうこくたつ》、梁師都《りょうしと》といった勢力がひしめいている。統一王朝の成立にはこのいちいちを服属させていく必要があり、それは相手としても同様だった。あちらと結びこちらと戦い、そちらと和睦し、あちらを討つ、という慌ただしい日常が出現した。

自らが翻した身である以上、会盟の盟主なども目指せなかった。今更互いの下風に立つつもりなどは誰もなく、結局、相手が倒れるまで実力で殴りあうのが上等であるという手合ばかりが残っている。

以降、李淵は長安にあってもっぱら外交を担当し、息子二人に敵の掃討を命じていくこととなる。

李淵の二子、李建成、李世民の戦闘力は図抜けている。

大郎二郎と呼ばれ、以降の統一戦争を率先した。後代の皇帝たちのように宮城に閉じこもり、宮城と一体化していくという選択肢はなく、若さもまたそれを許さなかった。個体としての若さでもあり、種としての若さとも言えた。

唐の建国時、李世民は二十一歳の若者にすぎない。

その李世民が、ともにあらゆる敵を討ち果たしてきた兄と弟の二人を玄武門の変によって殺害し、皇帝位に手をかけるまで、そこからほんの八年しかかからなかった。

時代もまた若いのである。


李世民は外殻を漆黒で統一した。

精兵千余を皂衣玄甲《そういげんこう》、黒衣黒甲で揃えている。

李世民単体でも恐るべき戦闘能力を誇ったが、北方の民は「馬」と一体化することによりさらなる機動力と防御力、攻撃力を得る。単体の時とは比べ物にならない速さで駆け、跳ぶ。さすがに飛行能力を備えるものまでは現れなかったが、それでも吊り橋を架けられる程度の谷なら容易く跳んだ。「馬」は北方、そして西方に産する。馬を構成する素材や形態もまた様々であり、多脚を備えるものや、甚だしくは一脚というものさえあった。

乗り手とは体液で、コネクタを通じて直接的に接続される。コネクタは一般に柔軟性を備えるものの、誰もがどの馬をも乗りこなすことができるというわけではなかった。名馬ともなれば乗り手を選ぶし、気位も高い。当然、自らの体に凡百との体液の交換などは許さぬという矜持も備えた。

その気になれば他種族を圧倒するのは易いはずの「馬」たちだが、持ち前の性質は温順であり、使役されて苦としない。単体の場合はちょっとした物音にも動じるが、主人と一体化しているときには、槍矛の林を駆け抜け、飛来する弾雨をすり抜け躊躇せず、なんなら主の盾とさえなる。

李世民の特に愛した六馬については、「六馬図賛」の賛がつくられ、これを元にしたレリーフが李世民とその妻の墓に残され、今にその姿を伝える。
拳毛騧《けんもうか》、什伐赤《じゅうばつせき》、白蹄烏《はくていう》、特勒驃《とくろくひょう》、颯露紫《さつろし》、青騅《せいすい》を数える。
うち颯露紫は、唐の統一戦争の中で、飛矢に倒れた。

長安では、李淵が皇帝家から禅譲を受けて「唐」を建てたが、洛陽では李密を討った王世充が同様にして皇帝を名乗り「鄭」を興した。西域の血を引く王世充は隋建国の頃からの李淵のライバルであり、やはり装甲を纏っている。装甲を我が家のようにしており、傍目には立っているのか座っているのか、起きているのか寝ているのか、どちらを向いているのかもよくわからないのだが、実は高い機動性を誇る。

武徳三年《620》七月一日、李淵は洛陽攻略の詔を発し、李世民はその中心となった。七総管二十五将軍と十万余の諸軍を率い、李建成が側面を固めた。

李世民の初陣は十八である。最初は屯衛将軍雲定興《うんていこう》の指揮下に入り、気の利いた参謀役を務めていたが、ほんの数年で大軍を率いる身へと変じ、その身を守る刺《とげ》は長く鋭く、数を増した。状況を見、時節を見定め、果敢に攻める。待つことができ、待たないことができた。自分なりの戦闘の流儀を見出してからも、李世民の二十代の若者らしき身軽さは変わらなかった。洛陽をめぐる戦いの間だけでも二度、孤立しては重囲を切り抜けている。

一度目は、軽騎兵を率いて自ら索敵を試みる間に、王世充の主力に遭遇した。道は狭く、前後を数百の兵に囲まれたが、李世民は自ら後詰めを担当、八本の腕で四本の槍を振るい、馬体から絶えず周囲に鉛玉を射出し続けるという機動によってこの戦場を切り抜けている。いかにすぐれた騎体とはいえさすがに戦いは熾烈を極め、ようやく陣へ戻った李世民は入営を拒否されている。

血と埃にまみれた姿が判別できず、ＩＦＦも破損していたからではあるが、各部の有機組織が剝き出しとなり、外殻の自律修復機構の上げる煙に包まれた姿は、城兵の目に幽鬼としか映らなかった。李世民は歪んでしまった頭部装甲を解放しようとしたもののなかなか果たせず、おそるおそる近づいた整備班が装甲に食い込んでいた鋼鉄の鋏を外してようやく、素顔が外気に触れ、李世民当人であることが知られた。その鋏はのちに、敵将、単雄信《たんゆうしん》の右腕武装であったことが判明した。

二度目は、王世充と正面切って対陣したときに起こった。歩兵を進めたのちに機を見て突撃、ほんの数十騎をもって敵陣を突き抜け、後背へ出た。そのまま当たるを幸い敵兵を薙ぎ倒しているうちにいつしか傍らには将軍が一人だけとなっていた。

指揮官としてはあるまじき振るまいとも見えるが、そんなことは気にかけなかった。ただ一人敵陣に飛び込んだとしても生きて帰る自信があったし、自分の死なるものが、自身の生の中に存在すると考えたこともなかった。死ぬのはいつも他人であり、最後に立っているのが自分であることに、李世民は何の疑いも持っていなかった。そうした疑念が頭をかすめたことさえなかった。この頃の李世民は、そういうことを考えるようにはできていない生き物なのである。

ただしこのとき、偶然に飛来した矢が、颯露紫に命中している。

李世民の乗騎はよく乗り手を守った。

ついては、「六馬図賛」にも被矢数が残る。

拳毛騧は、前面に六、後背に二、
什伐赤は前面に四、後背に一、
青騅は前面に五の矢を受けた。

颯露紫、前中一箭《せん》。

颯露紫は正面に矢を受け、倒れた。

李世民は突然大地へ放り出されて、それから馬が撃たれたことに気づいた。常ならば飛来する矢などは容易くかわし、部分装甲を傾けては入射角を調整しはじき跳ばす颯露紫の胸元に、一本の矢が突き立っていた。骨騰神駿《ほねおどりしんそく》と讃えられる颯露紫が矢を受けるはずなどなかった。より正確には、颯露紫が単体で矢を受けるはずなどなかった。颯露紫は李世民を振り落とすのが精いっぱいで、自分自身は矢を受けた。

ただひとり随伴していた将軍が振り返ると、その体から四方に無数の矢を放ちつつ、李世民のもとへ駆け寄った。躊躇《ためら》いなく馬から下りると、李世民を自分の馬の上へ押し上げた。馬の前に立ちはだかり、体から長大な刺を突出させると、接近を試みる敵を威嚇した。主を守ろうとする決死の構えであったが、背後から呻きのようなものが響くと、何かの影が将軍の頭上を跳んだ。

まるで長年馴染んだ馬を操るように李世民は将軍の馬を操り、周囲の敵を瞬く間に掃討した。

「颯露紫を」

部品なりと持ち帰りますか、と我に返った将軍は李世民に訊ねかけたが、李世民はすでに颯露紫の死体へ背を向け、再度、敵の本隊へ突入している。将軍は慌てて徒歩であとを追いかけ、かろうじて本陣への帰還を果たした。

といった軽率な行いも見られたものの、李世民は大軍をおおむね堅実に運用し、王世充を追いつめることに成功する。

武徳四年《621》五月三十日、李世民は洛陽に入城。齢二十四である。

この時期は、誰でもが皇帝になりえた。

名乗るだけなら自由である。実際には兵や民の支持も必要だが、血も無論、重んじられた。

血はまずなによりも、天の与える統治権を保証した。

たとえば、隋の皇帝家である「楊」、唐の皇帝家である「李」はどちらも鮮卑の血を引いており、さらには李淵の父である李昞《りへい》の妻と、隋を建国した楊堅の妻は姉妹である。

李淵から見た煬帝は、母の妹の子であり、三歳下の従弟ということになり、血筋も外目から見る分にはどちらがどちらであっても大差ないほどには近い。ゆえに李《すもも》が楊《やなぎ》を襲うのは、他家がそうするよりも「自然」に見える部分があった。隋と唐が連続して見える所以でもある。

そして、血はなによりも、個体の戦闘力を左右した。体を構成するユニットに直接手を加えて強化していく手段もあるが、なんといってもまず重要なのは土台であって、これは生まれつきが左右した。馬の性能を高めていくようにして、自分たちの体を積極的に改造していくことになるのだが、まず第一の手段は繁殖である。外科的な改修が第二、内丹等の薬物を用いた内科的調整が第三、と続く。

優れた性質を持つ血を引き込んで、一族の外形や思考を変化させることを試みた。

李淵の母と煬帝の母の姉妹の父、独孤信《どっこしん》は匈奴系の軍人であり、両家の北方の血を強化する結果となった。

もっとも、煬帝が惰弱にして残虐とされたように、血が全てを定めるということもまたなかった。体の大きさや、腕や脚、目の数、耳の位置やその構造、嗅覚を司る器官の配置などは遺伝的な要因が強かったが、それでもまだ揺らぎは大きく、数代前の特質が子孫の代に遡って強く現れるということもよく起こった。

基本的に子は、親の形質を継ぐと考えられていたものの、道士たちはその過程への介入が可能であるとして様々な術を開発したし、のちには宦官たちが多彩な閨房術を発達させた。後宮から優れた特質を持つ子を生み出すことに成功すれば帝国の実権を握ることは夢でもなんでもなく、あるいは自分たちの思い通りになる無能な王をつくりだすことによって、権勢を恣《ほしいまま》にすることだって可能なのである。

　遺伝を司るなにものかが特定されるのは千年以上のちのことであり、この時点では未だ、それが物質なのか非物質なのかさえも不明であって、遺伝に人間の意思や思念が関与するものかどうかもわからなかった。

　自身の能力を鍛錬により伸ばすことが可能である以上、自分がどんな子をなすかもまた、鍛錬によって左右できてもよさそうだった。

　実際のところそんなことは叶わなかったが、当事者たちの実感というものはまた異なる。


　隋のはじまりではなくその終末期に、多くの種が枝分かれして咲き誇った原因についてはよくわからない。

　漢帝国が滅び三国に分かれ五胡十六国へと分裂は進み、南北を経て隋の統一を見るまでに、国々は大いに乱れた。生存を懸けて変異しながら戦いを繰り返すという意味では、隋代よりも激しいものがありそうなのだが、その間どうも、爆発を連想させるような種の増大は見られない。国と種の「なわばり」は重なり合いつつ境界を異にするものであったが、種は種としての枠を超えることが、あまり見られなかった。

　この事実から、隋末における種の放散を、隋という統一的なプラットフォームの設置によってはじめて可能となった現象とみなす論者も多い。単に戦いを激しくするだけでは種は多様化することなく、むしろヒエラルキーの固定が起こる。物流の発達と情報のやりとりが、可能性を広げる土台となったと考える。

　たとえば、煬帝による大運河の建設を種の多様化の要因として位置づける。それによって可能となった様々な移動や交通が、多彩な人々の出会いを生み、新たな器官を発生させたのだと説く。ともかく物理的な力へ傾きがちな北方と、魔術的な力に惹かれ続ける南方の種の混淆がそこでは起こった。

　この視点からしてみると、隋は自らが調えた環境から興った種によって滅びた、ということになる。その意味では隋の崩壊は一種の生物災害《バイオハザード》と見なすことができるのであり、煬帝には自らを滅ぼした狂気の研究者の役柄が割り振られることになる。


　隋末の混乱期に世に出た数多の種の中で特筆するべき種は多いが、たとえば朱粲率いる一団などは中でも強い印象をもたらす。

　大軍の運用においてまず重要となるのは、兵員の質でも装備の水準でも戦略でもなく、食糧である。特に北方では平時においても都市における食の確保に難儀することが多かった。広大な陸地を何万という生き物たちが駆け回るには大量の食糧が不可欠であり、歴代の王朝は「倉」を設置し穀物を大量に蓄えることでそれに備えた。必然的に軍隊は「倉」の間を渡り歩くようにして移動し、余裕があれば戦う、ということになる。

　朱粲は古来軍事を拘束してきたこの枷を外すことに成功した。

　戦場にたとえ食い物がなかったとしても、戦う相手は常にいる。相手がいるから戦うのである。やや哲学的なこの命題から、朱粲は単純な結論を導き出した。

糧食がないなら、相手を食べればよいではないか。

一度その方針を受け入れたなら、なにも相手を兵に限定する必要もないのであって、そのあたりの民草を獲って食らうということでもよかった。人を喰うことは行動の自由をもたらし、移動も籠城も好きに選ぶことが可能となった。ただし後者においては、籠城を続けるうちに自軍の規模が縮小していくという副作用から逃れられない。

「キシャー」

と言った。キチン質の鋏は兵器としても、キッチンバサミとしても活躍した。

ここでの「キシャー」はいわゆる正音の体系では分類することのできない音であり、獣の声とも鳥の声とも楽器の音ともつかないものといわれ、曰く書き写し難かった。

朱粲の軍が留まる土地からは他の生き物の姿が消え、幾万ものこの鳴き声が風に乗って流れてきたと伝わる。

朱粲は亳州《安徽省》の出であるから、北方と南方の間に産した。

これが北へ送られ、隋への反乱軍と戦ううちにいつしか群盗の首領と化して、十万の手下を従える身となった。迦楼羅王《かるらおう》と名乗り、南方に転戦して楚帝を名乗った。どこもかしこも自称皇帝だらけの時代である。転戦は無論、移動を続けなければ糧食が不足するからである。その頃になるともう、他の食糧よりむしろ人肉を好むようになっている。

実のところしかし、食糧に人を用いるというこの奇策は、歴史上何度も再発見され、これからも繰り返されていくものにすぎない。朱粲において特筆されるべきはその方針を掲げて恥じず、飢餓によらず嗜好して、むしろ誇ったところにある。

人肉を食することはある種のエネルギー問題を短絡的に解決したが、人間心理には深い動揺をもたらし、持続可能性《サステナビリティ》においても多く問題を抱えた。朱粲の軍は特に婦人小児を好んだから、再生産のループを破壊している。

喰われる前に喰えという大方針が徹底されてしまうと、集団の維持は困難となる。おちおち寝ていることもできなくなる。必然的に朱粲の軍は解体へ向かい、崩壊を迎えることになる。身内の反乱から逃れた朱粲は北方へ逃走、李淵に降伏することになるのだが、迎えの使節の前でも人肉への嗜好を隠さなかった。それを咎められた朱粲は使節一行を惨殺し、再度逃亡して洛陽の王世充のもとへ投じた。王世充はこれを龍驤《りゅうじょう》大将軍としたというから、人を喰うことへの禁忌がそれほど強くはなかったらしい。予想される洛陽籠城での「活躍」を期待してということかも知れない。

李世民による洛陽落城時、朱粲他、罪の大なる者とされた十数人が洛水の河畔へ引き出され、首を斬られた。人々はその残忍を憎んでいたから、我先にと朱粲の屍体へ瓦礫を投げつけ、忽ちにして塚ができたといわれる。

大郎二郎の兄弟は統一戦争をそれぞれの愛馬とともによく戦った。

武徳六年《623》正月、皇太子李建成が、最後のまとまった敵対勢力である劉黒闥を撃破することでとりあえずの四海統一は完成する。長く続いた征戦も振り返るならあっという間の出来事だった。

皇太子李建成にしても秦王李世民にしても、青春を駆け抜けたという趣があり、ほぼ曲折を見出すことができない。父李淵もまた屈託なく、宮城でも堅苦しいことは言わずに父子として対応し続けた。

ただし四男李元吉において事情は異なり、こちらは溺れた。腕力と脚力に優れ、潜在的な個体戦力としては兄たちに劣らなかったが、李家の兄弟に求められる能力は個々の戦闘能力より、統率力へと変化していた。

ただの乱暴者という評価に苦しめられた。戦を含めて諸事側近まかせとなりがちであり、肝が据わらないとされた。もっともこれには年齢もあり、李元吉は李世民より五つ年下である。統一戦争が終わった時点でようやく二十歳を迎えたところにすぎず、戦場での経験の差は如何ともし難い。

李元吉には、早くも後に続く皇帝たちの素質の発現が見られた。すでにでき上がった体制の中での夢を愉しむ才能があり、外の景色を忘れる性質がある。行動の根底に「あらゆることは誰かによってすでに行われている」という発想が透け、それが兄達との最大の違いとなった。

かといって悪いことに、無能とまでは言えなかった。

王朝には人員が必要であり、使える者を使わなければ新たな王朝を切り回し、維持することなどできない。才能はなによりも欲しく、土壇場で血筋以上に信用できるものは存在せず、しかし血筋はまた内乱の種ともなった。

李元吉は少なくとも数に数えることはできる存在であり、皇帝位を争うという事態になった場合、どちらにつくかで長男と次男のいずれが皇帝となれるかを左右する立場にあった。自らが皇帝になる器量は備えなかったが、単純な数として三を二と一に割る立場に置かれた。

これが血筋の中からどれを選んでも大差ないような個体ばかりが並ぶ時代であれば話は別だが、李建成と李世民はそれぞれに李淵のあとを継いで自ら積極的に国造りのグランドプランを引く才質を備え、当人たちにも自負があった。

兄弟三人で手を携えて国を盛り立てるという事業は不可能であると、三人がいずれの時点で気づいたかは定かではないが、少なくとも長安の攻略まではそうした夢も見られただろう。

唐長安は、漢長安とはやや離れた場所に置かれた。隋の初代皇帝、楊堅の都を元にしている。後代の、花の長安というイメージからはほど遠かった。

規模は東西がほぼ十キロ、南北が九キロ。これを高さ五メートル、厚み十メートルほどの壁で囲んだ。北に皇城、皇城の中に宮城を入れ子にする。宮城の北側に皇帝の住居、東側に李建成の住居と李元吉の住居、西側に李世民の住居がつくられた。この配置が皇子たちの運命を定めたということもありうる。

南北の中央を貫く大通りの幅は百五十メートル。東西の大路の幅は二百二十メートル。市街部を東西十四条、南北十一条の道で四角く区切り、それぞれに幅高さともに三メートルほどの壁を立てて囲んだ。

街の南側中央の門を明徳門。そのまま進むと皇城の朱雀門へと至り、北の玄武門より抜ける。

一辺が五百メートルから一キロメートル程度に及んだ市街地の区画は「坊」の名を持ち、全体で百十坊ほどを数えたという。一つ一つが防御構造物であるような三メートルの高さを誇る四角い区画が整然と並ぶ格好であり、これはどうしても昆虫類の巣などを連想させる。

長安の占領以降、李淵は戦闘を息子たちに任せ、自身は参加することがなかった。

ほぼ長安の壁の内部にあって主に外交と繁殖に専念した。

李淵がその生涯に創造した子の数は、男子二十二、女子十九。段々と数を増やしたのではなく、長安に巣くって以降、まるで将来の臣下のみならず、あらゆる人民までも自らの子孫だけで埋め尽くそうとするかのように、急速にその数を増やした。

皇帝位についてからの李淵の心の中に何が起こったのかは測り難い。

しかし自らが天の認めた皇帝であり、不可侵のものであることを示す必要性は感じただろう。そのためには人並み外れた業績が不可欠であり、ついては常人にはなしえぬほどの数の子をつくった、ということもありうる。あるいはまたこう考えたのかもわからない。自らが限りなく天に近しいものであるならば、統治のための新たな生命を生み出すことだってできるのではないか。

楊家や李家はその武勇、装甲や得物で鳴らし、馬との合一をも果たし、自在に野を駆け、とらわれというものを知らない。今や李家は世界の中心に据えられた巨大な構築物へと自ら入りこみ、長安を自らの巣とした。かつて全土を支配した漢以来の壮挙であるが、漢人は李淵らの祖である北方の勢力に追われ、南へ逃れ、そして敗れた。

今ここに、世界の中心の巣が再建され、新たな種が創造されるべきときなのではないか。

外部を失った帝国は自らの中に外部をつくりだし、歴史を縮小しながら再生産することがしばしばである。李淵は新たな種を作り出すことで、その危機を避けようと試みたようにも見えるのだが、身近に迫る内乱の気配をどこまで察知していたかは定かではない。
武徳《626》九年六月四日の明け方、秦王李世民が、東宮李建成、斉王李元吉を玄武門において襲撃。皇太子李建成は対突厥戦に当たらせるという名目で集めた兵により李世民を討とうと画策。偽の出征を奏上しようと参内するところを、李世民が先を制したということなのだが、双方が繰り広げた数多の陰謀のうち、顕在化したのがその脈絡であったにすぎない。

次男、李世民が九人の部下とともに影のように黒い姿を現したのは、長男と三男が臨湖殿へさしかかったときである。李世民の姿を確認したとき、李元吉は自らの人生の中ではじめて、将来をはっきりと見通すことが叶った。傍らでは、兄、李建成が馬を静かに停止させた。

暗がりから進み出た李世民の姿は、かつて戦場を駆け巡っていた指揮駆逐型とそれほど大きく変わってはいない。李元吉もまた、戦闘用の体を維持しているが、戦闘指揮者のものというよりは、斬り込み役の純戦闘特化型をとっている。

かつて戦場で李世民と馬を並べ、兵たちの歓声を受けた李建成の姿は、変化している。長男の姿は以前の李淵に、次男の姿は李建成に、三男の姿は李世民に今は似ており、姿が三人の関係の変化をそのまま現していた。

にこやかな表情をつくる秦王が声をかけてきたときには、斉王はすでに跳躍している。迫り来る矢を片端から叩き落とし、デコイを放出して第二波に備えつつ着地、秦王へ向け、鉛弾による弾幕を放出。再び跳躍する間に、誘導弾を放つが秦王は軽く位置を変えただけでそれをかわした。高みから見下ろす森の中に、秦王側のジャマー部隊が控えていることを斉王は確認する。着地したところで、馬体の側面の補助腕が弓を引き絞るが、射撃姿勢に入った秦王へ備えるために姿勢が崩れ、矢は秦王をかすめるだけに留まった。

秦王は火力を解放。

からくも弾雨を逃れた斉王の目に、秦王による斉射をよけようともしなかったらしい皇太子の、穴だらけになったシルエットが映った。

現在の自分の個体戦闘能力が秦王をしのいでいることを、斉王は疑わなかった。斉王は馬と自分の全機能限定を解除。

秦王はその姿を見ても表情を変えることもなかった。

次の瞬間、横合いから飛来した矢が斉王の首を貫き、それでも斉王は跳躍姿勢への移行を試みたが、七肢のコントロール機能はすでに失われており、馬が右中脚を地面に着くと、斉王は地面に放り出された。

秦王は矢を放った部下に頷いてみせ、玄武門へと馬頭を巡らせた。

以下、玄武門を巡る攻防が続いたものの、秦王の部下である尉遅敬徳《うっちけいとく》が東宮と斉王の首を示したことで東宮側は敗走。尉遅敬徳はそのまま東宮と斉王の到着を待っていた李淵のもとへ参内し、驚く皇帝へと兄弟の謀反を伝えた。

皇帝はその場で兵権を李世民に与えることに同意、八月には譲位し、以降、軟禁生活を送ることとなる。

長安の巣は新たな主に代替わりをした。

二代皇帝、太宗李世民の統治は、貞観の治として後代の模範とされることになる。

太宗の子は、男子十四、女子二十一の三十五体。様々な血を混ぜ、妻たちの中には煬帝の娘の名も見える。

貞観四年《630》には、北方で突厥を討った。これにより北方諸族から天可汗《テングリ・カガン》の称号を得る。このときの突厥の王を、頡利《ケツリ》可汗。始畢可汗の弟である。頡利可汗の元へ身を寄せていた煬帝の皇后、蕭氏《しょうし》を長安へと迎え保護下に置いた。

ある夜、太宗は、後宮の庭に柴を積み上げ、宮殿の至るところに膏油を配し、明るく照らした。皇帝の力によって夜に出現した昼の中、太宗はかつての帝国の皇后であり、南朝、梁の武帝の血を引く蕭氏へ向けて、

「わたしの趣向は隋帝に比べて如何でしょうか」

と訊ねたものの、蕭氏は笑って答えなかった。重ねて問うても、

「隋帝は亡国の主、あなたは開基の主、おのずと尺度は変わりましょう」

としか言わない。

「では隋帝の趣向を伺いましょう」

と太宗は強いて、蕭氏は語った。

「除夜には、宮殿の前に火山を数十設けますが、これは全て沈水香の根でできており、一山ごとに数車分の沈水香を甲煎香でまとめております。炎は数丈に及び、香りは数十里に漂うのです。一晩で燃やす沈水香は二百車あまり、甲煎は二百石あまり。宮中では膏火を絶やすことなく、連ねられた百二十の宝珠がその炎を煌めかせ、白日のような有り様でした」

太宗は口を開かなかったが、心服した様子であったとされる。

太宗が、父の拓き、自らが継いだ王朝の末路を予見したのは、あるいはこのときであったかも知れない。

李世民が太宗へと変貌してのち、臣下の形態もまた変化していった。

脚は落ち、腕は二本となり、南方諸族の姿に近づく者が増えていった。殻が外れ、抜けた刺はそのままにされるようになり、宮中での暮らしへの適応といえた。宮中は馬が走り回るのに適さぬ洗練を加えられ、様々な種は互いに似通っていくことになる。

太宗はその変化を認め、無抵抗に流されつつ受け入れたようにも見える。

この間、太宗が一人の道士を招いて相談した内容は秘密裏のものであったため、後世に伝わることはなく、いつの出来事なのかもわからない。

「人の世は」と太宗は周息元に向けるともなく語りはじめた。「変転の中にあるが、その流れには抗い難い。見よ」

と袍《ほう》に包まれた腕を上げてみせた。

「われらは草原をわたる風であったのに、今はこの壁の中に好んで閉じこめられ、礼を学び、言葉を書き込まれた。体は南の水になじみ、今や北方へは戻れぬ者も増えた。それにより、この偉大なる帝国は永遠に続くであろう」

と語る皇帝がそれを疑っていないことは明白であり、その言葉は問いではなかった。

「だが、それだけでは物哀しい。ただ移りゆき、好きに読み替えられていくだけの世界に一体なんの価値がある。我らは異なる生き物へなっていくのだろうが、今この世を、この世を感じる我らとともに残すことを欲する」

「畏れながら」と応えた周息元の言葉が、今や帝都と一体化した巨大な構造物となりつつある皇帝の数多の耳の奥に存在しているはずの脳髄に届いたのかはよくわからない。「それは生き物の身には叶わぬこと。しかし」

と周息元はしばし言葉をとどめ、応答がないらしいことを確認してから続けた。

「鉱物の技は、陛下の夢をあるいは留めることを可能とするかもわかりません。陛下はここまで比類なき生命でありました。しかし道《タオ》に足を踏み入れると心を決められるのであれば、その変転の力の源を、李家の血を鉱物へと移し、自らが何者かも忘れ、子孫にもそれと知られることのないまま、正確に複製を続ける機械として時代をつないでいくことも、あるいは可能であるかも知れません」

皇帝からの返事はないまま、周息元の声だけが虚しく空気を揺らしていく。

「ただし、時間はかかります。百年、いや、二百年。留めおくことができるのは、その際の宗室の姿ということになり」

それが太宗の想像する李家の血と、その末裔の姿と一致するかはわからない、とは続けなかった。不意に、室内に圧が押し寄せ、周息元の耳に太宗の言葉を形成した。

「我が帝国は不朽である」

というその言は、周息元の提案への応えだったのかも知れず、それとも、ただの帝国の意思が無意識的に繰り返す独白だったのかもわからなかった。

主要参考文献

『新唐書』巻七十九隠太子伝
『新唐書』巻八十七朱粲伝
『旧唐書』巻五十六朱粲伝
『旧唐書』巻六十四隠太子建成伝
『旧唐書』巻六十八尉遅敬徳伝
『杜陽雑編』巻中
『全唐文』巻十六馬図賛
『続世説』巻九傷逝
大室幹雄『干潟幻想』三省堂、一九九二年
大室幹雄『檻獄都市』三省堂、一九九四年
大室幹雄『遊蕩都市』三省堂、一九九六年

大空の鷹——貞観《じょうがん》航空隊の栄光

祝 佳音
（林久之訳）

時代背景

唐の二代目皇帝である太宗（李世民）は、優れた人材を登用し、臣下の諫言をよく聞き、内政や文化事業に励んだ。国内が安定したことから、その治世は貞観の治と称えられている。その一方、太宗は積極的に領土拡張を図った。貞観四年（六三〇）に東突厥を撃破してモンゴル高原に勢力を伸ばし、貞観十四年（六四〇）には高昌国を滅ぼし、西域に領土を広げた。さらには東方にも目を向け、貞観十九年（六四五）から二十二年にかけて三度にわたって高句麗に遠征した。しかし、この遠征は全て失敗に終わり、貞観二十三年（六四九）に太宗は亡くなった。唐が高句麗を滅ぼしたのは、三代目皇帝の高宗（李治：在位六四九〜六八三）の時代のことである（六六八年）。

本作は、太宗の高句麗遠征を題材とした作品である。しかし、題名からも分かる通り、航空隊が空中戦を繰り広げる作中の唐朝は、私たちの知る唐朝とは大きく異なっている。スチームパンクならぬ牛皮筋パンクともいうべき幻の作品をじっくり味わってほしい。（編者）

貞観《じょうがん》十一年七月六日巳《み》の刻三点、高句麗《こうくり》の外海。
帝江《ていこう》式（爆撃機にあたる）の尾翼が（畳んだ状態から）広げられると、加熱された瀝青《れきせい》と松脂《まつやに》の煙が甲板上に霧の層となって立ち昇る。藍染《あいぞめ》の短い上衣＝藍短掛《らんたんか》を着た崑崙奴《こんろんど》たちが松脂をもって巨大な牛筋の索《さく》をくすべて、太い弾性を帯びた牛筋の索をさらに柔軟で強靭なものにしているのだ。馬荻帖《まてきちょう》の目はまっすぐに漆黒の夜空に向けられ、前方の華方式（戦闘機にあたる）がしだいに遠ざかっていくのを見つめていた。まもなく自分の番が来る。

馬荻帖は刹車《せつしゃ》の操縦桿をすばやく押し下げると、重さ七百五十斤におよぶ飛行機の前輪の制御をゆるめ、饕餮《とうてつ》号（空母にあたる）の三つの牛筋発射機の一つへと転がしていった。四人の藍短掛が飛行機の牽引鉤を二号発射機の鉤に取り付けると、続いて再び彼の飛行機の点検を始めた。

「牛筋索二十八千（二十×八千＝十六万）転、確認」後部座席の羅四《らし》が飛行機の下にいる藍短掛の合図を見て、大声で復唱する※1。

短袿《たんけい》のひとりが木板を持ってきた。毛筆で「秋風乍起落花枝（秋風たちまち起こる落花の枝）、坤《こん》※2」と書かれている。

饕餮号は海上で向きを変えるところだった。風力と風向はこの巨艦にとって最も重要な数拠《すうきょ》であり、船長は随時風力と風向に応じて角度を調整し、風に逆らって制御することにより飛行機の揚力を最大にすることができる。今日の風力は中の下くらいだったが、ほぼ正常と言えた。ただ海面の気候は変わりやすい。任務を終えて帰航するときにも好天に恵まれるとしたら、最大の幸運と言えるだろう。

「補助翼を開け！」馬荻帖が見ているうちに、何人もの藍短掛が折り畳まれていた主翼を開き、木製の突起部を主翼の受容部に挿入した。技術長が機械の前に駆け寄って、身につけた皮の尺であわただしく突起部の外に出ている部分を測定して、印章を一つ取り出すと、突起部に封印し、踵《きびす》を返して離れた。

帝江式は長さ四丈、主翼を展開すれば六丈四尺に達する。この巨体は地上にあるときはまだしも、饕餮号の上では大いに扱いかねる代物だった。海軍型の帝江式をみんな折りたたみ式として設計したのはもっともなことであった。通常は畳んでおき、出動するときに展開して、さらに六本の突起部でしっかり止める。高速飛行をする飛行機の翼には想像を絶する大きな力が加わる。出撃に際して片方の翼が折れるようなことがあれば一大事である。

「設置完了！」羅四が馬荻帖の肩を思いっきり叩いて確認の合図を送り、馬荻帖はうなずいて了解の意を示した。

最も緊張する瞬間である。馬荻帖は操縦桿を動かしてみた。左翼は正常、右翼も正常、牛革の翼に描かれた鳳凰がはっきりと見える。表皮張力が離陸の要求に達したしるしだ。腹部の貫《かん》地雷《じらい》も完全に正常。すべてが緒につき、出撃を待つばかり。

緊張の思いが突然馬荻帖の心に湧き上がり、呼吸が激しくなった。再びすべてが正常であることを確認すると、彼は〝善〟と書かれた木板を取り上げ、下にいる藍短掛たちに見せた。藍短掛たちは直ちに離れる。続いて馬荻帖と羅四は海軍飛行師の伝統的な出征の歌を吟じ始めた。

「賢明なること聖堯舜《ぎょうしゅん》に譲らず　盛世貞観《じょうがん》の法治の功　朝野恭迎す中外の客　君臣徳正しきこと地天に同じ」

一人の藍短掛が飛行機の傍らに駆け寄ってきて、馬荻帖に向かって拱手《きょうしゅ》の礼をとった。馬荻帖も拱手を返すと、続いて藍短掛が力いっぱい目の前の木桿を倒した。

「発進！」

一筋の炎が空中に噴き上がり、藍短掛がさっと片膝をつくと、手を甲板に触れる。帝江式戦闘機は六十四本の牛筋の索に牽引されてすさまじい速度で飛び出した。馬荻帖の頭部が麻布の座席に沈み込み、眼球が眼窩の底まで押し付けられるような気がした。飛行機に激烈な振動が起こり、がたがたという響きとともに、木製の軌道の上を饕餮号の艦首に突進していった。

最も緊張の時であり、最も危険な時でもある。飛行機がやっと平静に戻ると、馬荻帖はすぐに窓の外の木竜に視線を送った。木竜は左右の翼の下に安置され、全身が黄金色、体の下に五枚の鋭い爪があり、飛行師に高度の情報を示す。もし木竜の二本の爪が下を向くようであれば、直ちに機体下部の〝皇恩貫《こうおんかん》地雷《じらい》〟を投下して、飛行機ごと海中に落ちるのを防ぐ。またもし三本の爪が下を向いたなら、後座の射撃手に知らせて落下傘で一緒に脱出することになるが、幸いなことに、機体側面の木竜の爪のうち四本が前を向いていた。今のところ、一切が正常を保っていることを意味する。

今日の任務は高句麗まで飛ぶことであり、通常の任務に当たるものだった。一日か二日おきに一、二度行うもので、計画によれば、彼らは飛行機に乗って編隊のあとについて予定された目標地点に向かい、目標地点に到達したら、地上にいる者が火箭《ひや》をもって編隊中の華方式対地飛行機のために目標を指示する。一切が正常ならば、帝江式対地上爆撃機は機体の下にある重さ八百斤の〝皇恩貫地雷〟を投下し、投下したあとは、後座の操作員が縄線操縦爆弾を目標に向け、直ちに爆撃を行う。華方式飛行機編隊は帝江式飛行機の安全を保護する責任を持つのである。

二年前のこと、大唐の軍隊はまだこのような高精度の攻撃を実現することができなかった。そのころ朝廷ではまだ精妙な貫地雷を製造していなかったので、敵を攻撃するためには、通常三つの重明鳥《ちょうめいちょう》式編隊で数万斤におよぶ火力をばらまいて、目標を含む周囲七、八丈の地面を一片の焦土に変えるしかなかった。もし都市に投擲するとなると、敵のいる付近の市街はほとんどが巻き添えになってしまうのだが、宮中の賢王閣下が凧から霊感を得て、凧を制御する原理を貫地雷に応用することを思いつき、こんな状態はようやく改変されたのであった。

発進に際しこの飛行機はおよそ四万転の動力を消耗する。馬荻帖の機は現在十六万転を残し、さらに六万転の牛筋補充倉を装着していたから、基本的に任務の完了は可能だったのだが、これだけの動力では余裕があるとはいえず、作戦計画によれば、馬荻帖は高空にある長距離輸送機を見つけて、そこから動力を補充したのち、任務地点に赴くつもりだった。

巨大な長距離輸送機を見つけるのは容易なことだ。通常は艦隊の巽方《そんほう》の高みを飛んで、とてつもない音を立てている。この怪物の全長はゆうに華方式の三倍もあり、八つの回転翼をそなえ、甲板上には数十人の崑崙奴と四頭の黄牛《こうぎゅう》を搭載することができた。彼らは一日中輸送機の中でたえず牛筋を反転させては、自分たちやほかの飛行機のために動力を補充している。輸送機の食料や水は搭乗している作業員を三十時間以上支えることができ、もしこの輸送機で補給を続けるならば、まだ数十日は飛び続けることができるだろう。

巨大な響きのほうへ向かって行くと、まもなく長距離輸送機が見つかった。巨大な怪獣は大空をゆっくりと飛行していて、身のまわりに悠揚迫らぬ力強い気をまとい、八枚の回転翼で大気を攪拌しては、耳を聾《ろう》する音を立てていた。彼は合図を送り、慎重に革の面頰《めんぽお》のひもを左の耳にかけ、しっかりと結んだ。

「ちゃんと聞こえるか？」馬荻帖は送話器に向かってどなった。

「はっきり聞こえるぜ！」羅四の声が耳覆いに伝わってきた。飛行師はみんな革製の耳覆いを装備することになっていて、口は面頰で覆っているから、互いに細い索でつないでおくと、外の音と隔絶されていれば、相手の話をはっきりと聞くことができた。輸送機上の搭乗員もこの種の耳覆いを持っていたが、むろん材質も造りも飛行師のものには遠く及ばなかった。

馬荻帖は慎重に操縦桿をあやつり、帝江式戦闘機[※3]を腹部から長距離輸送機に近づけていった。機首を輸送機の下部にある収容架に装塡させるのである。これがうまくいけば、輸送機の乗員が機体を固定して、動力を補充してくれる
「距離四丈一六尺（ママ）、相対速度八里だ」羅四が注意をうながす。

輸送機との結合を成功させるのは簡単なことではない。風向、風力、相対速度など、変数がはなはだ多く、わずかな不注意が大変な結果を招く。この作業は多くの海軍飛行師が饕餮号への着艦よりも難しいと認めていた。饕餮号への着艦ならば最悪の場合海中に転落して嘲笑の的になるだろうが、それでも長さ一丈もある主翼が乗員もろとも木っ端微塵になる結果に比べた

らまだましというものだった。しかし馬荻帖には自分の腕前に確信があったといってよい。皇帝が海軍飛行師を養成するのも、こうした挑戦を完全にこなすためなのだから。

巨大な長距離輸送機と帝江式の距離はますます近くなり、八枚の回転翼が発する轟音に馬荻帖はめまいがして顔を背けたくなったが、力の限り操縦桿を操って、機体の背後の気流に影響されないようにしていた。次にやることは投げ縄で奔馬を捉えるに等しい。両手が抑えようもなく震えた。踏み板を緩めると、帝江式は少しずつ長距離輸送機に近づいていった。

「右翼だ！」羅四の声が耳に飛び込んだ。予想外の横風が機体の右翼を浮き上がらせ、あやうく突き出した支柱をかすめた。無意識のうちに操縦桿を押したので、帝江式の機首が下がり、すばやく輸送機を躱《かわ》すことができた。

「やりなおし！」羅四が言った。

馬荻帖は毒づいて、踏み板を押して速度を緩めると、輸送機は頭上はるかに去っていったが、飛び立ってから今までに、もう六万もの動力を消費していたから、もしもう一度装塡に失敗したら、饕餮号に戻ることができなくなり、都督の叱責を待つことになる。

馬荻帖はしっかりと輸送機を見据え、自分の操作が少しでも柔軟になるようつとめたが、さいわい今度は計算もうまくいって、激しい振動ののち、馬荻帖の操縦する機体の頭部はゆっくりと収容洞に収まったので、大きなため息をついた。鍵を回すと、大きな突起がゆっくりと回転翼に近づいてきて、機体の両側の回転翼を停止させた。

輸送機から細い綱が次々に下りてきた。まるで蜘蛛の糸のように見える。綱にはそれぞれ黒い人影が見え、やがてそれが太空作業の資格を持った崑崙奴であることがわかった。彼らは馬莪帖の機体に取り付いて、手動で牛筋索を締めなおそうというのだ。

　この黒い顔色の者たちを見るのは初めてではなかったが、彼らの筋肉の躍動にはいつも感嘆させられた。崑崙奴たちは饕餮号の同類に比べてはるかに壮健で、一人ひとりが体型も大きく、動作もきびきびしているので、彼らの手足が牛革の覆いの上をすばやく動き回っても、ほとんど振動が伝わってこない。牛筋索のあたりに駆け寄ると、腰をかがめて作業を始めたが、およそ半刻ほどののち、一人の崑崙奴が身を起こすと、馬莪帖に向かって白い歯を見せた。作業の終了である。

　あとは簡単だった。数人の崑崙奴が力を合わせて機体を押し出すと、一瞬の振動とともに、新たな力を蓄えた牛筋索が両側の回転翼を駆動させて動力を供給し、帝江式は再び任務に向かい、崑崙奴たちは引き続き動力の補充にやってくる飛行機を待ち構えるのだ。

　飛行編隊はすでに戦闘区域に進入している。帝江式の小隊はとっくに全機が動力の補充を終えて集結していて、馬莪帖はまっすぐ羅四の指示する方向に向かって操縦を続け、二機の帝江式対地上爆撃機が四機の華方式編隊に援護される形で沈黙の飛行を続けていた。総じて今回の任務は軽微なものであり、もし何か危険があったとしても、帝江式飛行機がたちまち数千発もの二六口径銅頭穿甲箭《どうとうせんこうせん》を発射し、より危険な場合には対空霊巧飛天雷《れいこうひてんらい》を発射することもできたが、馬莪帖はそんなことにはなるまいと信じていた。ここは安全な区域で、足下に茫々たる海が広がり、自分たちはかなり長い距離をさらに移動するはずだった。

「高句麗の怪人は未来から来たんだっていうぜ、天文から地理まで、未来の三千年の出来事に通暁してるらしいが、本当だと思うか？」退屈なのだろう、後部座席の羅四が外を見ながら、いつもの話題を振ってきた。

「デタラメさ、本当なもんか」馬莸帖は鼻を鳴らした。「おれの聞くところでは、その怪人はとんだ破廉恥野郎で、毎日外から女をさらって来させるっていうぜ、そんなこと天地の恨みを買うばかりさ」

「そうだな、おれの聞いたところでは、そいつはかわやに入ったあと紙を使うんだそうで、贅沢にもほどがあるってもんだ。それにやつは高句麗ではたくさんの炉を作って、何でも鋼《はがね》を精錬するつもりだったんだが、しまいに天の怒りに触れて、炉はみんな爆発、この失敗で笑いものになったんだぜ！」

戦《いくさ》はもう三カ月も続いている。太宗の部隊は高句麗の怪人の軍を敵の国境内へ追い返すところなのだ。鉄木辛哥《チモシエンコ》元帥の率いる神威軍はすでに高句麗の人民軍を大小いくつかに分裂させ、あとは取り囲んで殲滅させるばかりになっていた。一年前、一人の怪人が未来からやってきたと称して、讖言によって高句麗国王をすっかりだましおおせ、貢ぎ物をやめさせてしまった。それどころか、立憲共和とやらを大々的に宣伝し、口を開けば君主も家長も必要ないなどと言うので、誰もが眉に唾するようになった。だから太宗の親征を待つまでもなく、高句麗国王みずからそいつを斬ろうとしていたのだが、こいつは舌戦が巧みで、変り身が早く、我が身の危険と見るや、たちまち宗旨を替えて媚を売るありさま、それこそまさに天下の人士どころか、犬もそっぽをむくというものだった。これには太宗も大いに怒り、大軍を繰り出して高句麗遠征に向かったものだ。大軍が国境に広がるのを見るや、怪人はまた機を見てまくしたてていわく、まず彼のもたらす科学の力は世に冠たるものであって、まだ奥の手はいくらもある、などと言って遠征軍を引き上げさせようとするので、凡庸な高句麗国王はだまされそうになった。だが、はからずもこの怪人の威勢の良かったのは口先だけで、いざ実行する段になると、小さな高炉をもって立派な鋼を精錬できるなどと言ったものの、出てきたのはカスばかり、かえって何人もの老練な職人が高炉の爆発で命を落とす有様となった。またなんとかいう油を用いれば鉄の鳥を空に飛ばし鉄の牛を走らせると言い出したが、結果は普通の家が一年間調理に一滴の油も使えず、一日中白菜の漬物で過ごすことになった。大騒ぎをした結果、またもぬか喜びに終わり、鉄の鳥も飛ばず、鉄の牛も動かず、それどころか、牛筋動力にたけた高句麗の職人たちまでもが排除の憂き目を見て、少なからず大唐側に逃げ込むことになった。結果は今見る通り、高句麗国は今なお一八本以上の複合牛筋をないまぜにする技術を持たず、主力飛行機も大唐で数年前に時代遅れになった複葉機しかなく、動力も低ければ、小まわりもきかず、これはもうやられっ放しというほかはないのだった。

総じて、この未来から来たと自称する怪人は高句麗を天下の怒りと恨みを買うほど混乱させていたから、高句麗人はみんなまず彼をぶっ潰す準備をしていた。その上、太宗皇帝は仁徳で世を覆い武勲無双であったから、わずかな間に大唐遠征軍の勢いは破竹のごとく、戦勝に次ぐ戦勝で、今にも長駆して直ちに故国へ凱旋するかと見え、勝利の日を指折り数えて待つばかりになっていた。

海軍飛行師も戦役の始まった頃こそ苦戦を強いられることもあったが、戦況が進むにつれて、任務はだんだん軽微になった。高句麗国の物産は乏しく、民も未開であり、いわんや飛行機の性能から操作員の技術に至るまで完全に大唐と同日に論じるべくもなかったから、通常の場合、抵抗と呼べるほどのものに遭遇することもなく、緊張に欠ける有様だったので、馬荻帖などはほとんど眠気をこらえるのに必死だったと言ってよい。そんな状態が後部座席の羅四の声がするまで続いた。

「目標地点に着いたぞ！」

馬荻帖が操縦桿を後ろに引くと、飛行機はたちまち機首を上げ、二千尺の高空に至るや、爆弾を投下した。帝江式の投擲標準高度は二千尺である。そのわけは一つには襲撃に気づかれないためであり、高く飛ぶほど、地上からでは回転翼の立てる音を聞き分けるのが難しく、また二つには皇恩貫地雷を十分な時間をもって目標に狙いをつけて軌道に進入させるためであった。重明鳥式飛行機の飛行師は常に隙間なく襲ってくる箭矢を避けて低空飛行の危険を冒しつつ、爆弾を投下することになるのだが、霊巧貫地雷を配備する華方式はそんな大きな危険を冒すまでもなかった。華方式の爆弾積載量は重明鳥式飛行機に比べて少なくとも数倍はあるが、橋梁や天幕、あるいは敵の食料庫に至るまで正確に攻撃することができるのだ。

飛行編隊は目標の上空で輪を描く。時刻もよし、地点もよし。いまや地上からの合図を待つばかりとなった。地上に控えているのは通常〝膠州湾《こうしゅう》〟決死部隊であり、これらは隊における老練な軍人ばかりであって、早くも戦闘が始まる数カ月前には高句麗人に変装して予定された目標付近に潜入しており、彼らが地上から火箭をもって目標を指示するまでは、霊巧貫地雷は作用を発揮することができない。大軍の中のほかの兵士に比べると、彼らはみんな表に出ない英雄なのだ。

「信号を確認！」羅四が叫んだ。「華方式投擲準備！」

馬荻帖がゆっくり操縦桿を操作すると、たちまち編隊保護圏内の華方式がみんな全身が少し軽くなったように急上昇するのがわかった。風の音が耳をつんざいて、霊巧貫地雷を投下し終えたのがわかる。華方式の後部座席の操作員は爆弾を制御して目標へと向ける。空中にあって巨大な凧を操作するのは容易なことではなく、重大な過ちを犯したため操作員の一家もろとも辺境へ流された例も少なくなかった。だが作戦中この任務を遂行するために派遣される者はたいてい手練れのものばかりで、馬荻帖も彼らの能力を信じていた。操作員の失敗があったとしても、貫地雷中の噴射機構もまた彼に最後の機会を与えてくれる可能性はあり、これらの噴射機構はたった一度しか使えないもので、その効果も限られていたけれども、ないよりはましというものであった。

巨大な爆弾は空中をすばやく静かに目標へと滑空していき、地上に達するや閃光を上げたと思うと、濃い噴煙が空に向かってもくもくと湧き上がるのが見えた。

「皇恩万歳！　命中したぞ！」羅四の声はうわずっていた。爆弾が思い通りに命中したからであり、またこの上なく完全な投下だったからでもあろう。華方式の飛行機はすでに任務を全うして、空中にひとすじの弧を描き、帰路に就こうとしていた。馬荻帖は帝江式飛行機を操縦して少しだけ急降下し、いまの戦果を確認したかったので、羅四には僚機に信号を送って、その場で旋回しながら待機させるよう命じて、ただ一機で降下していった。

一千尺の高空で、馬荻帖にはすでに地上に立ち昇る火の手が見えた。それ以前に、燃焼による濃い煙がすっかり空をさえぎって、貫地雷が目標に命中したと思われた。帝江式飛行機を操縦して下降を続けていくと、濛々たる黒煙が迫ってきたので、煙をできるだけ利用して機体を援護しようとした。

二百尺あまりの低空に達すると、その高度では、絶対に安全とは言えず、血迷った敵がこの空飛ぶ大きな標的に箭を乱射してくるかも知れないし、そのほか考えつく限りのやり方で飛行機を落とそうとすると思われた。むろん、貫地雷に破壊された目標付近にも何か抵抗できるだけの力が残っていないとも限らないし、そのほかにも、慌てふためいている敵陣がわずかの間に有効な攻撃手段を見つけて組織的な反撃をしてこないとも限らなかった。なんといっても、飛行機と自分の命をあまり危険に晒すわけにはいかなかった。

帝江式は少しずつ地面に近づき、四百尺ほどの高度になった時、濃い煙を脱出すると、目の前の光景が一気に広がった。視野の中央は一面の廃墟で、烈《はげ》しい炎が廃墟の周辺をほしいままにしていた。見たところ投擲は大成功かと思われたが、彼は何かがおかしいという気がした。少したって、目の前の状況が以前任務を終えたときと違って見えた原因を探し当てた。あのときの任務では、慌てふためいた敵兵たちが爆発地点からばらばらに逃げ惑うのが見えたものだが、いま目に入る限りでは敗残の兵が大勢いるというのに、見たところなお秩序を保って、いまや同じ方向に向かって駆けていくように思われた。

「何だいあれは！」羅四の声が響いた。「震方《しんぽう》を見ろ！」

馬荻帖はすぐ震方に目を転じた。地面にある何十個もの木箱が目に飛び込んだ。立っているものも横倒しになっているものもあり、ばらばらに散らばっていて、見た目にはいまの爆破によって放り出されたようだったが、箱の一部が壊れて、中から沢山の部品らしきものが飛び出しており、木箱の周りでは、厚ぼったい衣服をまとった者たちが、こけつまろびつ駆け回り、何人かはうつむいて何かを拾っている。木箱の中に入っていたものを再び拾い集めようとしているらしい。

「もっと下降してみよう」馬荻帖は決心すると、帝江式戦闘機を横向きにして、うなりを上げて震方向へ急降下していった。地上の兵は帝江式が向かってくるのを見ても、見えないふりをしているかのように相変わらず箱の中身を拾い集めるのに夢中である。馬荻帖はこれを見ると、いたずら心を起こし、さらに高度を下げた。帝江式飛行機はあっというまに百尺ほど高度を下げ、うなりを上げて敵兵の頭上をかすめていく。馬荻帖は神経をとがらせて、木箱の中のものを見極めようとし、ついに木箱をはっきりと見定めた時、思わず呆然となった。

馬荻帖は私塾に数年通い、資格試験にも挑んでいた。大唐のあらゆる飛行師はみな文字が読める。そうでなければ飛行機の複雑な構造や作動の原理を理解するのは不可能で、まさにこのゆえにこそ、馬荻帖はいま見えたものに震撼させられたのである。箱には大きな標箋《ひょうせん》が貼ってあり、そこには高句麗の文字ではなく、漢字の楷書で「時空機器」と書かれていた。下にはさらに小さな文字が数行。おおむね「王侯将相《おうこうしょうしょう》何《いず》くんぞ種《しゅ》あらんや」「我が命は我に由り天に由らず」といった悪逆無道の語句である。箱にはまた番号が振ってあり、ざっと数えたところ、十八まであった。敵兵たちは明らかに箱の中のものを順番に従って組み立てようとしている。見たところではそれらの木箱の中身は貫地雷で破壊されることもなく、今はただ中身が散乱しただけで、大きな損害はないように思われた。

「高句麗の怪人の穿越《せんえつ》機器（時間旅行機）だ！　本当に未来から来たんだ！」

馬荻帖は全身が汗みずくになるのを覚えた。怖れたわけではない。海軍航空の飛行師はもともと敵を前にして一抹の畏怖を抱くなどありえないことだ。彼が気になったのはこの穿越機器の出現が戦況に重大な影響を及ぼし、高句麗の怪人がこの機器を用いて逃走したら、大唐が遠征して戦果を挙げた甲斐もなくなることだ。それどころか、もし高句麗の怪人がこの機器を用いて未来から一隊の怪人どもを助けに呼んだりしたら、大唐にとって大いに不利である。

もし馬荻帖が帝江式にもう一発の貫地雷を抱えていたら——それが爆破力で君恩《くんおん》型や帝慈《ていじ》型に及ばなくてもいい。この機会に乗じて生き残りの敵兵と時空機器を一挙に壊滅させられるのだが、しかし彼の飛行機にはなんら地上攻撃の武器はなく、穿甲箭では地上の動く標的に狙いを定めるのは難しかった。動かない標的であっても十分な殺傷力には足りず、飛天雷でもまったく地上を攻撃する役には立たない。馬荻帖はひそかに造化のわざに毒づいた。いまや戦局の鍵はわが手にあるというのに、手をつかねて無為無策のまま退場するしかない。

「このことを速やかに将軍に報告しなけりゃならん、もし間に合えば、挽回できるぞ」馬荻帖はしばしためらったが、ついに決心した。操縦桿を引くと、帝江式は機首をもたげて急上昇を始めた。そのとき、ずっと四方を観察していた羅四がまた叫びだした。「巽方を見ろ！」

見ると、数人が少し離れた高句麗飛行機に向かってよろよろと駆けていく。中の一人は紅色の戦袍を着て、ひどく痩せて背が高く、ほかの高句麗人よりはるかに大きく、かなり目立っていた。大唐では参戦する兵士それぞれに敵将を見分ける骰子《さいころ》がひと組配られている。二個の骰子の十二の面には、いずれも高句麗の敵将の肖像が描かれている。馬荻帖もふだんからこれで戦友たちと遊んでいたから、骰子に描かれた顔はよく覚えていて、すぐにこれが今度の戦を引き起こした張本人だとわかった。敵の首領の高句麗人だな。馬荻帖はちょっと考えた。穿越機器を破壊するのは今は無理だ、敵将を捕えるに如《し》くはない、こんな機会を失うわけにはいかないぞ。そこで決心を固め、速度を上げて追いすがっていった。

高句麗の飛行機はすでにふらふらと飛び立って、まっすぐ北へ向かっている。「高句麗の怪人はきっとあの中だぞ、追え！」大声で叫んで、馬荻帖は急上昇を始め、空中に待機していた三機の帝江式飛行機と合流する。後座の羅四がすぐに信号旗を出すと、あとの三機もそれぞれ翼をうち振って、受信を知らせてきた。

「計画では、このあたりに守鶴《しゅかく》型の偵察飛行船がいるはずだぜ！」羅四は後座で必死に戦況表を見ながら、たえず顔を上げては四方に目配りしていたが、ややあってついに叫びだした。

「守鶴型が見えたぞ、向こうもこっちを認めた、通信を送っている！」

守鶴型は巨大な偵察用飛行船で、長さ四十六丈、数十人を載せ、無数の機能を擁している。偵察飛行船は戦局を左右する利器であり、守鶴型は同時に戦場の八方の情勢を観察して、さらに信号旗によっていくつもの部隊に通知し、飛行機の進退移動を調整することができる。こういった新兵器が戦局に導入されて以来、数々の戦果を挙げているのだ。

守鶴型飛行船は熱気によって上昇する。牛のなめし革の中はいっぱいに熱気がこもり、この上なく膨れ上がっている。この巨船は平常は空中を遊泳しているが、戦時にはさらに一千丈の高空に達することが可能で、そこは高句麗国の機では到達不可能な所なのだ。大部分の箭にとってそんな高度まで射ようというのはまさに妄想でしかない。たとえ火箭の助けを借りたとしても、守鶴型には対抗策があった。その巨大な気嚢の外側にはぎっしりと、衝撃を分散させる仕掛けが張り巡らされている。表面には可動式の黄銅の板が掛けられ、その長さと幅はともに四尺、堅牢で砕けることはない。火箭が襲ってきたら、飛船上の観察員は火箭の軌道を監視し、引綱を操作して、黄銅板を火箭の目標点まで滑らせるのだ。こうした観察員は生まれてすぐに密封された屋内に閉じ込められ、その目が多くのものを見すぎたために損壊するのを防ぎ、三歳になるころには、暗い室内を漂う灰塵《かいじん》の軌跡を観察することができ、六歳を過ぎれば、小さな模型を用いた訓練を始められるのだ。この観察員一人は同じ体重の黄金に匹敵すると言われるほど貴重なのだという。

防御を担う以外にも、観察員の重要な任務は瑠璃《るり》の望遠鏡をもって空中を監視することにある。そもそも守鶴型は偵察用飛行船として設計されたものなので、どんな時でも常に八名の観察員が八方を見張っている。守鶴型に備えた瑠璃の望遠鏡は精密この上なく、百里を隔てていても、船の引綱を見分けられる。一台の望遠鏡は同じ体重の観察員よりも貴重だという。

戦場において、守鶴型飛行船の主な働きは敵情の観察と友軍の布陣指導にあり、八方を見張っている観察員の担当する区域は一千丈四方を超え、六組の信号旗隊は同時に六個の飛行機を指揮して戦隊を組織させることができた。

「守鶴型から信号。三百丈の距離に敵機ありと思われる、なお時間あり！」

「確認せよ！」馬荻帖は振り向きもせず、左手でいくつかの機動板を操作し、迎撃の準備を整えた。

「守鶴型より確認、敵は機首を揃えて進んでくる、二百三十丈！」

羅四が守鶴型に向けて確認の合図をしたのち、大声で叫びだした。振り返ると、高空の守鶴型の上に四枚の大きな旗が翻っている。赤の地に黄色で「震」の刺繍がある。

「震方、四機」

馬荻帖が視線を下げると、帝江式にはまだ十九万転の動力があった。さいわい戦闘区に入ってから牛筋索だけで動いていたので、主要動力はまだいくらも消耗していない。鍵の一つを押し下げると、使用済みの牛筋索が機体を離脱して、雲海に沈んでいった。

「守鶴型が上昇するぞ！」

巨大な飛行船が昂然《こうぜん》と機首を上げ、奇妙な角度で上昇していく。飛行船の後方では、十機の旋翼が懸命に回転している。守鶴型は堅牢で武装も十分とはいえ、機体があまりに巨大なので、動作も機敏とはいえず、危険に遭遇するたびに、必ず上昇することになる。高空には毒気が充満し、常人ならば三千丈で目がくらみ、さらに上昇すれば往々にして生命を脅かされるところだ。おそらく甲板上の作業員はみな瑠璃の兜を装着しているものと思われた。

守鶴型はぐんぐん上ってゆき、信号旗もたえず変化してゆく。羅四は上に舞う旗を見つめ、ずっと何か言っていた。「震方、四機、白頭山《はくとうさん》四型、相対距離百四十丈！　射程距離に入ったぞ」

「ついに来たか！」血がたぎるような思いで、全神経を前方にそそぐ。「信号だ、君恩甲、甲、乙、飛天雷発射！」

羅四がすぐ立ち上がり、二枚の旗を力いっぱい振り回す。同時に、馬荻帖が鍵を操作すると、軽い震動が二度伝わり、二発の武徳丑《ぶとくちゅう》型の飛天雷が翼の下から放たれ、二丈落下したのち前方へ飛び去った。

武徳丑型飛天雷は鳩によって誘導され、牛筋が駆動する。二級火箭の推進補助装置を伴う、一種の非追撃式の飛天雷である。発射直後は、飛天雷上の牛筋は鳩と同じ速度に設定されているが、四十刹那ののち、摩擦対策の蠟が摩耗し尽くすと、飛天雷の動力は全開となり、さらに十刹那で火箭の噴射が始まる。刹那にして万丈を行くその勢いを遮るものなどなかった。飛天雷の前を飛んで誘導する鳩は早くから訓練されている。敵機の模型の上に米粒をのせておいて、鳩に追わせるのである。訓練を終えた鳩は敵機と見るや、必ず高速で追いかけ、飛天雷をしたがえて目標へと飛ぶ。そして飛天雷の動力が最大限になったところで、鳩と飛天雷を結んでいた糸が緩められ、鳩は自力で敵機に向かって飛ぶことになる。この鳩はいずれもある種の高性能の爆薬を身に帯びていて、その装塡量は飛天雷とは比較にならないが、もし敵に当たれば、驚くべき戦果を上げることがあった。

小隊のほかの三機もそれぞれに武徳丑型飛天雷を発射し、八発の飛弾が鳩の誘導のもと、まっすぐ敵機に向かった。馬荻帖は心に祈る。飛天雷が十分な戦果を挙げるようにと。

六十刹那ののち、天空に真っ赤な三つの花火が上がった。すでに高空に至った守鶴型が発射したもので、これが意味するのは一斉発射により一機の敵が撃墜されたが、なお三機が残ったということである。

馬荻帖はじっと前方をにらんだ。雲海の遠くから、三つの小さな黒点がしだいに接近してくる。間違いなく敵機だ。黒点は上昇を続け、守鶴型に照準を定めて攻撃に移ろうというのだ。

「君恩甲、鷂《はいたか》全部発進！」馬荻帖がまた一つの鍵を引くと、五羽の鷂が翼の下から飛び出して、ひと巡りしたのち、直ちに敵機のほうへ飛び去った。第二波の攻撃である。鷂は空中の機動力にすぐれ、身につける炸薬も鳩に比べて多く、中距離攻撃の武器になった。敵方もまた反撃の策を講じていたが、何にしても、少なくとも敵を慌てさせるだけの効き目はある。

「やつらも発射したぞ、鷹だ！」

羅四が大きく叫ぶ。果たせるかな、敵方の三つの黒点のあたりから六、七個の小さな黒点が現れ、鶻のほうへ飛んでくる。向こうも鶻を発見して、鷹を放って進路を遮るつもりなのだ。

ただちに操縦桿を握り、踏み板を少し緩めると、帝江編隊は機首を上げて上昇し、空中でより高い位置を占めると、攻撃体勢に入った。次に控える接近戦を優位にするためである。

今のところまだ十七万転の動力が残っている。馬荻帖は上昇しながら、自分の小隊を率いて太陽を背にする位置へと回り込んだ。空中戦における標準的な戦術である。帝江式は通常自らの優れた機動性を利用してより有利な高さを維持し、十分な形勢を維持するのだが、加えて太陽を援護にして攻撃位置に入ると、敵機が射程に進入するのがよく見える。馬荻帖が急に踏み板を緩めると、帝江式の速度は風を破り泰山をも圧する勢いで敵に向かっていった。敵機は鶻から身を躲すのに必死のところへ、たちまち四機の飛行機が上方から迫ってきたものだから、すっかり慌ててしまい、続けざまに二人の作業員に号令して踏み板を蹴って脱出の準備にかかる。だが馬荻帖にぬかりはなかった。電光石火のうちに、馬荻帖は早くも一機の白頭山四型を照準に捉えていた。稲妻のごとく目を光らせるや、考えるよりも早く手が動いて、三百発の二六口径銅頭穿甲箭が風を切って飛び出し、天空に一筋の金光を描いて、まっすぐ敵機に飛びかかる。あわれ白頭山四型は、もともと装甲が薄い上に、後部の防備も貧弱、三百発の穿甲箭のうち少なくとも百発が目標に命中して、敵の主翼を粉砕していた。飛行機はぐらりと傾き、そのまま墜落していく。もう一機の白頭山は、馬荻帖によって僚機が撃墜されたので、慌てるあまり、無理な動きをしたために尾翼を折ってしまい、きりきり舞いをして落ちていった。

「怪人は遠くへ逃げたぞ！」羅四が叫んだ。果たせるかな、怪人の乗る白頭山四型羽搏《はばた》き機は今の空中戦の隙に乗じ、僚機を見捨てて逃げ出していた。二人の作業員が全力を振り絞って踏み板を蹴っていると見えたが、さらに火箭のごとき加速を開始して、黒煙を噴射しながらはるか遠方へ逃げ延び、今や戦場を離脱してしまっていた。

馬荻帖は敵機が小さな黒点になっているのを見て、烈火のごとく燃え立った。「逃すものか！」大声で叫ぶが早いか、足は踏み板を離れていた。帝江式は唸りを上げて、急上昇しながら追いすがる。後座の羅四は手足をばたつかせて、安全索をきつく締めようとしたが、たちまち巨大な力で座席に押し付けられ、動くこともままならず、両眼が腫れ上がって、目の前が真っ暗になった。これは〝黒視《こくし》〟といって、飛行機の上昇があまりに急激なとき、操作員の血液が頭部を圧迫するもので、もし身をしっかりと包む牛革の服がなかったら、いまごろ気絶していただろう。

束縛から放たれた牛筋索は激しく回転しながら、三分ののちには八万六千転の動力を二つの主翼にむらなく伝え、帝江式は一筋の稲妻のごとく中空を切り裂いていった。機首の速度計測用の木馬は流されて一筋の白光となった。このとき、飛行機は激しく振動して、四方から雷鳴の轟きが伝わり、帝江式を中心とする一道の瑞気が、爆音となって走り、見る者を驚かせた。馬荻帖が前面の操作盤を見ていると指針がゆるやかに上がっていき、〝音〟の表示を越えた。

爆音が消え、帝江式は音速を超えた状態になり、逃げる敵機に追いすがった。

高句麗の怪人は必死に逃亡をはかったものの、超音速状態に入った帝江式は疾風迅雷のごとく敵機を追う。怪人は飛行機後座の親衛隊員が敵の襲来を告げるのを聞くや、早くも冷静な判断ができなくなったのであろうか、もはや頭のない蒼蝿《あおばえ》のように、やたらに飛び回るばかりだった。帝江式は低空低速の性能にもきわめて優れている。やすやすと敵を見逃したりはしない。馬莜帖はにわかに減速に転じ、照準器に敵をとらえることに集中すると、操作棒を押し下げた。百発もの銅頭穿甲箭が一気に放たれ、白頭山四型機の機体を真っ二つに切り裂いた。ばらばらに砕けた欠片《かけら》が空中をひらひらと漂っていたが、やがて無情にも地上へと落ちてゆく。高句麗の一代の梟雄《きょうゆう》は、こうして空中に葬られたのであった。

「ついにやったぞ！　馬兄弟の未来が開けたな！」羅四が後座で叫び、馬莜帖も緊張から解放されて、下の動力表示をちらりと見た。残るは八万転あまりの動力。ただちに帰還しなくてはならない。だが緊張を解いてまもなく、不吉な予感が胸をよぎった。あれこれ考えるいとまもなく、操縦桿を操作すると、帝江式の右翼が急に下がって、何かをあやうく躱していた。

「鷹だ！」そのときになって、後座の羅四の声がやっと耳に届いた。「二羽だ！　一羽撃ち落としたが、まだ一羽いる！」

電光石火、馬莜帖は猛然と操縦桿を反転させ、帝江式は右旋回から左旋回へと切り替えた。速度は変えないまま、高度は三百丈も降下する。内心しまったと叫んだ。今しがたの追撃で、顧みるいとまもなかったが、このあたりはまだ敵の伏兵が潜んでいるはずで、背後に隠れて鷹を放ったに違いない、今の苦境はそのせいだった。

帝江式のような重量のある飛行機には、背後からの攻撃が死を意味することがある。高句麗国は遠距離を攻撃する武器がない代わりに、彼らの鷹が中距離の戦闘に耐える武器に相当するのだ。鷹の飛翔能力は十分なものがあり、速度こそ大きな欠陥であったが、経験を積んだ使い手が距離を十分に測って発射するとき、驚くべき成功率を誇る。高句麗は鷹の産地であり、鷹匠たちはさまざまな鷹を放つ訓練をしていた。地上攻撃に用いる種類は〝金星類〟と呼ばれ、空中戦に用いるものは〝名将四十五〟と呼ばれている。〝名将四十五〟は五斤の硝石炸薬を携帯し、中距離戦に用いると、目をつけられた目標は容易には逃れられなかった。

馬荻帖は急な加速によって、速度で鷹を引き離せると思ったのだが、今しがたの超音速飛行によって、転速に余裕がなくなっていた。それに、牛筋索の動力が十分とはいえないのだ。そこで彼は自身が厳格な訓練によって身につけてきた技術に希望を託すしかなかった。操縦桿を前へ押すと、猛虎下山の急降下、続いて懶驢横滾《らんろおうこん》（怠け者の驢馬が横に寝転ぶ）とばかりに横向きになる。帝江式の主翼がぎしぎしと響き、ほとんど裂けるかと思われた。

「今だ！」懶驢横滾の状態から水平に復すると、馬荻帖は気合もろとも、左側の桿を引く。ばらばらっと音を立てて、尾翼あたりの口が開き、五羽の鳩が籠を破って飛び出すと、空中に弧を描いて、直ちに翼をうち振り天に向かう。あとを追っていた鷹は鳩に驚き、釣られて向きを変え、その中の一羽に飛びかかった。哀れな鳩は籠の中でさんざん翻弄されたかと思うと、突然空中に放り出され、その上無我夢中で向きを変えると凶悪な鷹に飛びかかられるというわけで、鳩が反応するいとまもなく、鷹は早くも爪を立ててつかみかかる。爪の仕掛けが働いて、火の玉がきらめき、轟音が響く。二羽ともに血肉の塊となって吹っ飛んだ。

「囮は成功だ、鷹はやっつけたぞ！」見ていた羅四が後ろから叫んだ。「白頭山四型が一機、二十丈、追尾！」

「正体を顕したな」鷹はやっつけたものの、馬荻帖には緊張を解く間もない。今は動きを封じられ、自らも敵の攻撃に身を咬まれ、危険を脱したというには程遠い有様なのだ。力いっぱい不規則な動きを見せて、敵の照準を躱そうとする。そのとき、空を切る音が耳を打って、無数の箭が雨のように背後をかすめて前方へと飛んだ。

「おれは大丈夫だぞ！」箭の雨が通り過ぎると、羅四の大声が聞こえ、いくらか安心した。乗員が無事だったのだから、いまの動きで敵は照準を定められなかったのだろう。とはいえ今の立場が危険であることに変わりはない。帝江式の右翼はすでにいくつもの傷が口を開いている。もし敵がまた攻撃してきたら、帝江式は二人の飛行師もろともこの地で命を捨てることになる。生死の分かれ目だった。

「羅四、じっとしていろ！」

きょう二度めの言葉だった。言い終わるが早いか、馬荻帖は全身の力を振り絞り、思いっきり踏み板を蹴り、同時に操縦桿をしっかり胸に抱いた。帝江式の機体が震動して、今にも砕け散るかと思われた。牛筋の回転がゆるやかに停止して、帝江式の機首がぐいと持ち上がると、襟翼が全開になった。飛行速度はたちまち緩やかになり、瞬時のあいだ、時間が止まったように、昂然と機首を上げたまま、ほとんど静止したかに見えた。遠くから見たら、巨大な毒蛇がまさに攻撃に移ろうとしているように見えたことだろう。

叔宝金環蛇《しゆくほうきんかんだ》！

今なお世界で最も危険な、最も複雑で最も驚くべき動作のことである。飛行機の腹を斜めにして、怒れる金環蛇のごとく、じっと力を矯《た》めて、八方に気を配る。この動作は本朝の大将である秦瓊《しんけい》こと秦叔宝が初めて帝江甲型の試験飛行を行ったとき編み出したもので、太宗の誕生日の閲兵式に際して公開され、しばらくの間蛮夷《ばんい》を驚かせ、四方臣服せざるはなく、太宗もこれを見て大いに喜び、その場で〝叔宝金環蛇〟の威名を賜ったという。いまの馬荻帖の構えはまさにこの難度の高い動作なのだった。これは操縦者を一瞬のうちに狩られる者から狩る者へと変えるもので、威力たぐいなしと言える。ただ操縦に熟錬した飛行師と優秀な飛行機でなければ、痴人のたわごとにほかならない。

ほとんど一刹那のことだった。白頭山四型が帝江式の下を過ぎると見て、馬荻帖は気合もろとも、踏み板を踏んで、止め釘を外した。牛筋索が再び転動を始め、帝江式の優れた空気動力はその構造にしたがって失速状態から脱すると、攻撃位置に着き、一陣の箭の雨とともに、白頭山四型は一個の流星と化してしまった。

「荻帖、お見事！」羅四が高らかに叫んだ。絶体絶命からの生還、どれほどの者がこんな体験ができたことだろう。

だが馬荻帖は苦笑して首を振った。超音速飛行、そして一連の離れ業、帝江式の動力はただ二万転あまりを残すだけになっていた。右の主翼は損傷して、弱り目に祟り目といった有様である。長距離輸送機を見つけて動力を補充しないことには、帰還不可能と判断して、落下傘を頼るしかないのだろうか？　たとえ落下傘によるとしても、自分が時光器の方位を逐一本軍に報知することができない以上、万一戦機を誤ることになるやも知れぬ。どうすればいい？

悩んでいると、羅四の声がした。今度の叫び声は激しい感動にうち震えていた。「見ろ、味方の船だぞ！」

「まさか！」信じられなかった。自分たちはいま敵空域に深く入っているはずで、空中に味方の船があるはずがない。そう思った途端に、たちまち日差しが遮られ、暗くなった。驚いて顔を上げると、上空には一艘の、まるで城壁に囲まれた都市のように見える黄色の巨大な船が顕現していた。船首には爪を五つ持った巨大な竜が今にも空を切り裂いて跳ぶかと見え、周囲の船べりには、いくつも旗が翻り、船全体が自分たちの上空をゆったりと航行していて、全身から類なき威風を発しているのだった。

「太原号《たいげん》だ！」馬荻帖は思わずつぶやいた。いま飛行機を操縦しているのでなかったら、両足の力が抜けて跪いていただろう。

太原号は、真竜《しんりゅう》級の熱気球船で、大唐で最も偉大な空中戦力を持つ、帝国の誇りであった。太原号は飛行師にとってさえ今まで一つの秘密であった。この巨大な船には帝国の技術の結晶が集められ、太原号の〝竜威炮《りゅういほう》〟は古今東西最強の巨砲であり、星辰の光を集め、天地をも破壊すべく、勢い当たるべからざるものであると、皆聞いたことがあった。

馬荻帖は心中の恐惶《きょうこう》を強いて抑えつつ、飛行機を操ってゆっくり上昇させていった。太原号のそばまで近づくと、広大無辺な甲板には、身を締め付ける牛革服をまとった者が無数にいて、瑠璃の兜を持った者をともなって蟻のようにせわしく動いていた。飛船自体が一個の生命体のごとく悠然と雲の縁を歩んでいるのだった。

「見ろよ！」羅四が声を上げ、馬荻帖がそちらを見ると、顔全体を覆う瑠璃の兜を装着し、全身を粽《ちまき》のように包んだ人影が四人、次々に太原号の舷から飛び降りて、宙に四肢を拡げながら、怪鳥のごとく空を切って、またたく間に雲の下へ消えていった。

「皇家空勤師《こうかくうきんし》だぜ！　この高さから降りるんだ！」羅四がまた言った。これらの天兵は万丈の高空から跳んで、まっすぐ数百丈の低空に至ってようやく絹の傘を開くのだ。彼らは往々にして敵陣のまっただ中に飛び入り、白兵戦に及ぶ。各々が老練な軍人で、素手で虎と組打ちすることも辞さぬ、万夫も当たるなき勇者なのである。あまたの最も困難な、想像もできないような任務を彼らは成し遂げてきたのだ。

馬荻帖は気持ちを鎮め、少しずつ太原号に近づいていった。ゆっくり輪を描いて進むと、羅四はとうに後座から信号旗をうち振って合図している。馬荻帖は今までこの巨船に遇うことはなかったし、ましてその船上に自ら降り立つことなど考えてもいなかったから、この飛船の着艦用甲板がどこにあるか全く知らない。

だが馬荻帖はどうしても太原号に降り立たなくてはならなかった。まさに命がけで。もしも自分の持っている情報を首都にいる皇帝に報告できなかったら、そのとがは万死に値するものなのだ。

「緊急の情報がある、ぜひとも貴船に着艦する必要があると伝えてくれ」馬荻帖は太原号が着艦を許可してくれるかどうか心配だった。敵地にあって正体不明の飛行機に着艦を許可するなど相当な冒険に違いなかった。

「同意してくれた、いま信号が来る」羅四が飛船上の通信士と信号を交わしながら言った。

「連隊名と名前を告げたところだ、着艦の方位を指示してきたぞ」

馬荻帖は羅四の指示に従って着艦する角度を探した。まだ飛船に降り立った経験はなかったので、緊張のあまり呼吸が乱れている。太原号に着艦する危険性は、今までの饕餮号へのどんな着艦動作をもはるかに超えるものであったが、今はほかに選択の余地はなかった。

「百三十尺、饕餮号より六十尺短いぞ！」羅四が後部座席から注意を促した。

「了解」馬荻帖は言葉少なに言った。今はあらゆる精力をいかにして安全に着艦できるかに傾注する時だ。

太原号は熱気球船であり、体積は全く饕餮号とは比べものにならなかった。飛行甲板の寸法はかなり短く、太原号に配備されている軽型偵察飛行機にとっては、百三十尺は十分な長さであったが、帝江式のような中型飛行機にとっては短すぎた。帝江式の標準着艦滑行距離は百六十五尺で、制動牛筋索を併用すれば百二十三尺まで減少させることができるから、理論上は、太原号の甲板で十分ということになる。だが実際上馬荻帖は太原号の制動牛筋索の規模も位置もまるで知らないのだから、制動鉤をちゃんと引っかけるために、百三十尺以内で停止できるかどうかはやはりわからなかった。

もっと危険なのは着艦のときである。太原号の熱気球嚢は飛船の真上に位置していて、四百本もの複合縄索がこの巨大な飛船の気球嚢と船体とを一つに結びつけている。飛行機が正確に気球嚢と甲板の中央に降りればよいのだが、帝江式の主翼は太原号の搭載機よりいささか長いのだ。これはつまり主翼と纜《ともづな》の接触を発生させる危険が倍増することになるので、馬荻帖がもしわずかでも仕損じたなら、帝江式は空中で無数の破片となり、彼も後座の羅四も生き残れるとは思えなかった。

「何が何でも成功させなくては」馬荻帖はひそかに決心すると、太原号の尾翼側へと旋回し、機首を太原号の甲板の中心線に定め、さらにわずかに高度を調整して、太原号の高度観測儀の緑色の光が見えたところで止まった。

　高度観測儀は大唐高空師の標準配備であり、飛行師が正確な路線に従って降りていることを示すものである。簡単に言うと、飛行師が目標を見定めることができない状況で着艦する時、高度観測儀は唯一つの拠り所となるのだ。この儀器は複雑この上なく、数十片の異なる色彩の瑠璃片を組み合わせてあり、鯨油灯を内蔵し、さらに磨き上げた銅を弧状に配置することによって、放射する光は百尺の距離からでもはっきりと見分けることができた。飛行師が正確な高度にあるときは、高度観測儀が緑色の光を発するのを見て取れるが、飛行機の高度が低いときには、灯火は藍色に変わるのである。

　馬荻帖はじっと高度観測儀を見つめながら、足下の踏み板を調整した。太原号に着艦する訓練を受けたことはなかった。ただ平生の経験のみによって今回の着艦をやり遂げなくてはならないのだ。太原号の甲板がしだいに近くなり、馬荻帖の心臓が重く波打っている。生死の決まる瞬間。

「速度出過ぎだぞ」羅四が注意する。

「了解」馬荻帖がわずかに踏み板に力を入れ、続いて操縦桿を軽く引くと、帝江式の速度はいくらか落ちたが、馬荻帖はすぐに高度観測儀の灯火が緑から藍色に変わるのを見た。今しがた帝江式は正確な着艦路線の最も低い位置にあったのだが、速度を減じたため、高度の低下をもたらし、正確な下降線の範囲を外れてしまったのだ。心中まずいと思った。足を再度緩めると、帝江式は颯然《さつぜん》と音を立てて両側の網の目のような複合縄索をすり抜けて、まっすぐ甲板に向かって進んでいった。

「羅四、つかまっていろよ」馬荻帖は叫んで、同時に急に操縦桿を押した。電光石火、帝江式はずっしりと甲板に着艦したが、この動きはあまりに急激だったので、帝江式はにわかに何寸か跳ね上がり、尾部の制御鉤が一本目の制動牛筋索を飛び越えてしまった。

馬荻帖もそこまで構っていられるかとばかり、左手を一閃させて、左側にいくつかあった取っ手を全部押し下げると、続く数秒で、二人の飛行師はかつてない危険な窮地に臨むことになった。

まず、機械装置が軽く音を立て、陶製の三個の摩擦塊が猛然と機輪の上に落ちて来ると、巨大な摩擦力が機輪をいきなり止めようとしたのだが、飛行機の速度があまりに早く、あっという間に三つの機輪のうち二つが割れてしまった。

これと同時に、一個の逆転歯車が直接二つの回転翼を駆動する装置の中に落ちて、回転翼が猛然と反転し、飛行機に反推力を及ぼす。規則によれば、この逆転歯車は少しずつ下ろすことで機構の寿命を確保しなければならないのだが、この状況下での動きは機構に破滅的な結果をもたらした。高速のせいで二十八個の歯車の内十九個が瞬間的な衝撃のために裂け、わずかに二個分の動力しか出せず、同時に桐製の回転翼もまた急速な逆転に耐えられずに砕け散り、大小の破片が四方に飛び散る有様となってしまった。

一秒の後、機輪の支持を失った飛行機の頭部が沈み、両の主翼に残る回転翼が硬い甲板をよぎって、すでに破壊されればばらばらになっていた部品はこの壊滅的打撃を受け止め切れず、ついに徹底的に砕け、巨大な力が帝江式の翼を引き裂いた。残された牛筋索は束縛を解かれて、蓄えていたすべての力を瞬時に放出すると、あろうことか残った回転翼の推進力によって逆転し飛船の尾部に向かって飛んでいく。二つの甲板上の兵士らはこれを見てあわてふためき、どうしたらよいかわからぬうちに、左翼は彼らの頭上を風を切って飛び去り、甲板上で何度か弾んだのち高度観測儀に衝突して、どちらも破片となって飛び散っていた。

不幸中の幸いというべきか、この混乱の中にあって、帝江式の制御鉤は奇跡のごとく二本目の制動牛筋索に捉えられたので、牛筋索が甲高い音を発し、牛筋索を作っていた千百条の牛筋はばらばらと断ち切られて、馬荻帖と羅四は前のめりになった。もしも安全索に保護されていなかったら、気絶していたかも知れない。残骸となりはてた帝江式は瞬時に停止したが、巨大な慣性はなおも衰えず制御鉤を帝江式の尾部からもぎ取って、勢いはだいぶ減じたとはいえ、なおも高速で前へ進み、あと六十尺足らずで甲板から空中へ落ちるかと見えた。馬荻帖は考える余地もなく、もう一本の取っ手を引き下げると、帝江式はわずか三分の二を残す右翼の阻風《そふう》襟《きん》を起こした。風の抵抗で帝江式の残骸となった機体は横向きになり、続いてぐるぐる回転し、たちまち太原号の甲板は台風が通り過ぎたように、一面に無数の砕けた木片に覆われてしまった。帝江式は翻弄されながらも次第に動きが収まり、もはや飛行機とも言えなくなった残骸は最後の一本となった制御網に捉えられてようやく停止したのであった。馬荻帖と羅四は二人ともなすすべもなく操縦席に座ったままだったが、さいわい帝江式の操縦席は十分に堅固だったし、二人とも安全索をきちんと締めていた。さもなければ彼らは機外に放り出されるか、とっくに首の骨を折っていたことだろう。

「みごとな着艦であったな」馬荻帖が飛船の三人の兵士に機外へ助け出された時、一人の天軍将軍の官服を着た者が彼に笑いかけた。

これより前、帝江式が太原号の主甲板に着艦しようとしたとき、太原号の艦長、華州道天軍の副将である貿翩《ぼうへん》は飛船の中央にある戯院で芝居を見ているところだった。

「汝、悪の権化たる者よ、父の敵、いかで報ぜずにおかんや！」

「愚か者！　老夫こそ汝が父なるぞ！」

「不《いな》!!!」

貿翩が完全に眼の前の芝居に夢中になっていた時、身辺では、数百人もの藍や黄の短袿たちがやはり紆余曲折する物語に心奪われて、戯院内は静まり返っていたが、ここで雷鳴の如き拍手が沸き起こった。

太原号はいま敵地に身を置いていたが、飛船上の娯楽施設は戦時の緊張の中にあっても毛筋ほどの影響も受けることはない。予定によれば、今日の外題は『戦群星天行者惨断臂《せんぐんせいてんぎょうじゃざんだんぴ》』というもので、この活劇は、いつも飛船上の男性工員が最も歓迎する演目であった。この芝居が終わったあとはさらに『崑崙奴吁天録《くてんろく》』が予定されていて、こちらは専ら愁嘆場《もっぱしゅうたんば》を好む女性工員に見せるものであった。

「この戦を終えて、凱旋したあかつきには、聖上の行幸を仰いでともにこの芝居を見ることになるかもしれんぞ！」貿翩はひそかに思い描いた。飛船上はいかにも狭く、戯院には三百人しか入れない。その上背景の転換も牛筋で動かすものなので、寸法も小さすぎて、盛り上がりに欠けるものだった。都でこれを上演するときは巨大な広場になるだろうし、都の功勲芸術団がみずから出演することだろう。あの芸術団は全部で百六十万人、体格もみごとに揃っていて、毎日厳しい訓練に明け暮れ、盛大な節日ともなれば、みんな巨大な桟敷にきちんと居並び、手にした色板を使って図形を作り、観衆のために美しい画面を次々に見せるのだ。長期にわたって訓練を経た芸人たちの手なみといったら想像もできないほどのもので、手にした色板は毎秒十六種類もの色を変幻自在に織りなすことができる。百六十万人が同様の頃合いで手中の色板を高速で変化させるので、巨大な桟敷上の画像はまるで生きているように見える。人は走り、鳥は飛ぶ。幾分かの遅滞はあっても、美しさに変わりはない。ほかにも数千人が控えていて、四百人がひと組になって観衆の八方に別れて陣取り、芝居の進行に合わせてさまざまな音を聞かせる。みんな熟練の技を持ち、互いに以心伝心、こうして観衆は砲弾が左右に飛び交うといった不思議な光景さえ体感できるのだ。さらに百人の者が大きな太鼓を専門に担当し、低い音を出して、大地を振動させる。中央にいる観衆にとっては、自分が芝居の中にいるのと同じで、驚きのあまり言葉も出てこない。もっとも彼らの演出は複雑なので、一つ芝居について通常半年もかかってようやく訓練が完成するのだという。

一つの芝居でもこれだけ大掛かりなので、常の住民は一生の間にいくらも見ることができない。そこで神のごとき匠が現れ、小さく縮小した色板の組み合わせを作り、牛筋の駆動を採用し、背後には複雑な歯車などの仕掛けを収めたのである。数千枚もの穴のあいた木板を設置すると二刻ほどの短い一段を見ることができた。むろん価格は相当なものであったし音も出ないのだが、富裕な家の間では大いに流行していた。いま都で最も人気のある活劇には『戦群星天行者惨断臂』のほか、『真竜帰来三部曲』『三百壮士撃吐蕃《とばん》』などがある。

「貿大人《たいじん》、一艘の飛行機が戦闘中に動力を失って、わが船に着艦いたしました」

一人の兵士が腰を落として走り寄ってくると、貿翩の耳元で囁いた。貿翩はぴくりとした。

計画によれば、太原号が位置している空域を飛行機の編隊が通過することはないはずだった。彼は急いで身を起こし、兵士について外へ走り出た。

　戦が始まってからというもの、太原号は一貫して高句麗の外海を巡遊していた。戦略用熱気球船なので通常の攻撃用武器は搭載せず、本来直接前線に赴く必要はなかったのだが、数日前に、都から一通の消息がもたらされ、貿翩は某地にて特命を待てとの指示があったのだ。意味ありげな口調で行けばわかるというのである。貿翩はこんなわけのわからない命令に対して抵抗を覚えたが、しかしこの命令は司天監[※4]から発せられ、皇帝陛下の批准したものであったから、従わざるを得なかった。今にして思えば、まさか司天監が本当に天意を予知していたというのか？

「飛行機はわが軍の帝江式で、飛行師によれば、大唐海軍飛行師は饕餮号から飛び立って任務を遂行したものの、飛行機の動力が足りず、また緊急情報を発見したため、着艦しなくてはならなかったと申しております」先に立つ兵士は貿翩に状況をかいつまんで説明した。

「皇家空勤師の雷《らい》大人に要請して彼の部隊を甲板上に帯同し、防御の準備をするよう伝えよ」

貿翩は狭い通路をたどり、十数階もの階段を上って、太原号の甲板に着いた。守衛の兵士が敬礼し、背後に控えた兵が瑠璃の兜を貿翩に手渡そうとしたが、彼は手を振ってことわった。眼の前で、一機の帝江式飛行機が見たこともない速度で甲板へ突進してきて、ありえないほど乱暴な動作で甲板上につんのめって停止した。

　甲板上の兵士たちが飛行師と後部座席の副操縦士を座席から救出すると、貿翩は二人の様子を詳《つまび》らかに観察した。牛革の抗荷服《こうかふく》に身を包み、標準の饕餮号搭載帝江式飛行機の徽章《きしょう》をつけ、見たところ友軍に間違いない。彼は手を振って、警戒中の皇家空勤師に二人を狙っていた短弓を下ろさせた。自ら数歩前へ出ると、二人がこの着艦騒ぎから回復するのを待った。

目眩《めまい》からやや回復した馬荻帖は、目の前に現れた将官の階級がかなり高いのを知って、一歩進み出ると頭を低くする最敬礼を行う。「大人、本官は海軍飛行師で饕餮号の帝江式飛行師、馬荻帖と申します。緊急事態のため、言葉が足りない分はご寛恕下さい。本官たちは巳の刻三点に華方式の飛行機に従って任務を執行しましたが、戦果を確認した時、高句麗の怪人の痕跡を発見しました。市井に伝わるうわさは事実です。高句麗の怪人は確かに未来から来たものであり、地上攻撃の際、怪人はまさに穿越機器を組み立てるところであり、本官はやつらがきっとこの妖器をもって天道に悖《もと》る行いをするものと考えました。本官は高句麗の怪人を空中戦によって撃墜しましたので、怪人はすでに死んだものと思われます。ただ時空機器は実に危険なものであり、この機会を失うことはできません。どうか攻撃のご命令を」

貿翩はこの報告に驚かされたが、すぐに冷静に戻ると、馬荻帖をじっと見て言った。「このような大事はおろそかにできぬぞ、その方しかと見たのだな?」

「海軍飛行師の名誉にかけて、本当のことです」馬荻帖は即座に答えた。

貿翩もむろん知っている。もし事態が馬荻帖の言う通りならば、これは確かに千載一遇の好機だ。彼はまた昨日受け取った奇怪な命令を思い出し、ぐずぐずしていられないと思った。司天監はきっと今日何が起こるか予測したに違いない、だから準備するよう指示したのだ。このことから考えるに、この驚くべき情報は十中八九本当だと思われる。貿翩はそう考えると、ついに決断し、身辺の衛兵に向き直って命令を発した。「飛行機を出せ、馬軍士のいう方位に向けて再度出撃するのだ」

兵士は命令を受けて走り去ったが、じきに飛行値班参将を連れて駆けもどってきた。

「何事だ？」貿翩は愕然として尋ねる。

「主飛行甲板に軽度の損傷が見られますが、人をやって修復させておりますので、二刻もあれば修復を終えると思われます」参将が低頭して報告する。「太原号の副甲板は広さに限度があり、青峰《せいほう》偵察飛行機の離着陸は可能ですが、貫地雷を搭載する鸝鳥《れきちょう》飛行機の翼長は大きすぎて、副甲板から離陸することはできません」

「二刻では時を失する」馬荻帖は聞いていて、ひどく焦った。「高句麗はすでにわが軍の飛行機を発見しています、数刻の後には転移するはずで、そうなったら、全軍の力を結集しても、そいつを破壊できるとは限りません」

「その通りだ！」貿翩はしばし考えたが、やがて決断を下した。「高塔より発令、至急京都《けいと》に報ぜよ」

「はッ」

「青峰偵察飛行機を二機、馬軍士の指示する方位に待機させ、主甲板の整備を急げ」続いてかたわらの数名の兵士にそれぞれ命令を下した。「計算機に熱を蓄え、牲畜《せいちく》を休ませておけ！」

返信が届くまでに、あらゆる準備を終えなくてはならなかった。

「高塔より報告！」

兵士が〝高塔〟と言うとき、彼らが指しているのは十中八九地上に聳える各種の宝塔ではなく、空中に浮揚する高塔形の信号飛船のことである。高塔形の信号飛船は大唐帝国が情報を伝えるための標準配備であり、これらの飛船に動力はなく、設備もいたつて簡素なもので、平時には一千丈の高空を浮遊していて、縄索を用いて地面に固定されているのである。

高塔形飛船は花火を打ち上げて通信を行う。二組の信号係が配備され、一方はほかの飛船が発する信号を読み取り、一方はこれを次の飛船に発信する。兵部ではこうした通信のためにひと揃いの色板を設計していた。縦横それぞれ四十列、横は藍・緑・紫をもって配列の順序を変えることができ、縦は赤・橙・黄を表示する。白をその間に置くと、五から九個の信号で一個の文字を伝えることができる。板の縦横の二列を掛け合わせれば、さまざまに変化させ、設計上八百六十個の文字を収納できた。これで基本的に戦局上伝える必要のある大部分の情報は伝達可能である。信号を受け取ったとき、飛船はすぐに花火を発射し、烽火台と同じように次々と伝えていく。高塔形飛船から発せられる信号には暗号化が施され、転送する兵士には伝達内容を窺い知ることができないし、ましてほかの者が花火を見てもわからないのは言うまでもない。暗号が都城に達したあとは、専門の係が解読して、さらに皇帝に献ずるのである。

高塔形飛船は百里ごとに一艘が設置され、信号係はみんな幼いときから訓練を受けた専門の兵士が当たる。三歳で訓練を開始し、その他の言語に接することを禁じられ、接するのはただ板の上の八百六十文字とこれに対応する色の暗号だけ。ゆえに心に余念なく、信号の収受に専念できるのだ。戦場から都城まで、全部で数百艘の飛船が列をなし、千里の距離を隔てていても、熟練の兵士により、伝達すること雷電のごとく、通信時には、さまざまな色彩の無数の花火が飛船上から続けざまに天を貫き、天地をさまざまな色に染め上げる。四十字以内の情報であれば一刻以内に完全に伝達を終えることが可能であった。

「藍、紫、紫、黄、黄、白、紫、緑、黄、橙、橙、白、紫、緑……」兵士が信号を読み取ると同時にすばやく花火が発信筒に装填され、一通りの検査を経て直ちに発射される。次の飛船上でも同じ光景が繰り返され、一刻の後には、この急報はすでに太宗皇帝の書案《ふみづくえ》の上に置かれていた。

さらに一刻の後、二通の急報が同様に高塔から発せられた。一通は太原号飛行船に向けて、もう一通はすなわち前線付近の秘密の部門に向けて。貿翩が直属の部下に命じて緊急集合の喇《らっ》叭《ぱ》を吹奏させた時、先程の高句麗から都城への伝達と、また都城から高句麗の前線への緊急返信には全部で二刻の時間を要しただけであった。

「将軍、返信です」

黒衫《こくさん》の兵士が一枚の絹紙を甲板上で待っていた貿翩に手渡した。貿翩は手を伸べて受け取ると、さっと目を通し、今の兵士に返す。兵士はすぐに腰間より何やら機械を取り出すと、今の絹紙をたちまち灰塵になし、身を転じて去る。これと同時に、貿翩は身辺で待っていた別の士官に合図をした。

「特別な状況じゃ！　おのおの配置につけ！」

急調子の拍子木が鳴って太原号の方々へ伝声管で伝えられる。続いて当直士官の号令が響き渡り、戯院に混乱が起きた。兵士はおのおの席を飛び立って、自らの配置に駆けつける。崑崙奴の何人かは不満げであった。彼らは『崑崙奴吁天録』の芝居を楽しみにしていて、唐木《とむ》という老奴の悲惨な運命を見て、しばし同情の涙に暮れるはずであったが、軍令とあらば致し方なく、なお翻転を繰り返している画板を見捨てて、持ち場に戻ったのであった。

こうした号令が発せられるのはいつものことではあるが、こういう時、何をしていようと、ただちに何もかも放り出して、発せられた手順に従う。一艘の戦略攻撃船として、太原号の威力はまさにこの点にあったのである。

太原号には四十発の角宿戌《かくしゅくじゅつ》型戦略驚天雷《きょうてんらい》が搭載されていた。角宿戌型はかなり成熟した戦略驚天雷である。二十万転の牛筋で駆動し、二対の小型の羽があり、羽の内部は歯車機構で駆動される。適切な時間と適切な角度で駆動すれば、驚天雷は予定された軌道を進むことができた。角宿戌型は発射されると全速力で進み、射程は万丈を越え、精度は二丈以内、飛行師はいないので、飛行中各種の迅速な動作ができ、敵方に防御の隙を与えず、上に搭載した千斤の炸薬はどんな目標も壊滅させずには置かない。

太原号の甲板上には、各種の制服を身につけた者たちが慌ただしくも秩序をもって走り回っていた。驚天雷の発射はことに複雑な作業であり、事前に必ず一連の計測を行わなくてはならない。太原号の作業員たちはすでにこれらの作業時間を最低限まで減少させ、わずか一刻足らずで足りるまでになっていた。

「機首よーし！」

「速度測れ！」

「高度八千尺、震方位、四百尺！」

計測員はたちまち数拠を次々に報じ、数人の藍短掛たちが雄牛を駆って、力一杯巻上機を回すと、太原号上の計算機はかたかたと音を立てて動き、運転を開始した。十六人の女工たちがすばやく八個の巨大な数拠盤を動かして、数拠を計算機に入力し、計算機の歯車と軸受が動くと、数百の大小の歯車が互いに嚙み合って、流れるように作動する。竜の紋章のある螺旋の刻まれた木軸が歯車の動きに従ってゆっくりと回りながら計算機から現れた。一連の歯車で駆動される巨大な斧がしゅっと落ちてくると、木軸は真ん中から切り裂かれ、その片方が下の銅盆の中に落ちた。一人の紅短掛が切断された木軸を拾い上げ、口径の一致する瑠璃の長瓶の中に差し込み、丁寧に観察してから、大きく叫んだ。「七寸と二！」

もう片側の女工がすぐに穴の開いた三つの木板を選び出して一つの台に置く。それから柄を押し下げると、台上には数百本の鋼の筋が垂直に下りてきた。この装置は穴の開いた板から数拠を読み取って、それを計算機に入力するのである。続いてまたひとしきり怪しい物音が響く。もしこのとき計算機の内部を見ることができたなら、中では数百の歯車が高速で回り、無数の木球や銅球が機械内部の軌道上を高速で動き回り、滑らかな軸受がゆっくりと旋回していくのを見たことだろう。数分の後、平台上の鋼の筋が跳ね上がると、女工たちは素早く穴の開いた板を撤去し、二丈もありそうな新たな木板に差し替えた。かちゃりという音とともに、一旦跳ね上がった鋼の筋が前の数倍の速度で落ちて、新たな木板にびっしりと配列の異なる数十個の丸い穴を開ける。

「終わったぞ、早く入力せい、早く！」貿翩がしきりに叫ぶと、二人の紅短掛が駆け寄ってきて、木板を運び上げると、力一杯台の底の部分に差し込んだ。

飛船はたえず動いているので、動いている最中に驚天雷を発射して、しかも正確に目標に命中させるには、人力による計算ではとても間に合わない。さいわい太原号に装備されている計算機は十分な処理速度があるので、この重責に当たることができたのである。

太原号の計算機は畜力を核心に採用している上、百人を超える女工の補助工作があった。計算機が出現する前は、たくさんの複雑な計算を高速で終えるなどできない相談だった。まして瞬時に状況の変化する戦場にあってはなおのことだ。

「聖旨であるぞ！」一機の高速飛行機が太原号の甲板に着艦した。飛び降りてきたのは一人の太監。迎えの準備を整える間もなく、甲高い声で唱えた。「華州道天軍副将貿翩に告ぐ。勅命により驚天雷戌型を一基発射すべし。「寒庭暮雪《かんていぼせつ》を浮かぶ」」

この太監は軍監察局から来たのであり、今しがた高塔に届いたもう一通の急報とはこのことだったのだ。名称に〝監察〟の二字があっても、監察局の事実上唯一の使命は、皇帝の允許《いんきょ》を前提として武将に戦略驚天雷を発射する権利を授与することなのである。

貿翩が急いで腰間から一連の令牌を取り出し、最初の一枚を開くと、中には一枚の黄絹があり、ごく小さな文字で〝寒庭浮暮雪〟と書かれていた。

貿翩は直ちに太監に向かい拱手の礼を返す。「閣下にはご足労おかけします、非礼の段ご寛恕下さいますよう」太監は微笑して答えた。「構わぬ構わぬ、貿大人こそ発射を急ぎなされ、時を過たぬように」貿翩はわずかに頷くと、取っ手の一つに近づき、腰間の令牌を中に収める。小さな音がして、取っ手に置かれた札が定位置に押し込まれると、貿翩は取っ手に手を置いて、高らかに命じた。「確認した、角宿戌型丁号の発射準備！」

先程の太監が別の取っ手に近づき、また一枚の令牌を設置すると、顔を合わせて頷きあい、同時に取っ手を押し下げた。二人は相隔てること一丈。同一人が同時に押し下げるのは不可能であるが、これは一人で驚天雷を発射する事故を防止するためであった。

「発射！」

大きな轟きが伝わり、太原号の尾部の木板が激しく震動したかと見るや、粉々に砕け散り、三抱えもある、長さ二丈の巨木が躍り出た。尾部の回転翼が風を切り、直ちに青天を目指す。太原号の乗員がみな地に跪いて讃える中、角宿戌型は賛頌の言葉に誘われるが如くまっすぐ昇って行き、ややあって直角に近い曲がり方をすると、前方へと飛び去り、片時の間に影も見えなくなっていた。

さらに二刻あまりの後、一陣の轟音が伝わってきた。馬荻帖が音のする方を見ると、はるかに一片の雲霧が立ち昇って、巨大な漆黒の茸が天空に聳えるかと見えたが、やがて風に逐われて散り散りとなっていく。船の者こぞってこれを望み、畏敬の色を見せぬ者とてなかった。この黒雲こそは最も力強く、最も純粋なる力量を表すもの。あらゆる人の目を引きつけ、やがて高らかな声が人々の思いを打ち破るまでそれは続いた。

「見よ！　あれは……」

「や……皇帝陛下！」

一筋の黄の光が天空を切り裂く。背後に長い白色の気を従えている。これぞ皇帝の高速飛行機が背後に引く気流である。皇帝は身に黄袍をまとい、頭上に皇冠を戴き、面容あくまで力強く、左手を拳に握って胸に擬し、右手は前に伸べて、あたかも全力で疾走する驚天雷の如くであった。四機の黄色い帝江式高速飛行機がぴたりと皇帝の背後につき、一人と四機が鏃《やじり》の形をなしたまま飛船の左舷の外を掠《かす》めて、直ちに目標点に向かって去り、ほとんど一瞬の後には影も見えなくなっていた。

「皇帝陛下おん自らの親征だぞ！」

飛船の上は大騒ぎとなった。将兵たちは互いに相抱き、無数の瑠璃兜が天空に舞い、太原号は歓乎《かんこ》の海に変わった。帝国の誇りとして、太原号の軍士にとって皇帝は滅多に拝めないというわけでもなく、毎年いくつかの大きな節目に皇帝は必ず飛船を訪れて視察と慰問を行う。そういうわけで他の人々に比べたら、彼らには聖容を目にする機会は多い。だが彼らといえども戦場で太宗皇帝の真影に接したことはなかった。皇帝と肩を並べて戦うというのは大唐のどんな将兵にとっても無上の光栄であり、この瞬間、彼らは連日の辛苦を忘れ、全身全霊をもって帝国のために歓乎したのだった。

馬荻帖も天を仰いで、心中驚きに満たされていた。自分のもたらした情報がこれほど重要なものであるとは想像できなかった。ましてや今上天子が御自ら三千里を翔って親征に臨まれるとは。彼は手を伸べて、傍らの羅四の腕をしっかりと摑んでいた。このときの彼はまさに恍惚として夢の中にいるようだった。

「馬兄弟、栄達の時も日を指して待つべしじゃ」賀翩が歩み寄り、馬荻帖の肩を叩いた。先程受け取った秘密通信の中にはすでに太宗皇帝の出御親征のことが書かれていて、時空機器の発見された地点に至り親《みずか》ら見てみたいとのことであったから、彼はとうにこの一幕を予測していたのである。「陛下は間もなくこの船にお出ましになるであろうが、そなたに接見せらるるやも知れぬ、馬兄弟も心の準備をしておられよ、そのときになって失礼なきようにの」馬荻帖は頷きながらも、心中の動揺は収まらなかった。

「皇帝陛下が戻られたぞ！」およそ一刻ののち、目ざとい者が声を上げた。上甲板にいた者がこれを聞いて遠方に目をやると、はるかな雲海の果てから黄衣をまとった人影が四機の飛行機をしたがえてこちらへ飛んでくるのが見えた。この編隊は雲間から洩れる陽を浴びて金色の光を四方に放ち、為に天地も色を変えて見えた。太原号の人々は早くもせわしく動き出し、甲板上に黄色の絨毯を敷くと、威風に満ちた高台に集まった。一切の準備を慌ただしく終えてまもなく、太宗皇帝は天から降《くだ》り、畏敬と狂喜に充ちた部隊の前に現れた。

太宗皇帝の降臨の有様は悠々として動かしがたく、太原号のあまたの縄索もひとりでに一筋の道を開いていく。伝統的な力学にも皇帝を束縛することなど全くできないのである。太宗皇帝が高速飛行機から甲板に降り立つため周囲を見回したのは、ほんの僅かな間であった。やがて縄索をくぐると、ぴたりと停止して、空中で佇立の姿勢を整えると、その後しずしずと甲板に降り立った。黄色の裾が背後に翻り、風に当たってはたはたと音を立てた。

皇帝の顔は威厳に満ちたとも、また慈愛に満ちたとも見えた。おもむろに一人の崑崙奴の前に歩み寄ると、何気ない風で問いかけた。「佐敦《ジョーダン》よ、朕と遇うのは今年の上元節以来久しぶりじゃな、そなたの家の四人の子は元気であろうな?」

佐敦と呼ばれた崑崙奴はあまりに大きな栄誉に驚き打ち震え、顔に狂喜と感激の入り混じった色を浮かべると、急ぎ跪いて答えた。「皇帝陛下万歳! 犬子《けんし》はみな元気でおりまする」引き続いて何か感謝の言葉を述べようとしたが、皇帝はすでに微笑を浮かべて去っていった。顔中に涙を流した佐敦は地に平伏したまま、ぶつぶつと唱え続けている。「陛下が覚えていて下さった、わしの四人の子供まで」回りにいた崑崙奴たちもみな皇帝のいつくしみの心に感動するあまり、黒い顔に水晶の如き涙を流していた。

四機の黄色の高速飛行機も陸続と甲板に着艦していた。四人の老太監が飛行機の操縦席から下りてきて、皇帝を護りつつ高台に駆け上る。皇帝が高台上の椅子に落ち着くと、王の威厳の気は刹那にしてすべての人を圧倒した。みな皇宮にいるときのように、そして皇帝の座《まし》すかの椅子が皇宮の玉座であるかのように振舞う。船にいる者は一斉に跪き、万歳を唱えるのであった。

皇帝は頷き、手を振ってみな楽にするよう促すと、続いて微笑しながら馬荻帖ら三人に手招きした。馬荻帖の心はこの上ない緊張感で一杯になり、身の置きどころもない思いがした。折しも早くから準備を整えていた貿翩は立ち上がって進み出ると、馬荻帖と羅四を伴って頭を下げうやうやしく高台に上り、皇帝の足下に跪いた。

「その方たちご苦労であった」皇帝の温和な口調は威厳に満ちていた。「汝ら三人が今日大功を立てたことは、朕も自ら見てきたところである。怪人の機器はすでに破壊され、怪人も空中に命を散じた。この大勝と、怪人の誅殺は、すなわち天下蒼生の福にほかならぬ。汝ら三人も共に篤く賞せらるるであろう」

三人は跪くと再び拝謝を行った。皇帝はなおも胸中の思い冷めやらぬと見えて、身を起こすと、整列した人々に向かって大音声を上げげた。「大唐の今日の戦は、天命に従ったものである。高句麗の怪人は数々の悪をなしてきたが、ついに法に伏したのだ」

「汝らがこのたび偉大なる作戦に参与するに当たり、まことに多くの者が戦中に犠牲となり、多くの者が傷ついた。我らは犠牲を払ったが、勝利を得た、その方たちは国家の英雄である。大唐はその方たちに感謝する」

「その方たちが年老いた時、長上の椅子に掛けたなら、子や孫が問うであろう、祖父よ、あなたは英雄であったかと。その時は何憚ることなく答えるがよい、われは英雄と共に戦ってきた、われらが苦心の戦いは、大唐の人民と高句麗の人民に平和をもたらしたのである、と」

「わが将兵たちよ、朕はその方たちを誇りに思う。いまその方たちは朝廷に凱旋することになろう。歓迎する者の群れを抜け、皇宮にて栄誉を受けるのだ。われら再び皇宮にてまみえようぞ」

　そこまで言い終わると、太宗皇帝はやおら立ち上がった。眼を光らせて熱狂する人々を見つめる。あたかもおのれの力量を伝えようとするかのように。続いて、右腕を上に伸ばし、両足を踏ん張ると、そのまま空へ昇っていった。刹那の間に太原号の縄索を縫って、ただちに天に飛び立つ。皇帝はさながら一頭の蛟龍《こうりゅう》に似て、空中を上下しつつ飛び立ってゆく。背後には白い気流が描く〝凱旋〟の二字。身辺の老太監たちも早々と飛行機に飛び乗り、皇帝に従って空中を翔る。飛行機の後方にはさらに紅、藍、黄、緑四色の気流が吹き出して、空中に五色の模様を描いた。夕べの霞に映えて、壮大に美しきこと無比である。地上の無数の高塔も号令を受けたかのように、彩弾を一斉に放ち、天空に五色の模様を描き出す。江南より漠北に至るまで、大唐のあらゆる将兵はみな戦勝の報に接したのである。これら一切を終えた後、皇帝は一声の長嘯《ちょうしょう》を発し、長空を切り裂いて、まっすぐ首都へ帰っていった。

「大唐万歳！」

「われらは勝ったぞ！」

　太原号飛行船に歓乎の声が爆発した。将兵たちが互いに抱き合って狂喜の情を発散する。高句麗の密偵までが船上の鞦韆《ぶらんこ》を漕ぎはじめる。東国の傭兵は故郷のすなどりの歌を歌い、崑崙奴たちは飛行甲板で輪になって、故郷の踊りを飛び跳ね、船中は熱狂の気に覆われた。貿翩は狂喜する人々の中にあって、微笑みながら命を下す。当直の将兵はかねての準備に従い、直ちに舵を転じた。太原号飛行船は空中にゆっくりと半円を描いて、満天の夕映えのもと、帰路についたのであった。

※1　一斤は約五〇〇g、一丈は約三・〇三m。「転」はエネルギー量を示す架空の単位。
※2　南西。作中では方角が八卦で示されている。巽は南東、震は東を指す。
※3　原文「華方式」だが、帝江式が正しいと思われる。同様の混同は原文中に散見するが、訳出に当たって可能な限り修正してある。
※4　架空の官名。我が国の陰陽師にあたるらしい。

長安ラッパー李白

李　夏

（大久保洋子訳）

時代背景

三代目皇帝高宗（李治）の死後、権力を握ったのは高宗の皇后であった武照（則天武后、武則天）である。彼女は天授元年（六九〇）に息子の睿宗（李旦）を退位させ、自ら即位して聖神皇帝を称し、国号を周とした。しかし、神龍元年（七〇五）に起きたクーデターで退位させられ、唐が復活した。その後、数年にわたる権力闘争を勝ち抜いて皇帝となったのが睿宗の子の玄宗（李隆基：在位七一二〜七五六）である。玄宗は即位以来、制度改革に励み、唐朝は最盛期を迎えた。彼の治世前半は開元の治と称えられている。後に詩仙と呼ばれることになる李白が活躍したのもこの時期のことである。

本書の表題作「長安ラッパー李白」の主人公は、もちろんこの天才詩人である。長安に向かった彼は、得意の詩作で官僚を目指すが……。史実とかけ離れた奇怪な長安で彼を待ち受けているものとは。ラッパー李白の生きざまを見届けＹＯ！

（編者）

長安城の街路は東西十四、南北十一、百八の坊《ぼう》に区切られ、鑿《のみ》や刀で切り出したような正方形をしており、伝え聞くところによれば衛国公李靖《りせい》が上仙《じょうせん》（仙人の中で優れた者）の奥義を得て設計したという。城全体が黄土に細かな黒色の粉を混ぜて築かれていて、陽光のもとで眩《まばゆ》く輝き、いたるところで粉塵がもうもうと巻き起こる。

これは決して衛公の本意ではなく、そもそもは長安城とて青レンガに緑の瓦の街であった。だがある日、城西の金光《きんこう》門外に一群の騾馬《らば》たちが主《あるじ》もないのに忽然《こつぜん》と姿を現した。ピカピカ光るトタンの騾馬が互いに首と尾を連ね、来ると行くとの二列を作って等速で循環する。そのさまは端まで見通すことができぬほどであった。畜生どもは日頃から訓練を積んでいたと見えて、城門をくぐっては荷を降ろす。騾馬は黄土を運び、駃騠《けってい》（牡馬と牝驢馬の間に生まれた騾馬の一種）は黒色粉末およびその他の材料を運び、いい塩梅《あんばい》に加減して、尿《いばり》をまんべんなく混ぜ合わせ、蹄《ひづめ》で一蹴りドスンとやれば、たちまちレンガと瓦のできあがり、それらが徐々に積み上がり、城全体も様変わり——見た目が変わっただけでなく、あらゆるものが一変した。何かを失ったわけではないから、庶民どもは気にも留めない。

その当時、人々は黄土の大城が永遠に輝くと信じ込んでいた。彼もそうであった。

初めての謁見は夜だった。彼は広大な麟徳殿《りんとくでん》外にひとりたたずみ、針金のごとく剛直な栗色の巻毛は頭巾を高く盛り上げていた。火影《ほかげ》は瞬《また》き、夜は深く、はるかかなたに視線を投げる彼の琥珀《こはく》色の大きな目は、明けの明星ほどにも輝いていた。

ほどなく高力士《こうりきし》が一巻の軸を捧げて歩み寄った。広げてみれば小楷《しょうかい》にて一行、「良辰美景《このめでたきとき》、卿まさに歌あるべし」とある。

彼はとっさに閃いて、「聖上《せいじょう》に申し上げまする——」その大音声《だいおんじょう》に宮殿の柱はびりりと震え、ワーンとこだまする声に鳥たちは驚いて一斉に南へと飛び去った。

高力士は慌てて人差し指を立てて静かにという仕草をし、再び広大な御殿を指さした。あれを題にせよということだ。

長安城の習いを忘れておった！

目を細めてさっと見やれば——大明宮《たいめいきゅう》のうちにあって、麟徳殿は彩色の彫刻も鮮やかに、望月台は月星《つきほし》をかすめんばかり、太液池《たいえきち》は仙気たちこめ、湖心の孤島には踊る舞姫ひらひらと仙女の世に降り立つがごとく、凡俗にあらぬ富貴のさまだ。できた、簡単な旧作一首、間に合わせに用いよう。

俗人どもが俺に問う　辺鄙な碧山《へきざん》なぜ住まう
そんな奴らは笑って不答《スルー》　俺の心は平静無風
桃花《とうか》流水　はるかに去りゆく
俗世と異なるこの陸海《りくかい》　人世《ひとよ》にあらぬ別世界※1……

舌鋒鋭く歌ううちに酒の虫が内心でうずき出し、彼は高力士に向かって指を軽く曲げ、小酌のしぐさをしてみせる。

超俗の文仙の酒を好み詩をなすことは、かねてから長安に知れ渡っており、新作を聴きたいならば酒を欠いてはならぬと言われていた。高力士は頷いて指示を求めると、白玉《はくぎょく》の酒壺を捧げて戻ってきた。聖人が特に賜った御酒である。

彼も遠慮せず、むんずとつかむやぐびりぐびりと喉を鳴らして牛飲《ぎゅういん》した。二十年物の酒にうっとりと笑みを漏らす。酒はふくよか、香りは濃密、空壺になお残る芳しさ、うまし酒！　余韻に呆《ほう》け、続けざまに舌を鳴らす。

高力士はまたもや巻物を差し出した。「そちはなにゆえ長安に？」

彼は酔いが頭に回り、酒の虫は慰められて、才気蘇り、拱手《きょうしゅ》の礼をしてハハッと一声返事をする。口を開けば舌がくるくる回り出す。「民草《たみくさ》李白《りはく》……十五の若さで奇書を念じ、文は絶妙、相如《しょうじょ》の賦《ふ》※2に似て、剣を杖にし故郷去り、親と別れて蜀《しょく》を発《た》ち、千里の路《みち》を長安へ。暑さ寒さも不問に付して、月日の流れも忘れ去り、千金を使い果たして隠遁《いんとん》したが、大義を求めて天下を信じ、我が仁徳の心術をいざおこなわん！」

行雲流水、一気呵成《かせい》！　周囲の亭台楼閣はあたかも乳母のたおやかな手で優しくなでられたように、震えは止み、鳥たちはおのおの巣に戻り、余韻はかき消えひっそり閑《かん》と静まり返り、人と景《けしき》はともに一幅の水墨画に押し込められたようである。

次なる巻物がたちまち渡され、その静寂を打ち破った。開いてみればまたしても小楷一行、

「意を授けて歌となる、優美にして正鵠《せいこく》なり。授く、翰林待詔《かんりんたいしょう》（天子の詔を待ってそれに応じる職務）兼説唱使《せっしょうし》」

説……唱……使……

彼はあんぐりと口を開け、水月《すいげつ》のごとき目の輝きはたちまち消え去った。

彼の名は李白、当年とって四十と二つ、半生を輾転《てんてん》と浮き沈みして、幾篇の文を奏し、いくつの人脈を頼り、いくらの家財を散じたか知れない。そうしてようやく長安に入り、君主のお膝元に近づいて、心中の志を訴えた。ところがいまや、陛下の眼中に、詩仙李白はただの口舌技芸の徒にすぎず、国家の大計を論じる資格なしと見られている。

何の等級もない待詔という虚職をなにゆえ李白に配したのか？　彼は大唐帝国随一の嘻哈客《ラッパー》、歌も詩も絶品だ。息は変幻自在にどこまでも続き、韻脚（韻文の句末の韻）は時にあえて転倒し、きわどいところをうろうろかすめ、独自の半拍ずらしは洒脱で気ままな趣をなす。それに比べて、駢儷体《べんれいたい》（対句で構成された美文の一形式。四六体）はあまりに保守的——全編にわたる韻の連続で、恐ろしいほどきっちり整ってはいるものの、そのせいで言葉はださいし、意味不明。特にまずいのは聴衆《オーディエンス》が眠くなることで、まったくもって天麻丸《てんまがん》（中国医学の生薬。めまいや頭痛に効くとされる）より霊験《れいげん》あらたかだ。

なにはともあれ、中年ラッパー李白は即興一節で局面を打ち破り、長安城に颯爽と登場したのであった。

長安城は大道《だいどう》天に通じ、上仙の庇護を受けており、物は豊かで民は肥え、平和で風景は麗しく、異郷の者の羨望の声が常にやまない。しかし彼らは知らない。黄土の城は実のところはまどろむ獣だ。騒がして目を覚まさせたなら、寝起きはすこぶる悪いときている——耳あたりが良ければ獣はそのまま熟睡し、人と城とが共生するが、耳を刺すなら怒りは爆発し、もろともに滅びへ向かうという寸法だ。

最も独特なのは皇宮の奥深くに隠れる太極宮《たいきょくきゅう》で、聖人の御姿はその中にしか出現しないという。白粉《おしろい》の匂いが芬々《ふんぷん》と漂う西内苑に隔てられて、その全貌をうかがい知ることは叶わない――太極宮の主殿は空中に架けられた二層の空間である。外殿の外殻はトタン張りで、十丈ほどの高さの一抱えもある鉄柱二本に支えられ、地表から約五丈離れている。鉄柱と外壁をつなぐのはほぞに似た装置――外壁の両側から長さ三尺のトタンの突起を二本伸ばし、先端を鉄柱のくぼみに咬ませている。接触面はわずか指先ほどの小ささで、実に弾力に富んでおり、三歳の童《わらべ》が軽く押しても揺れ動く。風が吹けば鉄製の外殻が空中を旋回するが、その中の内殿は傲《ごう》然《ぜん》としてぴくりとも動かず、まるで巨大な渾天儀《こんてんぎ》だ。

長安城の通りに人々は行き交うものの、少しも声を立てない――ここで喋るには、節奏《リズム》を刻み、韻《ライム》を踏まねばならず、わずかでも間違えば黄土の大城に拡声されて災厄をもたらす。一般庶民は節奏《リズム》感がなく、押韻《ライム》の才も欠けており、四六体で喋れないために、しばしば壁を震わせ地を揺るがしてしまい、街吏《がいり》（町役人）によって鞭打ち四十、罰金三貫をくらう羽目になる。まずいことにこれら街吏は実に至るところに潜んでおり、ふだんは影も形も見えないが、雑音と聴くや否や草むらの下、軒下、井戸の中、木の梢からサッと飛び出し、しくじった者をピシャリとやる。そうしたことが積み重なって、人々は耐えて口をつぐむことを学んだ――韻を踏み節を刻むことに比べれば、声を出さないほうが簡単に決まってら！　何かを失うわけではないから、庶民どもは気にも留めない。

これほどに癖のある城内で暮らすには、それ相応のコツがいる。

ある日の午後、平康坊《へいこうぼう》（長安東南部の地名）北門外で、李白は坊の壁にもたれ、地べたに腰を下ろしていた。酒の瓢《ひさご》は空っぽになって足元に転がっている。待詔が閑職だと知ってはいたが、これほど暇な仕事だとは思わなかった。三月《みつき》のうちに聖人のお召しはたったの五回、そのうち三回は身内の宴会、二回は官吏の宴会だ。いずれも彼に興を添えよと歌わせるもので、まともな仕事ではなかった。二回は顔を出したものの、それ以後は口実をつけて行かなかった。

壁の根元の青々とした苔にしたたる朝露はいまだ乾かず、肌寒い風がひとえの上着を透かして肌身に沁み入り、こめかみがズキズキと痛む。揉みしだいているとふいに身体が重くなり、目を開けば外套が一枚、身体にかけられ、明眸皓歯《めいぼうこうし》の若い娘が傍らでかいがいしく外套の端を折り込もうとしている。三曲《さんきょく》※3にある酔夢《すいむ》楼の口のきけぬ娘であった。彼は娘を見やり眉根を開いてほほ笑みかけた。南曲の妓楼は美麗で風雅、酔夢楼の妓女たちはいずれも詩と画とに長けた才女であって、まさにいわゆる麗しき娘の花の語を解し、韻律に通じ、壁も崩れない。だがこの娘は言葉ができず、ましてや韻律には通じていないため、小間使いの役しか務まらない。その日、彼女は手を滑らせて死ぬほど貴重な蒙頂《もうちょう》茶（四川省名山県蒙山産の銘茶）をひっくり返し、客人に叩かれたのを李白が止めに入り、さらに代金十貫を賠償してやった。娘は感謝に堪えず、いっそう真心をこめて世話をする。金は生きているうちには返しきれないから、ただ酔い醒ましの吸い物と、身体に掛ける着物を差し出すしかない――もちろんそれとても客人が棄てていったうえに、ほかの娘が選り好みして残したものである。

声なき娘は懐《ふところ》から胡麻餅（小麦粉をこねて丸く成形し、胡麻をつけて鍋で焼いたもの）を出して差し出した。ほかほかとした胡麻の香ばしさが鼻をくすぐり、李白が手を伸ばして受け取ろうとすると、そこへやおら数人の子どもがどこからか飛び出し、それぞれが外套の四隅をむんずとつかみ、ぐるりぐるりと回して彼を包み上げ身動きを封じた。離れて見れば干乾びた干し柿である。子どもの一人、つぎはぎだらけのぼろを来た少年が、痩せた腕を振り回し、手を叩きつつ歌って笑う。

ほれ見ろ、そら見ろ、その鼻ほじろ、ほじった穴に豆植えろ！
レンガ職人、ぼろ屋の住人、
お針子娘はべべもなく、塩売り婆さん白湯を飲む――

不意をつかれた李白が繭《まゆ》を破るようにして顔を覗かせてみれば、娘が慌てて少年をさえぎり、手でその口をふさいで続けさせまいとしている。これは得難き後生の才と李白は内心ひそかに喜び、力を込めて腕を引き抜くとゆらゆら揺らし、止め立て無用という仕草をした。

突然、パンと一声音がして、開かれた巻物が李白の両目を覆った。一人の小役人が恭しくその向こうに立っており、巻物にはこうあった。「聖人の命を奉り要務の相談事あり、こと長安の法度《はっと》に関わる、李大人《りたいじん》急ぎ太極宮に至れ。翰林学士陸集安《りくしゅうあん》」

冷たい西風にトタンの外壁はクルクル回る。陸大人はとっくに外で待ち受けていて、李白を見ると馬を下りさせ、二人はそろって猫のように腰をかがめて外殿底部の真鍮の筒から太極宮に入り、ひたすら這い上って内殿に着いた。内部は真っ暗闇で、唯一の光源である人魚の油の灯火が、壁面からうすぼんやりとあたりを照らしている。

「李大人は馬を踏む、じゃなくて、馬踏肥眼《うまをふんでめをこやす》、じゃなくって、しばし待たれよ」と、陸大人は喋りながら灯芯をひねって明るくした。「久しくまともに口をきいていないからどうも口が回らぬ。こういうことだ、われらは馬踏飛燕交流地《ばとうひえんグランド》におる。全城内でここだけが節律《フロウ》や押韻《ライム》を気にせずともよいのだ。聖人が特にわれらを入らせて話すことを許されたのは、話をしかと通じさせるためだ」

それを聞いて見やると、内殿の中央には確かに人の背丈の半分ほどの銅像がある。たくましい馬が三本の足で宙を蹴り、一本の足は地につけており、棗《なつめ》の種ほどの大きさの蹄の先端が飛ぶ鳥をまさに踏みつけ、絶妙の平衡を保っている。

「蹄の先端のあの点に近いほど良い、さあ、も少しこちらへ」と、陸大人は手招きする。「李大人は長安へ来て三月あまり、ご感想はいかがかな」

「別にどってことないっす」李白は横目づかいでだるそうに答える。

「ん？　どういうことだ？」

「街じゅう悪徳官吏ばかりで、まともに話もできない」

「仕方がないのだ」と、陸大人は軽く答える。「崩落を恐れるがゆえのこと――無駄口を叩く者が多すぎるからな！」

崩落？　長安に来てからというもの、無駄口はおろか、話し声すら少なく、墓場のコオロギも歌を忘れたかと思うほどだ。無駄口を叩く者などどこにいる？　李白は鼻をこすりつつ問い返した。「それは確かですか」

「李大人は知らんのだ、城内には確かに騒ぎを起こしたがる者がいる。素寒貧《すかんぴん》で性根が曲がった者だ。先頃何度か厳しく取り締まり、ようやく今日《こんにち》の安寧を得たのに、いまや捲土重来《けんどちょうらい》の勢いだ――必ずやなんとかして根こそぎ解決せねばならぬ！」陸大人はきりりと顔を引き締め、話題を変えた。「さて、李大人は聖人のお召しをいくたびかお断りなさっているが、何か内心思うに任せず、無品《むほん》無級の説唱使という職に不満でも？」

李白は横目で答えず、沈黙をもって肯定に替える。

陸大人はしばし沈黙し、「李大人が話したくなければかまわぬ。だが、あらゆる采配には深きご配慮があることを知っておかれよ。そなたが宮中で謁見なされたあの日、私は麟徳殿内、聖人のおそばにおり、この目でしかと見ておった――陛下は時機を待っておられる……今、お考えが定まったゆえ、ただちに私をよこされたのだ！」

「陸大人、その心は？」

「武将は技で勝ちを制するものだが、ただ一人にしか勝てない。内力で勝ちを制すれば、十人に勝つことが可能だ。説唱《ラップ》は言葉で勝ちを制し、百人を掃討できる。節律《フロウ》で勝ちを制すれば、千万の魂を操ることができる……上仙はかつて長安にいくつかの法器を残された。聖人は私に命じ――」

「おや？」李白はぷっと噴き出してさえぎる。「その様子だと、聖人は話すことも聴くこともできるようですな？」

「しっ！　言葉を慎まれよ、李大人！」陸大人は顔をさっと曇らせた。「聖人は私に命じて説唱の職を管理させ、そなたの才をよく用い、長安城を大人しくさせるべしとおっしゃったのだ！　そなたと私が功を立てれば、諸侯に封ぜられて謁見が叶うぞ、近い将来……」

天地は巨大な炉、創造は巨大な鋳造、長安城は上仙が錬成した一局——方形に配列された百八の坊はコンデンサバンクで、坊門の開閉によって振動周波数を調節する。朱雀大街はアース、その横の安上街と含光門《がんこうもん》街は一対の差分共平面導波管伝送線である。東西の二つの市《いち》は地中深く隠されているが、地表の色からして材質はＮＰＮ型トランジスタである。ベースとコレクタがひそかにつながり、自己防御のフィードバック回路を形成する。太極宮が最も優れた建築で、トタンの外殿が磁力線による発電を絶えず断ち切り、安定化した電流は、清明《せいめい》、龍首《りゅうしゅ》の二本の地下水路の下に深く埋められた真鍮の八角コイルを通り、城内の低地へと流れる——長安城はインジェクションロックによる交差結合発振器《オシレーター》だったのだ。

普段、城は疲れ果てて眠気を催した獣のように安定した周波数を保っているが、不協和音が発されて逆鱗に触れれば、城はびくりと覚醒し、正帰還回路によってその音を拡大する。不協和音の周波数が城の固有周波数に近くても、制御範囲から外れれば同調不能となり、ビート周波数の振り幅の差が巨大な剪断《せんだん》応力を生み、城壁を崩壊させる。それゆえ、人は必ず韻を踏み、正しいリズムを刻み、最も純粋な帯域内の調和音を発さねばならず、城の固定周波数に逆らってはならない。

一般庶民にこんなこと理解できるか！　彼らは黄土の大城にとらわれ、「暮らす」ことに忙しい——日が昇れば働き、日が落ちれば木の腰掛けに座り込んでニンニクつけ麺をすする。ニンニク二玉と油漬け唐辛子が具のすべてだ。一日が終われば喜びにあふれ、毎日がこんなふう、身も心ものびやかだ。明らかに、長安で「暮らす」には雑音を控えて浪費を減らすのが肝要である。だからお喋りでニンニクつけ麺を作れない娘は嫁に行けず、饒舌で麩質《グルテン》不耐症の男は四十を越えては生きられない。

その日の五更前（午前三〜五時ごろ）、坊の太鼓が打ち鳴らされ、余韻が響き渡る中、目を覚まさない者は一人としていなかった。人々は次々と上着をはおり履物をつっかけ表へ出て探りを入れた――なんと、無人の騾馬隊がまたやってきた！　朧月《ろうげつ》のもと、黄土の城に、ピカピカ光るトタンの騾馬が隊を連ねて等速で行進する。先頭は宮殿のお膝元へ上ってから半円を描いて朱雀大街横の安上街沿いに明徳門に下り、さらに西へ折れて含光門街沿いに北上し、くねくねと曲がりつつ一糸乱れず、東西十四、南北十一の通りを埋め尽くした。

今度は何だ？　人々は互いに視線を投げかわし、声も立てない。

朱雀大街に並行する二本の通りをぎっしりと埋めているのはすべて騾馬――駃騠は東の安上街を占拠している。この通りは北高南低、傾斜角はほぼ九十度で、北から南へ下り坂の一方通行しかできず、逆方向へ登っていくのはほとんど不可能だ。騾馬が占拠する西の含光門街はその逆で、北低南高、南から北へ下り坂の一方通行しかできない。二本の通りの間に挟まれた朱雀大街は平坦だが、百メートル幅の通りには砂利や石ころ、病気の馬がごろごろしており、あるいは疾走する馬車にぶつかられ、容易に歩行できない。長安城の街道はどれもこうした一方通行の坂道で、庶民がふだん通行するには、まず梯子で高みへ昇ってから、坂に沿ってごろごろと転がったり走ったりして下っていくほかはない。速いことは速いが、通りの果てまで行きつく頃には髪はぼさぼさ、靴は片方なくなっていて、街吏につかまり「身なり整わず、風紀を乱す」との罪名で処罰され、竹板で頭を叩かれるか足の裏こちょこちょの刑を受けるが、叫ぶことも笑うことも許されない。

傾斜した一方通行の道も、鉄の騾馬には朝飯前だ――四つの鉄の蹄でむんずと地をつかみ、そのうち二本を持ち上げ、あとの二本を地に下ろす。上りであろうと下りであろうと盤石《ばんじゃく》の安定ぶりである。騾馬隊はガシャンガシャンと音を立てて前進し、その勢いに黄土が舞い上がる。

ドン！　ドン！　ドン！

宮殿の南、朱雀門上でまたもや太鼓が鳴り響いた。はるかに望めば、鼓楼には髭を生やしてどっしり千斤はありそうな蛮人が腰を下ろし、息を殺してやぶにらみ、顔じゅうの肉をブルブル震わせる。二人の肌の黒い奴隷がてかてかの拳で順番にその丸い腹を叩けば、重々しい残響を発して空へと伸びる音はどこまでも絶えることがない。長安の鼓使《こし》の実力は凡俗を超越する。

人々の視線は鼓楼に釘づけだ。ふと見ると鼓使のでっぷりとした身体の向こうから、一人の人が登場した。緋色の小科紬綾《ゆうりょうちょっきょ》直裾の礼服を身にまとい、髪は栗色の巻毛――李白である。

「籲《YO》、籲《YO》――」一息長く吸い込むと、口を開いて歌い出す。その声朗々として雷鳴のごとし。

長安の白日は長空を照らし　秋風に物思い尽きることなし
君に捧げるこの歌一曲　俺のためその耳貸してくれ
太宗十八で義兵挙げ　白旄黄鉞《はくぼうこうえつ》両京平らげ
逆賊捕らえて四海《しかい》を清め　二十四にして功業成就し
二十九にして皇帝即位　三十五にして天下太平[※4]

太宗の気風四海を覆い　千年の徳行《とくぎょう》水澄みわたり
もはや不要のこの戎衣《じゅうい》　成功告げたるこの盛世《せいせい》※5！
聖人暦《こよみ》を作り出し　民は従順　家臣は忠実
戦い止んで千代《ちよ》に快調……

長安城が耳をそばだてている！

おかしいぞ！　こんな軽薄な賛歌がなぜこれほど良いのだ。三流のラップは押韻《ライム》を重んじ、二流のラップは節律《フロウ》を重んじ、一流のラップは辞《リリック》を重んじるという。同じ曲でも別人が歌えば雲泥の差があるとは真実だ。李白や李白、ラップの王、まさにその名に羞じぬ者……

鉄の騾馬はガチャリガチャリと関節を鳴らし、鉄の蹄は上下に足踏み、次第に歌のリズムと合わさって、寸分たがわずザッザとそろう。人々は聴き間違いかと耳を疑い、よくよく見ようと近づくが、何歩も行かずに異変に気づく――この足くたびれ重くなり、左右が同時に前に出て、こっちへよろよろ、あっちへふらふら、なぜ歩けなくなったのだ？

目ざとい者はたちまち悟った――やたらに歩くことできず、リズムを踏まねばならぬのだ！

騾馬隊がまさにそうなのだ！　ならばよし、騾馬の後について歩けば済むではないか。庶民たちはほっと一息、街々が常態を取り戻し、一人に一頭、組になり、人は乗らず、騾馬は駆けず、肩を並べて前へと歩む、三歩歩けば振り返り、十歩歩いて行ったり来たり。この歩き方の最も優れた点は、長安城内の至るところにある一方通行の坂道を、どこでも簡単に行き来できるようになったこと――日ごろは車の制御がきかず、リズムが乱れていたのだが、今やそんなことがなくなった――下り坂では騾馬の耳をしっかりつかんでいれば安全が確保できる。力の弱い者はつかみ切れずに手を滑らせて、見る見る転がり落ちかけるのを、傍らの騾馬が目ざとく見つけ、その背を狙って手近な溝に蹴り落とし、隊列の乱れるのを防ぐ。

鼓楼の頂に中年ラッパー李白はぽつねんとたたずみ、その衣は朝風に吹かれてさらさらと音を立て、手にした瓢には緋色をした西域の葡萄酒が満ちている。酒には金銀花、甘草、胖大海《パンダーハイ》（いずれも喉に良いとされる生薬）がいっぱいに浮かぶ。彼は四方八方へ向けて声を張り上げ、そのかたわら顔をしかめて酒をすする――薬酒はまずいが喉には良いと、聖人が特に賜ったのだ。そしてこの瓢はというと、「小官はただ、飯は米櫃《こめびつ》に一杯、酒は瓢に一杯しか要りませぬ」と彼が朝堂（朝廷）で謙遜した結果、陸大人が真に受けてよこしたものだ。陸大人は馬鹿なのか？　いや、猿よりは賢い！　ここ長安で、官吏は文字通り規則通りに事をおこなう。怠け者で時代遅れと罵られても、御上《おかみ》に背いて俸給返上となるよりはましなのだ。

李白は整然と並ぶ騾馬隊を眺め、心中千々に乱れた――説唱《ラップ》で騾馬隊を操り、騾馬隊で庶民を操れば、黄土の大城は必ずや秩序が整うだろう。騾馬にしがみついてさえいれば坂を転がり落ちることもなく、罰を逃れられるのは良いことだ。だが……溝に蹴り落とされた者の悲惨さよ！　鼓楼の高みから眺め渡せば、割れた頭を抱えて朱雀大街を這う一人の人が見える。彼の顔の血は瓢の葡萄酒よりも赤く、通りのとば口にたどりついたと思いきや、またもや騾馬に一蹴りされて転がり落ちた。李白は慌てて言葉を止め、騾馬を止めさせ、その人を助け出そうとする。

「行路は難《かた》し、岐路《きろ》繁《しげ》り、弱民退き、強国《きょうこく》前に」背後で呟く者がいた。

振り向くと陸大人がまばらな鬚《あごひげ》をひねり、目をらんらんと輝かせている。今の数句は「行《こう》路難《ろなん》」と「商君書《しょうくんしょ》」をごちゃまぜにしたものだが、意味はこのうえなく明白だ――世間に歩きやすい道などあるものか。天地は大局を重んずるのだ。

李白は彼に白い目を向け、かの人が無事に這い出したとみて、ようやく再び口を開いた。数言も歌わぬうちに、陸大人がやおら前へと突進し、西南の方角を指さした――永陽坊《えいようぼう》周辺の騾馬の陣形が乱れている。長安城は東西に長く、南北は短い。鼓楼は城の北に位置し、隅にいくほど声は弱まるから、きっとそのせいに違いない。陸大人はとうに心づもりをしていたようで、しばし沈思すると手を上げて後ろに控える高力士に合図をした。身振り手振りのジェスチャーは、まるで長拳《ちょうけん》（中国拳法の一つ）を使っているかのようである。だが意外にも高力士にはちゃんと伝わっており、驚いたり喜んだり考えたり悟ったり、まるでしわくちゃの顔芸だ。

茶を一服するほどの間に、高力士は太監《たいかん》（宦官）一隊を引き連れて鼓楼へ上がってきた。一隊はそれぞれが背に人を負い、それらはいずれもピンと伸びている。よく見れば生きた人ではなく、人間大の銅の人――いずれも痩せた貧相な顔つきをして、四肢がすらりと長く、小山のような太鼓腹を突き出しており、合わせて十六体あった。太監たちは銅人を李白の後ろ、一歩下がった場所に置き、ずらりと一直線に並べた。高力士は懐から木尺《きがね》を取り出し、細かく計っては繰り返し計算し、手にした燭で松脂《まつやに》を溶かすと床に垂らして目印をつける。そこに十六の銅人を順番に設置すると、胸を張って満を持す構えをとった。

銅人とはいえ、太監たちがたやすく持ち運べるだけあって、本物の銅のかたまりではなさそうだ。このしろものは何の役に立つのだろう？　李白は死んだ魚のような銅人の目ににらまれて背中にどっと汗を噴き出し、歌唱もぐっと小声になった。

陸大人はさっと手を上げて、声量を上げよと李白に示す。禍々《まがまが》しいブーンという音をともなって、奇妙なことが起こった——果たして銅人は中空で、歌唱の声をとらえると耳の穴から体内へ入れ、中で反響させて増幅する。再び口から放つ時には音量は数倍になっており、そのうえ十六声部に分かれて輪唱する——その歌声は元の声を厳密に複製し、いささかの違いもないが、それぞれが隣よりわずかに遅れ、重なり連なって起伏を生ずる。鼓楼の現場で聴けばぐっちゃぐちゃに入り乱れ、胃も腸も痙攣《けいれん》するほどだが、永陽坊ではぴたりとそろって力は倍増する。

十六人の太監は一列に並んで銅人を押し、弧を描くように移動する。さきほどの松脂で描いた同心円に従い、時計まわりに方位一つ分進むたびに茶を半分飲むほどだけ停止し、再び動き出す……こうして正円を描き終えると、長安城は余すところなく歌声に覆い尽くされた。

音波式のラップ陣形はさえぎるものもなく、至るところで木っ端微塵だ。正面から声を受けた者は全身がしびれ、目の前真っ暗、身体は硬直、我に返るとすでに小半時が過ぎている。その時口を開いても喉の奥でただごろごろとねばつく音がするばかり。攪団《ジアオトアン》※6をこねる音に似ていて、なんとなく腹が減ったような気になり、言おうとしたことを忘れてしまう。

こうして、和平、永陽、昭行《しょうこう》、帰義《きぎ》の西南数坊はそろって麾下《きか》に組み込まれた。芙蓉園《ふようえん》付近の曲池《きょくち》、青龍、敦化《とんか》の東南数坊も同様で、騾馬隊は一糸乱れず、リズムに乗ってゆるゆると進む。十六体の銅人陣列の向く方角では、人も騾馬も身体を震わせ、見えない細縄で吊り上げられたようにぴしりと整う。陣列が背を向ければそれらはわずかに緩むが、次の歌唱にたちまち掃射《そうしゃ》されて同調するため支障はない。

数日の間、黄土大城はひときわ静かに、秩序整い、カサコソという風雨の音すら耳ざわりに感じられるほどだった。時折、李白がわずかな休息をとると、鉄の騾馬の関節の摩擦音に紛れた自分の息の音が、ことのほか耳を刺した。通りを逆行し坂を駆けようとする城内の暇人は、騾馬によってとっくに一人残らず追い払われ、白日の下、人々はラップのリズムに厳密に従い歩みを進め、左右の足の運びすら統一されている——百万の庶民がそろって足を持ち上げる、一、二、一、二……夜になれば歌はやみ、人も休み、黄土大城は一面ひっそりとして、月の光が地を照らし、涼風は塵埃《じんあい》を吹き払い、夜行の百鬼どもが声もなくむせび泣くかのよう。李白は寝つかれず、夜ごとに丸い月を眺めてはぼんやりとして、一杯、また一杯と酒を飲む。

これが半生思いを馳せた長安か？

これが身を投じんとしたわが国か？

なにゆえ思い描いたものと違うのか……

長安城は巨大にして豊穣、あたかも音のない一場の夢のよう。夢中の人はまともなことを言うばかり、でたらめは見極め難い。今宵もやはり平康坊酔夢楼は色とりどりの酒を酌み交わし、金銀飛び交う贅沢三昧だ。朱楼の外では、軒《のき》の黒瓦が風に煽られてはまた合わさり、カタカタと呻吟して暴雨の近いことを告げる。だが人々はみな酔っていて気づかない。

李白も酔った。座敷の寝台に横になり、妓女たちを追い払い、からっぽの部屋に向かって一人酒を酌む。紅い蠟燭のおぼろな影に沈香《じんこう》は静かに薫り立つ、すばらしきかな。丸一日歌っていたため、今や誰とも口をきく気が起きない。たとえ気に入りの妓女であってもだ。酒だけがただ一つの慰め、自由への道だ。

ギイと一つ音がして、座敷の木の戸が押し開けられ、二つ髻《わげ》を結った小さな頭が覗いた。声なき娘だ。

李白は手招きをして呼び寄せ、卓上の醍醐餅《だいごもち》と桂花酥《けいかクッキー》を指さし、遠慮するなという仕草をした――酔夢楼は南曲一等の豪奢な妓楼だ、千金を一時に使う客人は常にある。だが小間使いはその分にあずかることはない。卓一杯の山海の珍味も食い切れずにうち棄てられて、彼女たちには残されない。


けれど娘はそれらの精緻な菓子には目もくれず、ぱたりと音を立てて地に倒れ伏した。

これはいったい？　李白は慌てて起き上がり手を差し伸べたが、彼女はぴくりとも動かない。

「大人……」

涼風が耳元を払い、か細い声を耳孔へと送り届けた。空耳か？　李白は疑い視線を上げると、ちょうど娘と目が合った。見れば彼女は両目に涙をたたえ、紅い唇はわずかに開いている。

「大人、お助けを」蠅の羽音のようにか細い声だ。

娘よ、なんと口がきけたのか！　李白は仰天し、酔いも半ば醒めた。

「わたしは口がきけないのではありませぬ。貧しい家の娘、幼い頃に売られかけるのを望まぬあまり……」嗚咽して続ける、「口のきけぬふりを」その俗な言葉は音量こそ小さいものの、何と言っても長すぎた。驚いた酔夢楼の壁が震え始める。

左様であったか！　李白は胸が締めつけられ、慰めの言葉をと口を開いたが、射るような娘の視線に止められた。

「時間がありません。大人、聞いてくださりませ。西の郊外で、貧民が苦しんでおります」彼女はしばし息をつく。「鉄の騾馬が人を害しています。同郷の人々苦しみ、父母苦しみ、わが弟は苦しんでいます」娘が韻を踏もうと努力していることはわかったが、残念ながらすべて外し、壁の震えはいっそう大きくなった。李白は慌ててその口を押さえ、もう話すなと首を振る……

震える壁は次第に静まり、蠟燭の影は落ち着いて、娘は三度跪拝《きはい》すると身を起こして立ち去った。窓の外では黒雲が月をかすめ、地上に木影を映して、あたかも百鬼が地に満ちるよう。風が吹けば影が動き、百鬼は城外の墓場へと飛んでゆく。天と地の間にある者みなすべて旅人なり。

長安の物語は語るに事欠かない。正史は勝者が書くもの、野史《やし》は講談師が書くものだ。彼らが口々に詠嘆する城とは、決して眼前のこれではない。史書にあっては、嘻哈客《ラッパー》はみな「仁義」の烙印を押され、常に「愛と平和」の信条を口にしているが、今や一言では言い尽くせぬ……

そのように思うのは一人だけではない。

八月十五日、日は沈み夜に入り、天空に雲はなく、犯夜の禁（夜間外出禁止令）が二時間延長されたことにより、騾馬隊はしばし動きを止めた。城内の灯火は鮮やかに輝き、槐《えんじゅ》や木犀《もくせい》の香りが漂う。富貴《ふうき》の屋敷は豪奢な宴席をしつらえ、美女を連れ高殿に上り、静かに酒を酌み交わす。庶民たちも安酒や菓子を調え、旅人が帰り来て夜通し飲み明かし、大団円となるのを待っている。平康坊の妓楼すら、丁稚《でっち》どもに二時間の暇を出して親元へと帰らせた。

説唱使李白は早々に鼓楼の上で命を待ち、その時が来れば一曲高唱し、主君のために興を添えんと考えていた。朱雀門北の王宮広場には、高さ十丈の楠の舞台が臨時に架けられ、中央の玉座には白く輝く鉄の弥勒が端座しており、大きな腹で満面の笑顔を見せている。これが聖人、正しく言えば彼の外殻だ。聖人はトタンの皮衣《かわごろも》に包まれて、天下の滑稽なる者を仮面の奥で笑っているが、その心中を察することができる者は一人としていない。妃たちに取り巻かれ、視線はまさに鼓楼の望台にひたりと向けて、同時に長安の諸坊諸街を眼下に収めている。最も寵愛の篤《あつ》い楊太真《ようたいしん》（楊貴妃のこと）は傍らにぴたりと寄り添って、弥勒の裂けた口の中へと菓子や美酒を絶えず投げ込む。

八月の秋気《しゅうき》色濃く、風は涼しく露《つゆ》重く、李白のまとう毛氈《もうせん》の外套は激しく音を立てて吹き上げられ、温かく潤んだ玉盆《ぎょくぼん》のごとき月が東にあるにもかかわらず、彼は絶えず西のかた汚れた夜空を眺めては、大瓢箪を掲げた手をしきりに震わせる。

お月さんぴかぴか拭いたよう　右目はぴくぴく跳ねるよう
くそったれの騾馬どもは　鉤《かぎ》で座らしゃお陀仏だ！

雑音がひとしきりそっと伝わってきたが、韻脚はバラバラ、リズムはぐちゃぐちゃ。幸い小さな声で力が足りず、城壁は何度かぶるりと身震いしただけでたちまち息をひそめた。

高くそびえる城壁越しに、誰が歌っているのかは知らず、ただその声が西郊《せいこう》からとわかるのみ。そこにはあまたの賤民がおり、城内に家を買う金がないために、穴ぐらを掘って暮らしている。「野卑で蒙昧《もうまい》、長ずるところ一つとしてなく、その心中は計り知れぬ」――朝廷の文官はこのように記し、さらに彼らを七患《しちかん》の首《かしら》たる者と呼ぶ。

鼓楼で見張りをしていた陸大人もその声を聴いてはっと驚き、慌てて上奏に駆けつけた。鉄の弥勒の耳元に近づいていてしばらくひそひそやると、距離を隔てて李白に手ぶりをし、すぐさま歌い始めよ、吉時《きつじ》を待つに及ばずと合図をする。そうだ、『秦王破陣楽《じんのうはじんらく》』の曲は勇壮にして詞は華麗、城外の者が人であろうと鬼であろうと、すべて制圧することができる。

ひな壇では鉄の弥勒が心ゆくまで楽しんでいる。笑みはその顔面に鋳込《いこ》まれて、真っ黒な眼《がん》窩《か》の奥底はうかがい知れない。李白は打ち沈んで相対し、口を開かずにいる。

「籲《YO》、籲《YO》――」次のリリックが城外から漂う。

レンガ職人、ぼろ屋の住人
お針子娘はべべもなく、塩売り婆さん白湯を飲む
稲を育てて米ぬかを食い、飯《めし》屋は匂いを嗅ぐばかり
筵《むしろ》職人地べたに眠り、棺桶職人行き止まり
賤民の娘は妓女になり、賤民の息子は腸断つばかり
うすらとんまが役人になりゃ、日がな一日歌ってばかり
ご先祖の手前見栄張ってばかり！

歌詞からして賤民に間違いない。

鼓楼で待ちかまえる宮人は手に汗握り、説唱使の背中をじっと睨みつけるも、彼はぽつねんと高みにたたずみ、外套は激しく狂風をはらみ、さながら風と闘う凧のよう。ついにゆるゆると口を開くや——

レンガ職人、ぼろ屋の住人
お針子娘はべべもなく、塩売り婆さん白湯を飲む
稲を育てて米ぬかを食い、飯屋は匂いを嗅ぐばかり
筵職人地べたに眠り、棺桶職人行き止まり
賤民の娘は妓女になり、賤民の息子は腸断つばかり……
庶民は他《た》の地に安穏求めじ　青瓦は土小屋覆い　金糸玉衣で身を覆い
老人子どもは養う者あり　街角に怪我人ひとりもおらじ
口を開けば歌がわき　長安はわが故郷なり……

声は小さいが、言葉の一つ一つが肝を震わせた——李白が賤民の唄を歌うとは！
謀叛《むほん》だ、謀叛だ！
鼓楼は上も下も官吏どもがブルブル震え、何をするはずだったかすっかり忘れてしまった。ひな壇では楊太真が花の顔《かんばせ》を真っ青にして、玉座の下に倒れ伏す。鉄の弥勒は微動だにせず、無邪気な笑みをたたえたまま、あいかわらず万物を眺めては、その太っ腹で一切を受け入れる様子。

聴こえぬのか？

李白は向かい合う空洞の目を見つめ、ギリギリと歯ぎしりをする。深く息を吸って丹田《たんでん》に力を込め、再び口を開く……今度は大騒ぎになった！　トタンの騾馬隊がにわかに動き出し、長安城の中秋の宴も台無しだ――庶民どもは盃を掲げたばかりでフロウにつかまり、李白のリズムに合わせて飲んだり食ったり、まったく身体の自由がきかない。一等まずいことに、この説唱使の口は速すぎる。ピチピチパキパキ、こりゃたまらん！　半時も経たずにどの家でも食卓空っぽ、酒の壺はすっからかん、庶民どもは突っ張った腹の皮を抱えて泥のようにぐでんぐでん。酒は回って、胸はいっぱい、うっとり呆《ほう》けているうちに、耳に残る賤民の詞も味わい変わり、思うだにほろ苦く、誰もが涙で襟元を濡らす――賤民はそりゃ苦しいが、俺だってそんな良くはねえ。日がな一日暮らしを立てるに忙しく、ニワトリよりも早起きをして、ニワトリよりも遅く寝る。わずかつぶ銀数匁《もんめ》のため唯々《いい》諾々《だくだく》と低姿勢。ちょっとやらかしゃ鉄の騾馬に踏みつけられ、下手すりゃ家財没収のうえ長安城を追放だ……

賤民だって？　賤民でない奴なんているもんか！

庶民たちはむせび泣き、地団駄踏んで嘆き悲しみ、その泣き声はリズムに乗って、あたかも伴奏の塤《けん》※7の音のよう、抑制されつつぴたりとそろう。鉄の弥勒はどうやら心を動かされたらしく、かすかに一つ身震いすると、開いた口からか細い声を放ち出し、蚊の鳴くようにプーンプーンと人の耳をくすぐり始める。

ちくしょう、うっとうしい声だ！　李白が一瞬ぼんやりすると、態勢は乱れて二つほど拍子をすっ飛ばし、フロウはでたらめになって、騾馬隊つられて大混乱、四方八方へ突撃し、多くの家々を踏み倒した。

「おいっ！」鼓楼の下をぐるりと取り囲んだ金吾衛《きんごえい》（宮門の護衛を司る武官）がたちどころに跳び上がり、ザザッと八卦《はっけ》の陣形に並んで腰の佩刀《はいとう》を半ば引き抜き、羅刹《らせつ》のごとき赤い目を見開いて、いまにも城外へ突進しようとする。

「官、冊（爵に封ずる天子の詔）にあれば」左衛長《さえいちょう》が野太い声で言う。

「歌いかつ楽しめり」右《う》衛長がすぐに続けて韻を踏む。

「賤民誤れば」左衛長がぎらりとひと睨み。

「壁は傾けり」右衛長が長刀をひと抜き。

「切り捨て御免！」二人が声を合わせて一喝すると、鋭利な刃が天地の懐に差し込まれたがごとく、梢の鴉も静まり返った。

待て！　待て！　李白は慌てて手を上げ制止したが、ふいに袂《たもと》を引っ張られ、振り向いて見れば陸大人である。彼は声を発するのも待たずに李白を率いて鼓楼を下り、元の位置に戻るよう金吾衛に命じると、馬の背に飛び乗って一路疾駆し、再び鉄の殻の太極宮ににじり入り、内殿は馬踏飛燕のもとにたたずんだ。

「すんでのところで間違いをやらかすところだったぞ、わかっておるか？」陸大人は灯心をひねって先手を打った。

「聖人の耳には届いていましたか」

「そなたはどう思う」

「私は長年剣術を学びました。素早い白刃は光芒を放ち、まるで白い虹のようにキンキンと音を立てることを知っております。その刃は離れて見れば鉄のかごのように、人をその中へ包みこみ、相手の剣には破るすべがありません。剣の光芒と内部の人は互いに共鳴し、防音壁を作り上げ、わずかな雑音すら入ることができぬもの。聖人は鉄の殻に包まれているから、外の音を聴こうとしても恐らく困難……」

「確かに、聖人には完全に聴こえてはいなかった。聴き逃した部分は私が補って差し上げた」

「では、聖人は何とお申しつけを?」相手が唸ったまま答えないのを見て、李白は思い切って直言した。「小官はかつて西郊外を視察に訪れましたが、壁一つ隔てただけで隔世の感がありました。城外の人々は崖に穴を掘り、服はぼろぼろで、腹は満たされず、挙句の果てにはたった一口の飯のために子女を売り飛ばしています。子どもたちは文字を知らず、人生に望みを失い、鉄の騾馬に踏みつけられても医者にかかる金すらありません。そうして……彼らは聖人への進言を小官に求め、朝廷がなんとかしてくれるのを期待しているのです。陸大人はかつて、長安城は人の口がやかましく、常に崩落の危険があると言われましたが、民草には決して悪意はなく、生計の苦しさゆえに不満を漏らしているにすぎないのです。ここに上奏書がございます、『民生十二諫《かん》』です。陸大人、これを――」

「もはや知らぬ仲でもなし、率直に言おう」陸大人は冷ややかにさえぎり、上奏書を受け取って開くと、またパンと音を立てて閉じた。「今日のことはそなたが仕組んだのであろう? 賤民にあのようなことができるものか。西郊外のほうにも呼応する者がいる、そうだろう?」

　李白は沈黙をもって肯定したが、視線はやはり上奏書に注がれている。

「幸い、聖人にはそなたを罰するおつもりはない。なぜなら、さらに優れたお考えがあるからだ――長安城の問題は根こそぎ解決すべしと言ったのを覚えているか？　今日がその絶好の機会なのだ！」

「機会？　聖人にはとうに計画が？」

「そうだ」陸大人は複雑な表情である。「上仙はかつて長安にひとふりの天子の剣を賜った――まっすぐ前に突き出せばこれにぶつかるものはなく、上に上げればさえぎるものなく、下げれば下に邪魔するものもなく、運べば傍らにふさがるものはない。[※8]上は浮雲を抉《えぐ》り、下は地紀《ちき》大地の根本を絶《た》つ――」

「なにゆえ剣なのですか」李白は眉をひそめる。

「李大人、上仙の心は測りがたい。問いが多すぎればかえって事をしくじるぞ。詳しくは私も知らない。ただ長安の恒久の平安を思い、賤民の痛苦を脱することを願うならば、これが唯一の方法なのだ。考えてもみるがいい、あれらの怪我人どもが幾日持ちこたえられる？　方法といっても難しくない。秘密の呪文をつけ足して法器を調整すれば済む……ただこの操作をするだけだ、今宵を無事に乗り切れば、『民生十二諫』は聖人に上奏し、じっくり取り計らおう」

「まことですか」

「まことだ！」陸大人は弥勒のようににたっと笑う。

「呪文はまさか――」

「李大人もかつては真理を求めて仙人への道を修行した者だろう。それが私を信じぬ上に、聖人も信じられぬか、上仙も信じられぬのか」陸大人は素早く言葉を切って、ひそひそ声でつけ足す。「上仙はこの山河を損なうようなことは決してなさらぬ」李白がなおウンともスンとも言わぬのを見て、陸大人はしばし考え、懐から巻物を出して手ぶりをしながら話し出した。
「まあよい、呪文のことはさておき――これは国楽《こくがく》の歌詞《リリック》だ、李大人、この数語はどこで息継ぎをする？　こっちの文句はどのように拍《フロウ》を刻む？　副歌《フック》が要らぬのなら、二番の主歌《ヴァース》にはどうやって入るのだ……」

長安城の上空に黒雲が湧き起こり、丸い月はほとんど覆い隠されて、今年の中秋は明月とは無縁となりそうだ。だがそれでも路上には人がみっしりと詰めかけている――庶民たちはさきほどラップのリズムに乗って飲み食いしすぎた上に、無駄に泣きわめいたために胃の中がひっくり返りそうになっており、驃馬隊が動かないのをいいことに、丸く突き出た腹を抱えて半ば転がるようにして歩みを進め、灯籠を提げてあたりをぶらついている。
何歩も行かぬうちに、鼓楼の頂から突如、もったいぶった口調の言葉が投げかけられた――

口があってもきけぬがごとく　耳があっても聴こえぬがごとし
群を絶し俗を離れれば　その道すなわち崇《たっと》し※9！
イ――ヤ――

陸大人である。音を長く伸ばし、渾身の力でもって発する声は鉄のへらで鍋をひっかくような機械音、聴く者みな全身の毛がそそり立つ。
驃馬たちはその声を聴いてぶるっと身震い、天を仰いで鉄の鼻から荒い息をぷっと一吹き、手近な二頭が組になり、こともあろうに交尾を始めた。人々が腕を掲げて照らして見れば、灯籠の光が赤紙を透かして鉄の騾馬の体に映り、薄ぼんやりと反射する。騾馬の体は一進一退、前へ後ろへ一糸も乱れぬその動き。

鼓楼の上では陸大人が黄色い紙を一枚掲げ、びっしりとあるのは書き殴られたような記号。それに従い国楽を歌えば、鉄の騾馬は聴いてますます興奮し、傍らの人はいよいよ災難、にっちもさっちもいかなくなり、見るに見られず、避けようにも避けられぬ――騾馬はラップのリズムに乗り、人は騾馬のリズムに乗って、制御できずにゆらゆら揺られ、肩を上げ、尻を振り、膝を曲げ、足を蹴る。ひとたび、またひとたび……離れて見ればロックダンスを踊っているよう。

バン!

破裂したのは人ではなくて牝騾馬の腹だ、空気を入れたように膨らみ出した。みるみるうちに腹が裂け、幾筋もの真白き光が漏れ出してまっすぐ天へ上がったかと思いきや、なんとそれはトタンでできた鳥たちだった。

鉄の鳥がすべて飛び出し、音を立てつつ旋回すると、陸大人は再び声を張り上げて、背後の銅人は太監たちにぐるぐる引きずり回される。音波は夜気を貫いてつむじ風を巻き起こし、風に巻かれた鳥の尾のトタンのコイルはブンブンと唸り声を上げ、ばねが巻かれて歯車が連動し、鳥たちは大きな鉄の羽を羽ばたかせ、尖ったくちばしを開くと白い鉄の帯を吐き出した。陸大人は勢いに乗ってテンポを速め、フロウは見えない巨大な手のように鳥を指揮して陣形を整え、鉄の帯を引っ張って互いにつなぎ合わせれば、さながら空中に架けられた機織り機。半時もかからずにトタンの大網が編み上がり、丸い鍋蓋《なべぶた》をかぶせるように、長安城をその中へと包み込んだ。これは果たして防音笠《がさ》――賤民の音は完全に遮断され、もはや一分《いちぶ》たりとも入ってゆけぬ。

鼓楼の正面、朱楼の上で、鉄の弥勒が突如立ち上がり、前方に向かって頷いてみせた。陸大人は指示を受け、黄色い紙にやや顔を近づけると、ラップの速度をさらに速めた。

鉄の鳥は鉄の網を持ち上げ、鼓楼を中心に円を描き出し、飛びながら強弱のリズムに乗って上昇と下降を繰り返す。網の端は切りっぱなし、ふちには長さ六尺の鉄の歯が残ったまま、フォークの歯のようにずらりと並んで、これまた拍子をとって上昇、下降――郊外の黄土の地を突き刺し、引き抜き、また突き刺し、また引き抜き……さながら肉叉《ミートフォーク》のよう。

もちろん、それら一切は、城内にいる人々からは見えない。頭を上げてもただ一面、銀色に光るものが、鉄かぶとのように頭上を覆っているばかり。陸大人のリズムと速さは李白ほどではないために、かぶとの目は詰んでいるとは言い難く、空いた隙間はかなりの大きさ、そのうえ時折言葉を噛むため網には小さからぬ穴が空き、何十も目を編み落とした麻布のよう。穴を通して豆粒大の雨が鴉の羽色の空から落ちて来るのが見えた。まばらに数滴、ぽた、ぽた、ぽた、それがますます密になり、瓢をひっくり返した勢いで、トタンの網の上にバタバタと重い音が響く。幸い長安城はただの雑音はとんと相手にせず、このために怒って目覚めることはない。

ピシャーッ！

ひとすじの稲妻が夜空を横切り、トタンの網に眩い線を映し出した。

ウウ――

続いてやってきたのは轟く雷鳴ではなく、百鬼の弱々しい悲鳴であった。狂風が吹き荒れ、鉄網の隙間からそれらの寂しくか細い声が人々の耳に届く。太極宮の内殿、その暗闇の牢内にとらわれている李白にもそれは聴こえた。琥珀色の大きな目を見開いて、がばりと起き上がるや牢の鉄柵をこじ開けようと手を伸ばす。パンと一声、蒼白い物《もの》の怪《け》の影が鉄の芯から湧き出でて、手の平の中へと潜り込んだ。彼は一尺ばかりも弾かれて、地べたに尻もちをつき、一本の巻物を踏みつけた。震えながら開いてみれば、そこにはぽつりとただ一文字――「醢《ししびしお》」（小間切れにし塩漬けにする刑罰）！　彼は頭がガーンとなって、しゃにむに鉄柵をつかむ。蒼白い物の怪も長い鞭のように踊り狂い、彼の両手へと潜り込み、五臓六腑を鞭打つ。彼は目のまえ真っ暗、身体はこわばり、冷たい床へと頭から倒れ込んだ。

激しい雨が降り注ぎ、生臭い風が顔に吹きつけ、長安城の空気には鼻をつく鉄さびの匂いが満ち渡る。その匂いは西の郊外からやってきた。その時、賤民たちはちょうど寄り集まって声を張り上げ歌っており、期待に胸を膨らませ、この歌詞《リリック》を奉り君王に注目してもらい、暮らしが良くなることを願っていたが、突然、頭頂部がひやりとしたかと思うと、しかと見定める暇もなく、鉄の肉叉が天から降り注ぎ、ざっくざっくとめったやたらに刺しまくった……たちまち、悲鳴が雷鳴と豪雨の音を覆い尽くし、そこは果たして繁栄の都市の郊外なのか、あるいは十八層のどん底の鋸《のこぎり》地獄かわからないほど。人々は散り散りになり、逃げまどえども道はなし……赤い霧が肉叉に伴い立ち昇り、天上へと上がってゆくと、ゆるりゆるりと夜の帳を半ば覆い隠し、鉄の匂いをまき散らし、寄り集まって石榴《ざくろ》のように赤い裳《スカート》を形作る……声なき娘は高熱で意識のない弟を抱きかかえ、ただ茫然と空を見るばかり……なんてきれいなんだろう！　楊太真さまは真紅の薄衣の裳が一番のお気に入りだと聞いた。それは金糸と火蚕《かさん》（南シナ海で採れるという伝説の蚕）の糸で織り上げたもの、舞い踊ればその美しさは天上の仙女のようだって。でもわたしは継ぎはぎだらけの粗布《あらぬの》の裳を一枚きりしか持っていない。この両手は年がら年じゅう冷たい水に浸かって力仕事をしているために赤ぎれだらけ――この世の赤には、身分の違いがあったのだ。ずらりと並んだ肉叉の牙が頭の上からぐさりぐさりと刺してきて、風切り音を伴って、いよいよ大きく、いよいよ輝き出す。おしまいだ、おしまいだ！　彼女は目を閉じ、胸に抱いた弟をそっと揺すって、柔らかな声で童謡を歌い出す。

　　レンガ職人、ぼろ屋の住人
　　お針子娘はべべもなく、塩売り婆さん白湯を飲む
　　稲を育てて米ぬかを食い、飯屋は匂いを嗅ぐばかり
　　筵職人地べたに眠り、棺桶職人行き止まり……

たちまち、赤い霧は雨に薄められ、生臭い匂いは散り尽くし、百鬼は追い払われ、鴉青《からすあお》の夜の帳は干涸《ひから》びたからっぽの墓と化した。散り散りになって割れ目に避難し、朦朧《もうろう》としてその場をしのいだ人々は、そうして難を逃れたのであった……

およそ相《かたち》あるものは、みな虚妄である。

「鎖相《さそう》」は世を統べる宝刀であり、局部発振回路の中心だが、この時の長安城は一切を極限までおこなった——あらゆる魂魄を、封じ込められるものは封じ込め、それができないものは取り除く——問題を解決できないなら、問題を起こす人間を始末する、それが上仙の意志であった。それから一千年、世界にはあまたの城が華やかに登場し、長安の威容を再現しようと試みたが、ついに煙と消え、崩落の結末は免れなかった。諸相は相にあらず、[※10]誰を封じることができようか。これは長安城が発した最後のか細い一息だったが、惜しむらくは一つも聞き入れられなかった……

月夜、一人の平服姿の人物が朱雀門の城壁にとりついて軽やかに上へと登っていった。身のこなしは素早く、つま先に少し力を入れると、猿のような両腕を振って身体を一段上へ持ち上げる。月が栗色の巻毛を明るく照らす。李白である。

犯夜の禁の最中《さなか》であっても鼓楼の要地には巡邏《じゅんら》の兵卒がまだ数多く、彼はたちまち見つかった。歯を食いしばり、丹田に強く息を込め、ハッと一声あげると望台へと跳び上がり、欄干にもたれて下を望めば、地上の人影はゆるゆると動いている。

秋色《しゅうしょく》は濃く、白楊《はくよう》はとうに葉を落とし、草木ははや枯れ果てて、月下の鎧かぶとは銀色に輝き、兵士の手にする刀剣はブンブン震えて唸りを上げ、鼓楼はゆらりゆらりと揺れて、さながら清《さや》けき夢から呼び起こされた貴公子のように、いつでも跳び起き傍らの者に致命の一撃を加えんとしている——その目の中にあって、人は虫けら、果てはそれにも及ばない。

剣は放たれ、弓は引き絞られた。ただ一声の命令さえあれば、叛逆者は切り刻まれて粉となる。だが巡街使《じゅんがいし》は遅々として手を動かさない——まったくもって理解に苦しむ、説唱使は近頃、聖人を助けて長安を治めており、あきらかに諸侯に封じられ拝謁も叶う勢いだ、栄華富貴は思いのまま、それを今更何をしでかそうというのか。犯夜の禁を犯して外部から鼓楼に侵入するは死罪である。左《さ》街使は教養がなく、顔を真っ赤にしてようやく口を開くや、「上のおじきも下のおじきもおじきには違いねえ、高い机も低い腰掛けもどっちも木には変わりねえ、金のこぶに銀のこぶ、それでもまだまだ物足りねえ？　天は上にあり地は下にある、ひょっこが思い上がるんじゃねえ！」

李白はおおよそ聴き取って、冷ややかに笑った。振り向いて目を走らせると、十六体の銅人は箱の中に納まっている。よし！　酒を入れた大瓢箪が箱の傍らに転がっており、彼は歩み寄ると思い切り踏みつけた。バキン、瓢は砕けて一面の白い泡。彼は声を上げて大笑し、口を開いて歌い出す。

秋の夜は逝かんとし　黎明至らんとするを見る
暗黒の天地に君に訴うわが往事——

兵士の背後からふいに一人の人物が飛び出した。李白はそれを見るや胸が詰まり、すんでのところでフロウが途切れかけるのを、拳を握ってすばやくつなぐ。

紅塵旧事《かつてのうきよのこもごもは》　心にありて大志となりぬ
麗し青春　いまや薄らぎたった数文字残すのみ

五歳で手習いお習字通じ　十五で任侠の士を任じ
十八で江油《こうゆ》（李白の故郷）に隠れ住み　蜀を去ったは二十と四つ
ただ大義を述べ　世を栄えさせ　民草を救い　平穏に暮らすを望むのみ――
天を仰いで大笑し　遠く離れしふるさとの家
剣を弾《はじ》いて歌作り　嘲《あざけ》り笑うは豪士ども
三十でようやく思惑叶い　千金使い果たしても　この志は報われぬ
俺の居場所はいったいどこにあるんだろうなあ！

彼はいささかむせび泣き、鼓楼はブルブル、壁土はボロボロ、一面に埃を舞い上げる。

兵士の前のその人は紫色の大科紬綾丸首の袍を身にまとい、腰に下げるは金メッキの魚袋《ぎょたい》（魚型の割符を入れる袋）――暴徒の平定に功績あって、陸大人はすでに翰林承旨《しょうし》に昇進し、位高く権力重く、生殺与奪の大権を掌握していた。今や昔日《せきじつ》とは同じからず、李白など目にも入らぬ様子。


口があってもきけぬがごとく　耳があっても聴こえぬがごとし
群を絶し俗を離れれば　その道すなわち崇し！

イ――ヤ――

李白はふいにその琥珀色の大きな目を見開いて、天に向かって秘密の呪文をそっと呟いた。

鉄の鳥が数羽、騾馬の腹から羽ばたき出た。数は前よりずっと少ないが、物の用には十分だ。

磁石のようにフロウに引き寄せられて、鉄の鳥たちは上空高く旋回し、鼓楼の周囲を取り囲み、鉄の網を編み上げる。肉叉が周囲をぐるりと囲み、鼓楼の足元の土にぐさりぐさりと突き刺さり、兵士たちは慄《おのの》いて三丈も退いた。
李白は何度か嘲笑し、次の段《ヴァース》、口からあふれんばかり。

長安の道に風わたり　長安の楼は錦繡《きんしゅう》重し　章台[※11]に歌えば心打たれり
曲を捧げる麒麟殿《きりんでん》　歌は震わす豪奢な宴《えん》
口が災い蛮族滅び　言葉が幸い世間は鎮まる
俺は君主に売り込みしたが　王宮の九門通しちゃくれない
長安に雨降り花びら落ちる　長安に酔えば雨露輝く
雲は青天、水は瓶
白髪羞じる鏡の中　歌声埋《うず》める浮世の中
目に映るのは寂しき人々　言葉より先に涙ほろほろ
城いっぱいの民草の　誰もが断ち切られる霊魂　家族に友達ひたすら無言
鉄騾馬は白骨踏みにじる　灯火はぽつんと幽冥《あのよ》を照らす
声は縄、音は籠《かご》、浮かぶ群雲《むらくも》覆われて　心はなかなか静まらない……
そこな将軍がたに問う、青天黄土を誰が大事と言ったのか？
城郭家並《やな》みを誰が大事と言ったのか？
山河に百姓《ひゃくせい》を誰が大事と言ったのか？

権力民生を誰が大事と言ったのか？
礼儀に儀式を誰が大事と言ったのか？
虚名に大義を誰が大事と言ったのか？

一言一句が李白の口からぽんぽん飛び出し、巨大な斧でめったやたらに切りつけるよう、フロウはいよいよ速さを増して、鉄網はますます密になり、彼をその中へと包み込む。

その段《ヴァース》はあまりに長く、文章作法は無視、これが殿試《でんし》（科挙の最終試験）なら絶対に通らない。最後の一連の問いは確かに人の心を動かす力はあったが、牛に向かって琴を弾くも同然だった──目の前の輩どもは本を読まないため、ちっとも聴き取れなかったのだ。だが陸大人には聴き取れた……容赦なく命令を発し、万もの矢を放たせる。あきらかに、彼は李白とは違う答えを持っていた。

矢は鼓楼の外のトタンの網に当たり、キインと高い音を立て、ぱらりぱらりと弾かれて地に落ちた──その時、李白は少年の頃へと、胸に夢、手には剣を抱いた俠客へと戻ったよう。刃を振るって舞い踊り、鉄の網は急速に旋回し、彼をしっかりと守り包み込む。

彼は歯を食いしばり、刃の光の閃く中で、ゆっくりと副歌《フック》を歌い出す。

黄土は眠れる魂に力借り　万《よろず》の心は塵になる
長安は墓だ城じゃねえ……
賢人聖人関係ねえ　誰もが同じだ死に差はねえ

千載《せんざい》の名声なんぞは知ったこっちゃわ[illegible]
言語道断！　陸大人は鉄の網の外に立ち、憎々しげに[illegible]を震わせる——つまらぬ説唱使風情《ふぜい》、一介の中年嘻哈客《ラッパー》に、命をかけて戦う度量があったとは。や[illegible]を殺せば、その功績はこれまた大きいぞ。上等だ！　彼は手を上げ、再び命令を発するや、長[illegible]これ、鉄の矢じりがそろって火を噴き、キインキインと鉄の網にぶつかって、さながら地獄の[illegible]を奏でるよう。
　誰も李白の鉄の防御を突破できない。白き鳥はぐるぐる旋回し、鉄の匂い[illegible]い、悲壮な古楽を奏でるに似る——

帰ろうか長鋏《ちょうきょう》よ　木になるなら松がいい
帰ろうか長鋏よ　名を伝えても意味はない
帰ろうか長鋏よ　秋風に帰り道を思い
帰ろうか長鋏よ　君がともに行くなら幸い！※12

突然、プーンプーンと蚊が鳴くようなか細い音が鳴り出した。
将兵たちは毒虫に咬まれでもしたように顔面蒼白でそそくさと引き下がり、通り道を一本開ける。道の果て、金の輿の上、傘の下には鉄の弥勒が端座しており、その笑みは次第に広がって、か細い低周波音が開いた口から絶えず流れ出、薄暗い空気の中に広がってゆく。鉄の鳥は石化の魔術を喰らったように中空で凝り固まって、もはや説唱《ラップ》のフロウに合わせて動くことはなくなった。

　鉄の弥勒が唸りを止めると、ゴオッと一声音がして、その胸腔が勢いよく開き、一回り小さな鉄の人形が現れた。表面はでこぼことして、無数の精巧な鉄の矢筈《やはず》をかみ合わせたような形。かちゃりと音を立ててさらに分裂し、大小ふぞろいの七つのかたまりに分かれると、上空へと舞い上がり、フロウに乗りつつ百八の坊へと向かってゆき、坊門のかんぬきを抜き差しして、ガタピシとしきりに調整し始めた。

　位相を検出している——位相を比較することで、長安城の固有振動数を即座に調整するのだ。そうすれば、ラップがどの周波数帯であろうとも、城は対処することができ、わずかな労力で効果は最大になる。

　弩手《どしゅ》はこの機を逃すまじと弓をいっぱいに引き絞った。百千の鋭い矢が寒々とした光を閃かせ、李白一人に狙いを定め、勢いを蓄えて放たれるのを待ちうける。

　ただ一本の矢が鉄の鳥たちの隙間を縫ってかの灼熱の心臓を貫けば、一切は終わりを迎える。

　突然、李白はラップを止めた。鉄の鳥たちは寄る辺を失い、ぽとりぽとりと地に落ちて、彼はすっかり丸はだか、武器の一つも携えていない。ただ身ひとつで将兵どもの前に立ち、針金のごとく剛直な栗色の巻毛は頭巾を高く盛り上げる。月影かすかに、夜は深く、はるかかなたに視線を投げる、かの琥珀色の大きな目は明けの明星ほどにも輝いている。

「この世に聖人なんかいなかったんだなあ！」彼はゆっくりと汚い言葉を吐き出した。鼓楼が上下に揺れ、死のような静寂の中、ただ慣性が空気の中にこだまするばかり。「ハハハ！」彼は天を仰いで大笑する。「聖人がいないなら、きさまらはいったい誰の手先だ？」

長安の地でこれほどの雑音を高らかに発する度胸はいまだかつて誰も持ち合わせず、それは国を誤る大罪にして、凌遅《りょうち》の刑（四肢を切断してから喉を切る処刑方法）に値する！　居並ぶ将兵は呆然として、次々と陸大人を振り向いた。陸大人も大慌て、首をめぐらせて聖人に指示を求めたが、目を見開いてその場に棒立ちになった――聖人はさらに分裂して坊門の前でがんばっていた！

「長安が――こんなんでいいわけあるものか――」李白は今だとばかりに一言大喝する。言葉は短かったが、痛いところをズバリと突いており、うまい具合に長安城の周波数調節範囲をやや下回った。

鉄の弥勒の破片は行き交い、百八の坊門をすべて打ち開くと、また一つ一つと閉じてゆき、李白の言葉に対応する周波数を出すことができない。

当然だ――この城の気質を、李白ほどわかっている者はない。彼にはとっくにお見通しだ！

時は到来した。

彼は琥珀色の目をこらし、気を丹田に集めると、ひと声長く咆哮した。「君主はいない、君主はいないぞ――」

ドオーン！　鼓楼の外壁にも人の背丈ほどの口が開いた――長安城が逆鱗に触れられ、目覚めようとしている。

「長安が――こんなんでいいわけあるものか――」

「長安が――こんなんでいいわけあるものか――」

「長安が――こんなんでいいわけあるものか――」

低くくぐもった声が李白の喉から飛び出して、さながら乱れ狂う夔牛《きぎゅう》（伝説上の獣。一本足の龍または牛の姿）のごとく、天から跳ね下って長安をあまねく覆い、民草が夢うつつのその隙に、力と思いを意識の奥底に植えつけて、まもなく起こらんとする一切に備えを張り巡らした。続く数句は初期の周波数帯へぴたりとはまり、城の振動数に迫りながら圧迫はせず、こうしてビートは反復し、狂瀾《きょうらん》と怒濤《どとう》の果てに、鼓楼は米漿《ライスミルク》のように融解し、楼上の人と楼下の兵士たちの体の上にすっかり覆いかぶさった。最寄りの坊の壁もめりめりと音を立てて断裂し、黄土の城内には三斗の粉塵が乱れ飛ぶ。裂け目は直ちに壁を倒すほどではないが、内部の力が出ていったため、怪我人はさほど出てこない……かなたではトタンの太極宮が回転する速度を上げて、早くも基盤がぐらついている。

　黄土が舞い上がり、風に乗って乱れ飛び、払暁《ふつぎょう》の濃紺の天幕を覆い、煙塵の中、低い歌声が微風に乗って途切れがちに届く。念《おもい》……絶……長安《ちょうあんにたえるとも》……不……忘……我……心《わがこころわすれず》……しかと聴こえた！　李白は調子を転じて言葉を合わせた――蛇の這う痕はかすかでもその痕跡は確かに残る、陰伏《いんぷく》する脈は一千里に留まらぬ。万里の山河がみな呼応する――民草李白……十五の若さで奇書を**念**じ、文は**絶**妙、相如の賦に似て、剣を杖にし故郷去り、親と別れて蜀を発ち、千里の路を**長安**へ。暑さ寒さも**不**問に付して、月日の流れも**忘**れ去り、千金を使い果たして隠遁したが、大義を求めて天下を信じ、**我**が仁徳の**心**術をいざおこなわん！

　合吾《リスペクト》！　合吾！　合吾！

　今日より先、長安城にはもはや李白なく、崩落も始まった。じわりじわりと、後戻りは許されぬ！　世の中のどれほど強大な物事もみな同じ、触れる者がなければ永遠に固まったまま、だがひとたび裂け目が生じれば、そのまま続けて裂けてゆく。長安城はこうして緩慢に、静かに、振り向くことなく崩れゆき、長い間のそののちに、よりよい都市が生まれ出で、根こそぎ代替わりするだろう！　新しい世界の中で、人々はなおも李白の物語を語り続ける。彼らはこのように語るかもしれない――ラップの王はその手で頭上の金冠を打ち壊し、大騒ぎの果てにひっそりと立ち去った。彼が求めるのはもっと大切なものなのだ、金冠なんぞが何になる！

ラップの王？

違う、違う！　いにしえから今日まで、あまりに多くのつまらぬことが「王」によってなされてきた。李白は名利に目もくれず、ただ大義を求め、「王」の地位など見向きもしない――

この世はあまねく富み栄え、生きとし生けるものはみな王だ。だが俺は侠客、死ぬまで嘻哈客《ラッパー》だ！

※1　李白の七言絶句「山中問答」。
※2　前漢の文人、司馬相如。前一七九〜前一一七。賦は韻文の一体で、司馬相如が得意とした。
※3　平康坊の妓楼が集中した歓楽地帯。南曲、中曲、北曲から構成される。
※4　唐の太宗の舞楽「秦王《じんのう》破陣楽《はじんらく》」。詩は白居易「七徳舞」。
※5　『楽府詩集』巻二十「鼓吹曲辞五」。
※6　陝西省の農村料理。水で溶いた蕎麦粉やトウモロコシ粉を鍋の中のスープに入れ、撹拌しながら茹でる。

※7 卵型で中空の土でできた楽器。上方に吹口があり、側面に五個の指孔がある。
※8 『荘子』説剣編。
※9 清代の小説『西方確指《さいほうかくし》』の一節。
※10 『金剛般若婆羅蜜経』の一節。
※11 長安西南部の楼台の名。
※12 『史記』「孟嘗君伝」にみえる「長鋏歌」の一節。「長鋏」は「長剣」の意。

破竹

梁清散（大恵和実訳）

時代背景

名君として称えられた玄宗（李隆基）であったが、即位から三十年経つうちに、次第に政治に対する熱意を失い、内政は宰相の李林甫や楊国忠に任せ、辺境防衛は蕃将（非漢人の将軍）に委ねるようになった。繁栄を謳歌する唐朝を揺るがしたのは、この蕃将の安禄山である。彼は河北・山西の防衛を担い、突厥や契丹などの一部を傘下に収めていた。天宝十四載（七五五）、安禄山は幽州（現在の北京周辺）で挙兵し、洛陽・長安を占領し、皇帝を称して燕を建国した。いわゆる安史の乱（七五五〜七六三）である。唐朝は遊牧民のウイグルの力を借りて反乱を平定したが、その領土は大幅に縮小し、河北とその周辺には半独立勢力となった藩鎮（河朔三鎮）が割拠することとなった。しかし、唐朝は巧みに体制を変革し、その後も百数十年にわたって生き長らえた。

本作は、藩鎮対策の一環で山東に派遣された男が遭遇した怪異を描くとともに、著者の得意とする武俠小説の要素も含まれる作品である。また、著者によれば一種の「怪獣」ＳＦでもあるとのこと。果してどんな「怪獣」があらわれるのか。

（編者）

1

曹却《そうきゃく》の身に欠損はなかった。

だが、間違いなくもう少しで失うところだったのだ。それも顔の半分を。

曹却は永遠にあの臭いを忘れられないだろう。目の縁を黒毛で覆われた白化した一頭の熊が、その爪で己を押さえつけた時の、全身から発散されていたあの臭いを。熊が咆哮する。意外なことに口内から腐臭は漂ってこなかった。かわってすえた臭いが全身から香った。

先ほどまで悠然と読んでいた巻子《かんす》は、遥か遠くに落ちている。黒眼白熊の爪の下で、曹却はただただ震えていた。黒眼白熊が爪をかかげた時、曹却は両目を閉じた。風を切る音が耳を覆う。だが、熊の爪は顔の縁で停まった。

曹却は目を開けなかった。ただ、理由は分からないが、熊が己を放って猛然と走り出したことだけはわかった。

曹却がようやく目を開けた時、彼が悠然と本を読んでいた中庭に、あの弾き飛ばされた巻子は影も形もなかった。ただ彼一人、庭の中央で縮こまって心細げに震えているだけだった。

もう二十数年も前の事だ。あのころ太っちょの安禄山《あんろくざん》は、まだ宮中で楊貴妃《ようきひ》に奉仕してくるくる舞い、大唐に叛旗を翻す気配すらなかった。いまでは太っちょ安禄山の反乱も平定され、己もあの書生の少年から、陌刀《はくとう》を担いで人に畏れられる神策軍士となった。

もちろんあの記憶について、ひっそりと人に探りをいれたこともある。明言されることも暗に示されることもあったが、いずれにしろあのような異様な記憶を持っている者は他に誰もいなかった。腫瘍のようなあの記憶は、拭いとることもはっきり思いだすこともできない。

多くの月日が流れ、自ずとどうでもよくなった。今は神策軍の一員として人に聞く暇すらない。

神策軍には、禁衛軍としての職責の外に、討伐という最重要の任務がある。例えば、現今の朝廷を悩ましている河朔三鎮《かさくさんちん》※1は、いずれ大軍を派遣して平定しなければならない。

しかし、いま曹却は河朔三鎮に潜入しているわけではない。河朔三鎮の最南にあたる魏博《ぎはく》藩鎮に近接した斉州（現在の山東省済南一帯）にいるのだ。いつでも討伐を始められるよう、事前に単独で雑務の処理をしに来たのである。

斉州は魏博に接しており、安禄山の鉄騎に蹂躙されてから落ち着く間もなかった。淄青《しせい》節度使の李希烈《りきれつ》が帝を称し、数年もたたないうちに、強引に迎えた妾と共謀した部下の陳仙斉《ちんせんせい》に殺害されたのだ。ここに至って、ようやく淄青は朝廷に帰順したのである。

だが、善事は長く続かない。李希烈の死から何年もしないうちに、淄青の西北隅の斉州で祥獣が現れたという噂が流れたのだ。祥獣は一種の瑞祥であるから、その出現は本来であれば善事とみなされたはずだ。しかし、瑞祥をことさらに取り上げようとしているのは、貞元《ていげん》皇帝※2ではなく、朝廷が臨時に派遣したばかりの斉州刺史《しし》なのであった。この刺史は臨時派遣にすぎないけれども、その野心は衆目の知るところとなっていた。

曹却が今回遠路はるばるやってきたのは、左神策軍護軍中尉さまから下された任務のためである。その内容は極めて直截的で、噂の真偽にかかわらず、臨時の斉州刺史を斬殺すべし、というものであった。もともと神策軍は反乱平定のために設立されたのだ。少しでも反乱の兆しがあれば即座に斬る、これこそ神策軍のなすべきことなのだ。一介の臨時の刺史のために、軍隊を動員して出兵するまでもない。というより、出兵したらかえって淄青全体を反乱に追い込んでしまうかもしれないではないか。

安禄山と史思明《ししめい》の反乱軍に蹂躙されただけでなく、時に君主を称し時に帰順するということが繰り返された結果、斉州は大唐の東北各鎮の州県と同じく、大半が焦土と化してしまった。もとからあった城壁はいまなお整っているものの、宵禁（夜間の外出禁止）はなくなり、城門の開閉時間も有名無実と化している。すでに陽は西に傾いているけれども、兵荒馬乱の地であれば、陌刀を担いだ見知らぬ男が城門を出入りしても、なんらおかしくはないのだ。

陌刀は長さ八尺（約二五〇センチメートル）。曹却は注意深く布で包み、恐怖を催す殺気を隠している。だが、単なる長い棒であったとしても、充分人を驚かせるに足る。それゆえ、道行く人々は一定の距離をあけ、陌刀を担いで斉州の大通りを歩く曹却の周りを避けていた。これは曹却にとって気持ち良かった。道が広々として遮るものもないからだ。

斉州城に入ったからには、まっすぐ敵地に乗り込むつもりだった。刺史府に行き、あの臨時刺史の首を斬り、さっさと京師《けいし》に戻って復命するのだ。

刺史府はすぐに見つかった。その傍に着いた時には、既に暗くなっていたけれども、刺史府の門前には煌々と灯火が輝いている。往来する人々はみな官吏や豪商のようで、ある者は祝いの言葉を述べ、ある者は別れの挨拶を告げている。人々の頭がせわしなく上下し、車馬が頻繁に行き来し、護衛も通りに満ちている。

門前の様子から見ても明らかだ。この刺史は本当に噂の祥獣を利用し、その勢いで君主を僭称しようとしているのだ。

曹却は冷笑を禁じ得なかった。左中尉さまが殺せと命じたのは賢明なご判断だったのだ。ただ、役所の内外にこんなにも多くの護衛がいては、曹却であっても潜入して首を取るのは難しい。

もともと急いではいないのだ。

曹却は誰にも気づかれないまま、陌刀を担いでその場を離れた。

時間はまだある。一晩使って斉州刺史の内情を調べてから動いても遅くはない。と思うと同時に、曹却は別の事が気になっていた。

それは、祥獣の正体である。

伝聞によれば、かつて則天武后[※3]の皇帝即位に感応し、祥獣の白羆《しろひぐま》が出現したという。白羆のような祥獣に対しては、曹却も十分に注意せざるをえない。もし本当にそのような祥獣が斉州の地に現れたのであれば、曹却も真剣に手中の陌刀を振らねばならないだろう。

刺史府を離れれば、斉州は半ば焦土半ば荒蕪《こうぶ》の地と化している。しかし、斉州は泉水の多い地としても知られている。泉の湧き出る所を探せば、その周囲は必ずや酒場が取り囲んでいるはずだ。

酒場に入って席に着き、幾ばくかの銭を放るように置くと、酒場の給仕はいうまでもなく、濁酒をひっかけていた周囲の客たちも、一斉に集まってきた。陌刀を担いでいようが気にしない。ましてやこの見慣れぬ男の正体を気にする者など誰もいなかった。そもそも探る能力もなかったが。彼らにとって曹却は、遠路はるばるやってきた小金持ちの官吏にすぎないのだ。

何杯かの酒で腹を満たした酔客たちは、堰を切ったように知っていることを洗いざらい話しだした。

真っ先に知ることができたのは、今の斉州刺史がどのような人物かということだ。

臨時の斉州刺史の名は、楊程《ようてい》という。平々凡々とした名前だが、実のところその出自は全くもって平凡ではなかった。何人かの酔客は酒が効きすぎたのだろうか、楊程について語れば語るほど、摩訶不思議な話になっていった。はじめ楊程は郭子儀《かくしぎ》※4の手下の兵卒にすぎなかった。その後、ほろ酔い気分であれこれ話が加えられ、その戦功はいっそう輝かしいものとなり、一気に刺史という高位に登りつめた話になった。さらに楊程のふるう槍に話が及ぶと、かつての開国の功臣である李靖《りせい》※5直伝ということになってしまった。彼の槍先に立った者は、絶対に生きて帰れないという。

酔客たちは楊程の性格についてもあれこれ言いだし、ときに大声ときに囁き声で大抵の事を教えてくれた。まとめてしまえば、心が狭く猜疑心が強い、となろうか。己のみを信じる夜郎自大で無学無能の武人のようだ。

微笑を浮かべた曹却は酔客たちのよもやま話を聞きながら、さきほどの刺史府の様子を思い浮かべた。十分合致している。

続いて噂の祥獣に話がうつると、楊程の時のような切迫感は失われてしまった。

酔客たちは酒を飲み、声を一段と張り上げて騒ぎだし、また競うように酒を腹に注ぎ込んだ。ある者は麒麟《きりん》だと言い、ある者は火鳳《かほう》だと言い、激しく争い始めた。我慢できずに給仕も口をはさんできた。聞いたところによれば、祥獣は貔貅《ひきゅう》（虎や熊に似た猛獣）だという。

「貔貅？　貔貅って鉄を泥のようにかじっちまうのか？」給仕の話を聞くやいなや、酔客の中からしゃがれた声で質問があがった。

　給仕は「当然」と答えるつもりだったが、言いだす前に別の酔客の大声に押しのけられてしまった。「じゃあお前がいってた火鳳とやらは、鉄塊をかじれんのかい？　お笑い草だね」

「くそったれのお前さんこそお笑い草だね」しゃがれ声の酔客は負けじと答えた。「火鳳の三《さん》昧真火《まいしんか》は、ごうごうと鉄でも銅でも石ころでもなんでも泥にしちまうんだよ」

「もういい」曹却は煩わしくなってきた。「ああだこうだと夜半まで騒いだって、結局のところ祥獣が出たのかどうかすら、お前らにはわかってないじゃないか」

「お客さん、どうしてそう思うんですかい？」

「あっちでこういい、こっちでああいい、それぞれ言うことが違ってるからだよ。俺からすればどの瑞祥も酔っぱらって馬鹿になった頭が見た幻だよ」

「お客さん、それは違いますよ」酒を飲んでいない給仕は落ち着いた口調で答えた。「確かに胡乱《うろん》な話も出ましたが、祥獣が出現したこと自体は、決して誤りではございません。私が保証いたします」

「ほぉ？」曹却は興味が湧いてきた。「どうしてそう言い切れるんだい？」

「がたがた言ってんじゃねえ！」給仕の話はまた酔客に遮られてしまった。

曹却は目を怒らせて、話を遮った酔客を睨んだ。

酔客は驚きのあまり震えが走り、酔いもさめてしまった。身を縮めても曹却の眼光から逃れられないと知って、あわれっぽく小声で答えた。「小先生が言ってたことですから。小先生は絶対に嘘つかないんで」

小先生？　これは面白くなってきた。

曹却の眼光が効いたのだろう。重ねて質問しても、さっきまでの喧騒は戻ってこなかった。おかげでその小先生について、はっきり聴くことができた。

小先生とやらは、斉州城内で名の知れた若者で学もあるようだったが、物を教えるでもなく占いをするでもなく、日がな一日、邸宅前を歩く人に話しかけ、たとえ一字も分からない庶民であっても邸内に招いて天地を語り、一緒に古今の英雄を品評するという。

奇妙な年若い読書人のお坊ちゃんということだろう。斉州城内の人々は、小先生の言うことなら、絶対に間違いはないと思っているのだ。

店中の者からこう聞かされた曹却は、自然と小先生の所在も知ることができた。

「こんなに遅くては、小先生でもお相手しませんよ」給仕は少し困ったように言った。

「大丈夫だ、まずは小先生の門前まで行ってみる。それから宿を探して、明日の朝に訪ねてみるよ、それでも遅くはないから」

その後、何人かの酔客と給仕があれこれと小先生の邸宅までの道のりを教えてくれた。

曹却はお礼をいい、幾らかの銭を席に放って、もはや留まる理由は何もないとばかりに麻布に包まれた陌刀を担ぎ、その小先生の邸宅に向かった。

2

異臭がする。

陌刀を担いでしわぶきひとつ聞こえない街路を歩いていた曹却は、道の両側に違和感を覚えた。

あの小先生とやらは大邸宅に住むお坊ちゃんで、いまのところは斉州城内の名士である。たとえ戦乱が斉州城を襲ったとしても、少なくともここ数年は落ち着いていたはずだ。ぼろぼろになった垣や壁を多くの住人が再建しているというのに、どうして名士の邸宅に向かう街路が漆黒に包まれ、夏の終わりの蟋蟀《こおろぎ》が鳴くばかりで、人っ子一人見かけないのだ。

急ぎ足で進むと荒廃した庭園が見えてきた。園内には斉州城にありふれている泉が一つある。しかし、その泉の周りには賑やかな酒場もなく、門の閉ざされた人家が佇むばかりであった。

活気溢れる場所がこんなはずあろうか？

夏の終わりの夜風が塵を舞い上げる。曹却は寂寞とした街路に秋の気配を感じた。

小先生の邸宅に向かうと、異臭が強くなってきた。

記憶から拭い取ることのできないあのすえた臭いが、もの寂しい通りにうっすら広がっている。だが、すえた臭いが更にきつくなる場所こそ、すぐにでも確認すべきところなのだ。

羨竹亭《せんちくてい》……

曹却は頭をあげて月光を頼りに邸宅の門にかかる扁額を見た。酔客たちの話と一致することを確認し、いささかも遠慮することなく、固く閉じた門を力強く押した。

門にはやはり閂《かんぬき》はかかっておらず、ぎいっという音とともに一気に開いた。なかは晩夏初秋の風がそよそよと吹き、森々とした枝葉がささめく音のほかには、何も聞こえない。だが、街路で嗅いだあのすえた臭いが、封を破って噴き出したかのように猛烈に鼻を打つ。

「羨竹」の名に恥じず、庭の中に竹林がある。これは珍しい。竹林は斉州のあたりでは、もうあまりみられないからだ。

竹林の間には石の小道が一本あり、来客を門から幽深な竹林まで誘《いざな》っている。

竹林の中を進めば進むほど、すえた臭いも濃くなっていく。

竹林をつきぬけると、開けた場所にたどりついた。おそらく羨竹亭の正院だろう。

南側が竹林で、他の三方向に正房《せいぼう》と東西の廂房《しょうぼう》がある。そしてその奥にはこの邸宅を囲む壁が見える。市井で噂の小先生は、それほど財力があるわけではなさそうだ。羨竹亭も大邸宅というほどではない。それどころか竹林を除けば、ほかに飾りもなく、築山もない。斉州のどの邸宅にもある泉にすら何ら手を加えていない。あまりの簡素さに曹却は失笑を禁じ得なかった。

三面の房屋は、漆黒の闇に包まれている。曹却は邸宅に入った時、身を隠すつもりはさらさらなく、わざと枯れた竹葉を踏みながら石の小道を進み、さほど深くもない竹林を突き抜け、庭に立っている。依然として人の気配はなく、犬の声一つしない。

酔客たちがあれこれ言っていたように、小先生は邸宅に独居していたようだ。竹林以外に目につくものと言えば、庭に生い茂った雑草ばかり。足の踏み場もない。東西の廂房はぼろぼろに崩れた跡だらけ。ただ正房だけはもとの建物の様子をどうにか維持している。一介の書生が邸宅をほったらかしにして、荒廃させてしまった様子が窺える。

庭園内のすえた臭いは確実に濃くなっている。臭いの源は、方向を嗅ぎ分けるまでもなく、すぐにわかった。

臭いの源に向かうと、雑草だらけの庭と異なり、ぬかるみだらけの空き地となっていた。

曹却はたどりつく前に、ぬかるみの上に何か大きくて重たい物の痕跡があることを見てとった。近寄ってじっくり観察しようとしたとき、突然、正房の扉が開いた。

すぐさま担いだ陌刀を下ろして両手でつかむ。

なかから容貌魁偉な男が敷居をまたいで出てきた。

あたり一面闇が濃い。室内はより一層漆黒に包まれている。出てきた男の輪郭もかすかに窺えるばかりだ。魁偉といっても、実際には曹却とさしてかわらない。だが、このような状況では、やはり魁偉な男といっていいだろう。

魁偉な男も正房を出たところで、邸宅内に別の人間がいることにはたと気づいた。

「はっ！　くるまれているのは陌刀か？」魁偉な男は右手に大斧を持っていたが、構える様子を全く示さなかった。ただ、抑えていた殺気をわずかに放った。「俺様は今日はやる気がないんだ。死にたくなければ騒ぐなよ」

曹却は口をゆがめて笑い、陌刀を肩の上に担いだ。少なくとも構えでひけをとるわけにはいかない。大斧を持ちあげていないとはいっても、何か考えがあるのかもしれない。突然襲ってきたときに、応戦できるようにしておかねば。

「どうした？　驚いて声も出ないのか？」魁偉な男は正房の庇の影から出てきて、月光の下に身をさらした。

頰髯《ほおひげ》だらけだ。まるで胡人のようだが、目鼻はやはり漢人だ。

「身の程を知っているようだな」魁偉な男は庇の下から出てきた後、慎重に歩を進めたものの、大斧は手にひっさげ、対峙する曹却に襲いかかる気配を一切示さなかった。「中が見たいんなら、どうぞご勝手に。交代の番だな」

曹却は目の前の男が己と同じく、いきなり苦闘するはめに陥るのを避けたことがわかった。そこで拱手したついでに「譲り受けた。ではお帰りを」といった。

魁偉な男は引き上げる気もないかのように、「はっ」と笑って悠々と身をひるがえして歩きだし、正房の側面に着くやいなや、閃光のごとく一瞬で正房の角から姿を消した。

残されたのは先ほどと変わらぬ竹林に吹く風ばかり。

おそらく正房の後ろに後門があるのだろう。あるいは壁に穴をあけたのかもしれない。

立ち去ったあの魁偉な男は、竹製の手盾を腰に懸けていた。手盾は小さく、せいぜいあの男の頭と同じくらいだろう。だが、相当強靭なことは明らかだ。ああいう盾を用いる者は多くない。陌刀を知っていたし、盾と斧を持っていたことからみても、十中八九軍人とみて間違いない。その中でも自在に淄青に入って斉州までたどりついているのだから、己と同じ神策軍の人間だろう。

曹却は苦笑してしまった。左神策軍護軍中尉さまは知らせを聞いて、ただちに己を斉州に派遺した。左神策軍護軍中尉さまは人力を浪費することはなさらない。それに情報入手が人より遅かったということもない。だから、考えられることはただ一つ。右神策軍護軍中尉のあの老宦官だろう。同じ情報を得て、することといえば……。

しかし、あの老宦官の派遣した男の任務は、己と違っていた。曹却は嬉しげに思い返した。己が斉州に着いたあの晩、刺史府で護衛たちに出くわして引き返してからここに着くまで、人知を超えた何かが己を導いたのだ、と。

曹却は考えながら、敷居をまたぎ、正房に入っていった。

鼻を刺すような血なまぐさい臭いが、真正面から漂ってくる。

曹却は嘆息した。暗闇の中を見回すと、正房の中に死体が散乱している。正確に言えば、砕けた死体が散乱している。

仔細に死体を調べるまでもない。砕かれた死体が告げていることは、大斧でばらばらに斬り刻まれたということだ。血が四方に飛び散っている。おそらく生きたまま大斧に砕かれたのだろう。

ここまでするなんて、どれほどの怨みがあったのか……。

曹却にはこんなやり方をとったのがあの男の意思なのか、それとも老宦官の命令なのか判断がつかなかった。それよりも先に死体の塊に近づき、血に触れないように気を付けながら頭を探した。頭は半分に割られ、頭蓋骨も砕かれ、脳漿がこぼれている。ただ、血肉まみれの顔面から壮絶な表情が見て取れた。努力すれば柔和な書生の面影を想像できなくもない。

ここにはあの小先生だけが住んでいた。この砕かれた死体は、彼本人とみてよいだろう。

死体を検分した後、曹却は身を起こして正房を改めて観察した。

正房の中は死体が散乱しているだけではなく、書架も全て倒されていた。その上の書物や書画も床に散らばり、ひどい有様だ。

書架が倒されたため、花瓶や器物も壊れてしまった。この小先生は、なすがままに任せて抵抗しなかった、というわけではなさそうだ。ただ二人の体格や武術の腕前からすると、小先生がどんなに抵抗したとしても、一方的な狩りと変わらなかっただろう。

曹却は倒れた書架のわきに進んだ。砕け散った陶磁器のかけらがとりまくかたわら、散乱する巻子の中から適当に一冊を手に取った。窓の外のささやかな月明かりを頼りに開いてみる。それは一冊の図譜だった。中身は見たこともない異獣ばかりだ。異獣の下には注釈がつけられている。ただ、曹却は空想上の怪力乱神には全く興味がなかったので、ざっとめくるにとどめた。

特に知りたい内容がなかったので図冊を傍らに置き、足元から別の書巻を手に取った。時間に余裕があるわけではない。そこで倒れた書架の傍をがさがさ漁って、程よい大きさの袋をみつけた。その後、中身にかまわず散らばった書物を拾って袋一杯につめこんだ。陌刀にひっかけて肩に担ぐ。血を避けて痕跡が残らないよう気を付けながら外に出た。

景色は先ほどと変わらない。明月が更に高くなり、竹林の前の空き地に銀霜を注ぐだけ。

陌刀に書物で一杯の袋をひっかけた曹却は、さきほど見たぬかるみに今一度近づいた。

すえた臭いが鼻をつき、正房から漂ってくる血なまぐさい臭いをかき消した。方形のぬかるみの真ん中には、まっすぐ横にひかれた圧痕が何本も残されていた。相当大きな鉄籠がここに置かれていた証だ。

曹却はぬかるみにはあまり近づきたくなかった。臭いが鼻を打つ。生い茂る雑草の中に現れたこの方形のぬかるみは、明らかに大きな鉄籠の中にいた何かが残した糞尿だ。

この臭い。曹却はあの時の恐怖を完全に思いだした。ほんのわずかな臭いと恐怖が突然ありありと目の前に浮かぶ。あの恐怖こそ、学をつけて名をあげるつもりでいた曹却を転向させ、今にいたらしめたのだ。今の成功は憎むべきあのくそったれの黒眼白熊のおかげというわけか、感謝でもすべきなのか？　書袋をかついでぬかるみから離れた曹却は、ひとこと「ふんっ」とだけ言った。

3

ついたばかりの斉州では、四方を壁に囲まれたかのように、うまくいかないことばかり。だが、曹却はそのように悲観的に物事をみることはなかった。あの噂の発生源だった小先生は、曹却に任務を達成させる可能性をもたらしてくれた。

あの祥獣は、曹却がかつて出くわした黒眼白熊だったのだ。正確に言えば、かつて皮を剝がされて武皇帝に献上された白羆だ。酔客たちがいっていた貔貅とやらは白羆だったのである。こんなにも実体のはっきりとした祥獣が瑞祥として出てくるとは興味深い。さらに面白いのは、祥獣の噂を流した当の本人が、その祥獣を飼育していたことである。振り返ってみるに、あの小先生の一連の挙動は全て計算されていたのだ。祥獣自体もそうだし、瑞祥の噂もそうだ。全てあの斉州刺史をはめるための罠だったのだ。

あの小先生は殺されてしまったけれども、飼育されていた白羆はまだ見つかっていない。白羆が移されていたということは、小先生は殺される前に、斉州刺史をはめる最適な罠をひっこめたということだ。ということは、あの白羆の居場所がわかれば、小先生の罠を使って蛇を穴から誘い出すように、あの楊程という斉州刺史をおびき出して殺せるはずだ。

書袋を担いで斉州城の大通りを行く曹却の足取りが軽くなった。

もう深夜だから、先に宿を探してもいいだろう。宿に落ち着いてから、袋の中の書物をめくって、何か手がかりが残ってないかみてみよう。

こんなにも大きな斉州城であれば、いい宿を見つけるのは簡単だ。それに加えて曹却の持つ金子《きんす》の威力もあって、宿の給仕から主人まで、包まれた長竿についてとやかく言うこともなく、上等の部屋まで案内するとすぐに下がった。

部屋に入って座り込んだ曹却は、一気に袋の中の書物を全部床にばらまいた。

灯りを持って、中身を確認し始める。

意外にも持ってきた書物は、主に書信で占められていた。曹却には他人の書信を盗み見る趣味はない。そこで書信を脇に蹴って、灯りをかかげて別の物がないか書物の山を漁りはじめた。

すぐに、ひどく粗悪で黄ばんだ上に緑がかった紙をつまみ上げた。書物の山からこの巻子を取り出したのは、かすかにあの白羆のすえた臭いを嗅ぎとったからだ。

曹却は眉をひそめ、取り出した巻子の表面を見た。白羆の残した汚れはどこにもない。あの白羆の臭いがどうして紙に残っているのだろうか。面白くなってきた。曹却は持っていた灯りを下ろすと、両手で巻子を開いた。

枯淡で雄勁《ゆうけい》な行書の貼書が目の前に広がった。貼書の一文字一文字に、塗りつぶして書きなおした箇所でさえも、異様なほどの悲憤が感じ取れる。このような筆力をもった人物は、当世に何人もいない。貼書には、

維乾元元年歳次戊戌九月庚午朔三日壬申、第十三叔銀青光禄夫・使持節蒲州諸軍事・蒲州刺史・上軽車都尉・丹陽県開国侯真卿、以清酌庶羞、祭于亡姪贈賛善大夫季明之霊曰……

（維《こ》れ乾元元年歳次戊戌《けんげんがんねんさいじぼじゅつ》九月庚午朔三日壬申《くがつこうごさくみっかじんしん》、第十三叔《だいじゅうさんしゅく》・銀青光禄夫《ぎんせいこうろくふ》・使持節蒲州諸軍事《しじせつほしゅうしょぐんじ》・蒲州刺史《ほしゅうしし》・上軽車都尉《じょうけいしゃとい》・丹陽県開国侯真卿《たんようけんかいこくこうしんけい》、清酌庶羞《せいしゃくしょしゅう》を以《もっ》て、亡姪贈賛善大夫季明《ぼうてつぞうさんぜんたいふきめい》の霊《れい》を祭《まつ》りて曰《いわ》く…）

と書いてある。

読みかえすまでもなく、曹却にはわかった。彼はかつて書も学んでいたのだ。こんなに多くの称号を明記した「真卿」は、あの英烈な名臣の顔魯公顔真卿《がんろこうがんしんけい》※6にほかならない。

いま手中にある貼書は、顔魯公の親筆なのか？

貼書の中にいう「祭于亡姪」とは、顔魯公が平原郡太守だったときの事だ。あのとき安禄山は唐に叛いて挙兵し、瞬く間に河北一帯を攻め落としたが、平原郡だけは堅守して降《くだ》らなかった。顔魯公の従兄の顔杲卿《こうけい》とその一族郎党数十人は安禄山に虐殺された。そのなかには顔杲卿

の息子で、顔真卿の侄子（甥の意だが、ここでは従兄の子を指す）の顔季明も含まれていた。彼こそ貼書の中で祭られている人物だ。当時、顔魯公の悲憤の情は、遠く長安の朝野の人々にまで届き、知らない者はほとんどいない程だった。

道理で祭文中の一字一句一筆一画に至るまで悲憤に包まれているわけだ。

しかし、かつての顔真卿一家の悲劇などに関わっている場合ではない。眉間にしわをよせて、顔真卿の書ではなく、紙本体を何度もじっくり観察した。

祭文は行書である。一般的に行書を書く際には麻紙を選ぶ。しかし、この紙は明らかに麻紙よりも作りが粗い。さらに黄ばんで緑がかった色をしている上に、かすかにつきまとうすえた臭い……まさか……。

曹却はここまで考えて気持ち悪くなった。まさかこの紙は麻ではなく、竹でできているのか……。

いや、違う。白羆は鉄を喰うというが、少年時に身をもって白羆の恐怖を味わった曹却にははっきりわかった。そう、白羆は竹を喰うのだ。

再び白羆の臭いに触れたからだろう。あの長いこと放っておいた二十数年前の記憶が、曹却の脳裏に徐々に浮かんでくる。

己を突き飛ばしたあの白羆は、己を喰おうとしていたんじゃない。向きを変えて遠くに飛ばされた書物を咥《くわ》え、選《え》り好《ごの》みしている場合じゃないとばかりに喰い始めたのだ。

だが、どうして己の書物を喰いたがったんだ？　曹却は再び努力して曖昧な記憶を呼び戻した。突然、持っていた書物が竹簡だったことを思いだした。そうだ、白羆は竹簡を喰っていたのだ。この記憶は曹却の心中に巨大な恐怖をもたらした。

しかし……、どうして思いだしたばかりのこの記憶の中では竹簡となっているんだ？

いまは考えることが多すぎる。やはり目の前のことに集中しよう。

とにかく、白羆は竹を喰う。とすると、この紙は……おそらく白羆の糞を使って作られたのだろう。白羆の糞には未消化の竹の繊維が混じっているから、それで紙を作ることも……。

そんなわけあるか！

いやいや、ちょっと待て。もし己のあの奇怪で曖昧な記憶が真実だとしたら……、記憶の中のあの世界には紙が存在しておらず、書物は竹簡でできていて、顔魯公は書物を喰った白羆の糞を使って紙を造ったというのか？

曹却はにわかに多くの事を想像したが、すぐに部屋に意識を戻し、この祭文を不快げに放り出した。祭文を放ってもまだ臭い。手をなんども身にこすりつけ、もういちど手のひらを嗅いでみる。まだあのすえた臭いが……。

思わずため息をついて、しばらくぼんやりと頭を休ませ、別の角度から考えることにした。すぐにあの小先生がどうして殺されたのかわかった。

彼も、顔真卿の侄子だったのだろう。

曹却は全て見通せたような感覚をおぼえた。だが、確実な証拠を得るために、不快そうに書信の山に手を伸ばし、すえた臭いのするものを選んで、両手でつまんでひろげてみた。

筆跡は同様に雄勁で、落款なんぞみなくても顔真卿の手になるものだとわかった。書信の冒頭で顔真卿は宛先人を「義明」と親しげに呼んでいる。曹却は書信の内容にざっと目を通した。

顔真卿は白羆に用心するよう義明と呼ぶ人物に警告していた。特に防御のために工事した箇所や家中の書物が喰われないよう注意を促している。

曹却は、書信のいう白蟻の如く人を悩ませる憎むべき白羆には関心を示さなかった。「義明」という呼称はさきほどの推測を裏付けている。顔杲卿の息子は、泉明・季明、そして義明であったとすれば、理にかなっている。顔杲卿一家は常山郡で必死の抵抗をしたため、一族滅亡の憂目にあった。もし杲卿の子が生き延びていた場合、それを放っておかない者は誰か……それは宰相の盧杞《ろき》だ。

盧杞は既に自分より功績が高かった顔真卿を死に追いやっている。もし功厚き者が生き残っていると知ったら、あの老奸賊は我慢できないだろう。

盾と斧をもった男に考えが及ぶや、さらに多くのつながりが見えてきた。

あの男は、明らかに神策軍の者だ。右神策軍の老宦官は盧杞と結びつき、その粛清の手助けをしているのだ。はっ、あの老奸巨滑《ろうかんきょかつ》どもが組むといっても、おそかれはやかれどちらかが殺されるに決まってる。

曹却は心中でうなって、ためらうことなく臭気ただよう顔真卿の真蹟を放り投げ、さっき調べたばかりの書信を払って脇に寄せた。その後、適当に一通の書信を選び、先につまんで臭いを嗅ぎ、あのすえた臭いがしないことを確認してから、面前に持ち上げて開いた。

筆跡からすぐにわかる。これは顔真卿のものではない。曹却は先に書信の落款を見た。浦長亭と名乗っている。全く知らない名前だ。受取人の姿は完全に隠されていて、姓名も出自も記されていない。

顔義明は自分の出自を隠しておくべきだとわかっていたのだ。惜しいかな、為そうとしたことのために、その出自を露わにしてしまった結果、身を滅ぼす禍を招いてしまったわけだ。

ただ、招いた禍が苛烈すぎたのだ……。

曹却は苦笑しながら、すえた臭いのしない書信を読み続けた。案の定、中身は白羆についてであり、顔真卿の提案した白羆対策から、白羆の習性にまで話は及んでいる。書信の行間から、彼らの白羆に対するある種の恐怖心がにじみ出ている。この点は顔真卿の書信に出てくる対策と同じだ。

曹却は適当に何通かの書信を開いてみたが、全て浦長亭が顔義明に宛てたものだった。あれこれ議論していることから、浦長亭と顔義明が長いこと書信のやり取りをしていたことがわかる。その内容をよく読むと、全て白羆をめぐって話が展開している。恐怖を含んでいることに変わりはないが、その議論は習性だけでなく、どのように白羆を捕獲すればよいか、さらには白羆を祥獣として利用する意思が行間に見えかくれしている。

顔義明には共謀者がいたのだ。

突然、窓の外が紅くなった。

ん？　曹却は手中の書信を脇に置き、身を起こして窓を開けた。と同時に、熱波と濃煙、ぱちぱちと竹の爆ぜる音が部屋に入ってきた。

火事だ。ここからほど近い羨竹亭か？　羨竹亭から突然火が出たようだ。

火の勢いは強烈だ。これは絶対に失火などではない……。

竹の爆ぜる音がますます大きくなってきたとき、大通りで突然叫び声が上がった。

「天、祥瑞を降し、烈火天を衝く！　涌泉の地、祥獣臨在す！　惟《こ》れ天意に順い、万物昌栄す！」

正気を失った人間が絶叫しているようだ。

しかし、世の中というのは、常軌を逸していればいるほど多くの人が信じるものなのだ。この点についていては間違いない。

「全て当たった！　全て当たったのだ！」その者は濫《みだ》りに叫んでいる。

「お客様」突然、部屋の扉を叩く音がした。「煙で目が燻《いぶ》されないようご注意ください。窓は閉めた方がよろしいかと存じます」

曹却はそれに応えて窓を閉めた。この有様では、宿の給仕に部屋に入ってこられるわけにはいかない。

書信の山に戻った曹却は腰を下ろさず、部屋の隅から火盆を運んできた。窓の外の烈火に応じるかのごとく、灯りを使って一通一通書信に火を点け、火盆の中に投じていく。

ただ……あの白羆の糞でできた紙は、燃やすと耐え難いほどの異臭を漂わせた。曹却に驚くべき忍耐力が備わっていたからこそ、次々に火盆に投入できたのだ。

しかし、顔真卿真筆のあの祭文の番が来た時には、曹却も目を細めて手を止めた。筆触に心打たれたのかもしれないし、あの異臭を嗅ぎたくなかったのかもしれない。最終的にこの祭文は脇に除けられた。その後、曹却は鼻をつまみながら残った書信を焼き続けた。

全て焼き払った後、曹却は身体についた紙灰を払い落とし、身を起こして陌刀を担ぎ、宿を出た。

4

「お客様、何ですか？　この鼻をつく……」先ほど注意を促しに部屋をまわっていた給仕が、火勢を見に宿の外に飛び出してきたが、曹却の近くを通りかかると鼻をつまんだ。

曹却は笑って「部屋の夜具の近くに書が一幅あるんだが、主人に言わずに売っても構わんよ。いい値がつくと保証するよ」といった。

曹却のこの一言で給仕は元気になり、曹却の身体から漂う奇妙な臭いについてはすっかり忘れてしまった。しかし、給仕は陌刀を担いだ曹却を見て、安っぽくひひひと笑って「お客さん、おでかけですか？」と尋ねた。

「おぅ、適当に片づけといてよ」

「かしこまりました」

「そうだ」曹却は宿に戻ろうとする給仕を呼びとめた。「さっき外で喚いていたのは何者だ？」

「瘋癲《ふうてん》でしょう。私もよく知らないのですが、最近、ちょくちょくやってきては、予言めいたことばかり言ってます。ただ、思い返すと、大体当たってますね。どう思われますか？　まぁ、信じられませんよね」

「あの男が言っていた涌泉の地とやらはどういう意味だ？　俺たちの斉州にはいたるところに泉があるじゃないか、どうやって探せばいいんだ？」

「なんと、お客様は我らが斉州にお詳しくないようですね。泉に行きたければ、斉州ではただ一択、斉州城の西南の隅です。そこの泉はものすごく壮観ですよ。かつてとあるお偉いさんが、斉州にいらした時、その泉を絶賛なさったんですよ。なんといったんだっけなぁ……そうだ、「泉源上奮し、水の涌くこと輪の若し」※7です。お客様ご想像ください。車輪のような大きな泉の前では、その他の泉なんて目じゃありません。泉と呼ぶのもふさわしくありませんよ。それから、その車輪の大きさの泉ですが、一つの池に一つじゃありません。三つもあるんです」給仕は語れば語るほど熱くなり、三本の指を伸ばして見せてきた。まるで三本の指が車輪のような三つの泉と同じように見えるかの如く。「ご見学なさるといいですよ。本当かどうかわかりませんが、あの瘋癲の話では、祥獣とやらが突然現れて泉水を飲んだそうですから」

「はは、まさに行こうと思ってたのさ。ありがとな」

そういうと、曹却は手を振って斉州城の西南隅の方向に向かった。

大通りの上には、明月だけでなく、羨竹亭の熊熊《ゆうゆう》（燃える《めらめら》）とした火の光が、明るく真紅に照らし、道を行くのにちょうどよかった。

しばらく進むと暗くなり、竹の爆ぜる音も弱くなってきた。かわってこんこんと湧き出る水の音が次第に強くなり、もうすぐ宿の給仕が熱弁していた泉に着くことがわかった。

荒れ果てた草むらのなか、月光を頼りに絶え間なく水が湧き出る池を見る。池のほとりにはぼろぼろの木楼が立っているだけ。このあたりで唯一の建物のようだ。

奇妙なことに、曹却が遠望したところ、あの建物は二階建ての竹楼のようだった。竹楼もないわけじゃないが、斉州のような北方で、あんなに多くの竹をどこから持ってきて建てたのだろうか。

曹却が戸惑っていると、急に竹楼の下で蠢くものが目に飛び込んできた。あの群れは……白羆?! 突如、竹楼の上下に人々が現れた。狂奔して四方から襲い掛かる白羆を竹竿で一生懸命防ごうとしている。近づこうともしなかった曹却にも、はっきり見て取れた。あの白羆たちはかわるがわる竹楼にぶつかっている。いや、ぶつかるというより、竹楼の墻《かき》、柱、門、さらには追い払おうとする竹竿までも破壊している。

瞬く間に人々は敗れ去り、叫びながら散って行った。白羆の群れは竹楼の下に押し寄せると、うまそうに憐れな竹楼を齧って喰い始めた。すぐに竹楼が倒れていく。そしてまるで喰いかす一つ残らないかのように消えていく。残ったのは餓えを満たせずうろうろ動き回る白羆だけ。

あまりにも奇妙だ。攻防戦の全てを見届けた曹却は、眉を顰《ひそ》めざるを得なかった。特に奇妙だったのは、完全に無音だったことだ。正確に言えば音はあったのだが、それは竹楼の傍らの池からこんこんと響く三つの泉の音だけだったのだ。

これは一体なんなんだ……。

曹却は呆然として為すところを知らなかった。その間に倒れたはずの竹楼は忽然と姿を消し、かわって別の楼屋が現れた。二階建てでぼろぼろ、だが、絶対に竹楼ではない。木造だ。今回の木楼ははっきり見えない。だが、その傍らの人影と獣影はかすかに見える。

一体、どういうことだ?

木楼に近づく。曹却は眼前に奇妙なさまなど何もないことに気づいた。曹却が池の脇のぼろ木楼に近づいた時、人影に反応があった。

人影は突然警戒した。

その人影は、まだ心の準備ができてないうちに待ち人が目の前にやってきたときのように、全身をこわばらせた。

しかし、曹却の担ぐ陌刀に目をやり、彼の待ち人ではないことに気づくや、さっと駈け出した。

もうさっきの奇妙な出来事について考えたくはない。その人影の反応に、曹却は笑いを抑えられなかった。頭を振って、人影に向かって叫ぶ。「浦長亭」

走り出していた人影は驚いたようだった。その表情は見えなくとも、恐怖におののいていることがわかる。

しばし驚いていたものの、すぐに慌てて走り出す。

やはり彼だったのだ。

曹却は陌刀を包む袋をはずし、陌刀を摑んで投げた。陌刀は閃光のように飛び、さくっと音をたて、逃げる浦長亭の目の前に突き刺さった。浦長亭は驚いて座り込んでしまい、逃げる気力もなかった。

「やはりお前だったか」曹却は座り込んだ浦長亭の前に立った。

浦長亭は震えたまま、目の前に刺さった陌刀を抜く曹却を見た。曹却が再び肩に担いだとき、顔をあげてどもりながら尋ねた。「お、お、お前は誰だ？　ど、どうして……」

「どうしてお前を知ってるかって？」

浦長亭は震えながら頷いた。

「はっ、自分が有名人だってこと知らないのか？」

浦長亭は驚きが止まらなかった。

「そうなのか？」

浦長亭の表情はこわばっている。

「瘋癲のふりをして力いっぱい叫んだから、喉がつぶれて声がでないんじゃないのか？」

「お、お前は何ものだ？」浦長亭は更に緊張した。「どうして私を調べているんだ？」

「お前、羨竹亭に火をつける前に、お友達の書架を調べなかったのかい？」

「お前だったのか！」浦長亭はすぐに震えが止まり、歯がみしながら握っていた剣を抜いた。

曹却は一蹴りでその剣を飛ばし、肩に陌刀を載せて「よく考えてから動きな。この陌刀であんな風に人を斬り刻めるかい？」と言った。

浦長亭の手中には何もなく、見た目は更に弱々しくなったが、全身に生気がみなぎり、直前まで彼を覆っていた怯えと驚きは微塵もなかった。

「落ち着け、お前の友達を殺《や》ったのは俺じゃない」曹却は浦長亭の前にしゃがみこんだ。「というより、俺とお前、それからお前の友達の目標は一致している」

「それは本当か？」

「ばかいえ。そうでなきゃ、お前となんか無駄口きかずに、さっさと斬り殺して事を終わらせてるよ。だが、一言いいか」曹却は蹴り飛ばした剣をちらっと見て「お前の腕前で、本当にあの楊程を殺せると思ったのか？」と言った。

「楊賊を除かねば、淄青を平らげることはできない。この一挙に賭けるしかなかったのだ」

「その思いはわかる」曹却も頷いた。「だが聞いた話では、楊程は槍の名手だそうだな、それに開国の功臣李靖の直伝だとか」

浦長亭は無言のまま。

「だがまぁ、お前たちの方法も悪くはない。お前の友達は苦しんだがな」曹却は浦長亭が沈んだのを見て一言補った。

「わが友の死を無駄にはしない」浦長亭は切歯扼腕しながら言った。

「ちょっと待て、一つ気になることがある」曹却は浦長亭の目を睨みながら尋ねた。「お前の友達が殺されなかったとしてだ、元の計画でもお前ら痩せっぽち二人だけでやるつもりだったのか？　あの楊程を巣から引っ張り出す作戦は、本当によくできている。だが俺は、お前たちが十人ばかり集めてから、この計画を進めたと思っていたんだ。見たところお前の友達も全く武術ができなそうだったし、一体どうするつもりだったんだ」

「私たちには命に代えても成し遂げる覚悟があった」

「へっ！」曹却はかっとなった。「学をつけると阿呆になるってのはほんとだな、身の程知らずもいいとこだ！　民草から褒めそやされて、いい気になっちまったか⁉」

「私たちには私たちの方法があるのだ！」浦長亭も両目をかっと見開いた。

どんな方法があろうが、武器を前にしたら求められるのは実力だけだ。生半可な覚悟では死ぬだけだ。

とはいえ、曹却は己の罵倒が少し酷だったかもしれないと思った。人が死んだのだ、しかも惨殺されて。まして浦長亭は顔義明の惨死を知って、慌てふためくどころか果敢にも火をつけて瑞祥対策もしたのだから、相当の知恵と胆力を持っているとみていいだろう。

だが、気配が少しばかりこわばっている……。

曹却は浦長亭がさっきまで立っていた場所をちらっとみた。きっと何かある。眉をあげて聞いてみた。「一つ聞きたい。お前たちが噂を流した祥獣は？」

その獣影はほとんど忘れられていたかのようであった。突然話が及んだけれども、祥獣が持つという霊性はかけらもなかった。凶暴ですらなく、ただ調子悪げに這いつくばって、微動だにせず、鼻息を荒く吐くだけ。

「あれは白羆だよな、そうだろ？」

「はっ、少しはものを知ってるようだな」浦長亭は答えた。

「やはりな」曹却は這いつくばった白羆を眺め、努力して記憶の中の、己を突き飛ばしたあの黒眼白熊と比べてみた。確かに記憶と一致する。黒眼黒耳黒手黒腿、その他の場所は薄汚い白毛でおおわれている。ただここから見ると、顔が丸々としていて、凶悪な雰囲気が和らいでいる。「お前はあいつの傍に座っていたが、白羆が怖くないのか？」

「怖い？」浦長亭は疑わしげだった。

「お前を騙したりしないさ。お前が顔義明に送った書信はあらかた読んだよ」

「道理で……」浦長亭は理解したようだった。「だが、世の人々はもう忘れてしまった」

「忘れてしまった？」曹却は心の動きを表に出さなかったけれども、己の記憶がどこから始まったのか迷霧に包まれてはっきり見えないことを認めざるを得なかった。ただ残念なことに、己のこの感覚は絶対に他人に知られるわけにはいかないのだ。

「白羆は私たちの家屋を、私たちの橋梁を、私たちの書物を喰らった……それだけではない、白羆は私たちが子孫や後世に残そうとした全てを喰らったのだ。たった数年前のことだ」

「何を喰らったんだ？　白羆は竹を喰うだけだろ？」その実、曹却も思いだしていた。

「そのことは覚えているんだな」

「さっさと言え」

「何を言えばいいんだ？　白羆と今の私たちにどんな違いがあるというんだ？　とっくの昔に防ぎようのない融合変異が起きてしまい、あとに残された敗残者は、遥か遠くこの地にふるい落とされてしまった。馬車も追えない憐れな虫けらなんだよ、私たちは……」

「なにか動きがあるぞ！」曹却は抑えた声で浦長亭の長広舌を遮ると、浦長亭を摑んで池の脇のぼろ木楼の中に飛び込んだ。

池のほとりで寝そべる白羆だけが、来るべき人物を待っている。

5

「楊賊！」

「あの太っちょか、確かか？」

ぼろ木楼の破れ窓から外をのぞくと、こんこんと泉の音が響くなか太っちょが近づいてくるところだった。

「確かだ」浦長亭は歯がみしながら頷いた。

太っちょは常服を着ていたけれども、待ち人の斉州刺史楊程であるとみてとれた。近づいてくる太っちょは重そうな槍を担いでいたが、その歩みは肥満体のふらふらした足取りと異なり、落ち着いてしっかりしている。

「はっ、天が味方してくれたようだな」

曹却がそういったのは、楊程がただ一人で来たからだ。

だが、楊程の歩調を見るだけで、この太っちょが簡単にどうにかできる相手じゃないことがわかった。おそらく一人で前線に出る実力と自信があるのだろう。

曹却は夜の帳が落ちたばかりのことを思いだした。刺史府の前に充満していたあの自惚れて驕り高ぶった雰囲気を。幾らかわかったことがある。瑞祥をことさらに持ち上げた、当のその日のしくじりを楊程は看過しないはずだ。今晩の羨竹亭の大火を受けて、自分にとっておあつらえ向きの瑞祥に対し、いまいちど虚実の確認をしないなんてことがあろうか。一挙に事をすめるためにも、絶対に瑞祥が事実に基づいているとみなしたいはずだ。あの酔客たちの話からは、楊程が疑り深い自信家であることが窺えた。そんなやつが他人を信じるはずがない。虚実を探るにあたって、信じられるのは己のみ。だからこそ人に知られることのない深夜に一人で来たのだ。これは必然なのだろう。

曹却は依然として行動に移らず、静かに観察を続けた。

槍を担いできた楊程は、池のほとりに寝そべる白羆に気づくと、力強く近づいてその前に立った。

白羆の臭いは耐え難かったはずだ。楊程はこの奇妙な野獣が寝そべる様を見ながらも、それ以上近づこうとはしなかった。ことここに至っても、彼はその場を離れようとはせず、白羆のほど近くに立ち、己を無視する白羆を睨みつけた。

眼前の奇妙な野獣が世間で噂の祥獣かどうか見極めようとしたのだろう。あるいは、本当に祥獣かどうかはさておき、この奇妙な姿なら斉州に降臨した瑞祥の獣と言っても通じるのではないか、と考えているのかもしれない。

楊程は担いでいた槍をおろし、寝そべって微動だにしない白羆を槍の尾でつついた。太っちょが近づいても何ら関心を示さなかった白羆も、ついには頭を上げ始めた。だが、ちらっと見ただけで、大して反応しないまま、再び地面に頭を横たえた。しかし、これで満足したのか、楊程は口をゆがめて笑った。まるで天意を得たかのように笑ったのだ。

曹却が動かないからか、それとも自分で楊程を倒したいと思ったのか、はたまた白羆が槍でつつかれているのが見過ごせなかったのか、浦長亭がさっと飛び出そうとした。

曹却はすぐさま浦長亭を摑んでひき戻し、もがく彼を押さえこみ、抑えた声で「やつはまだ行くつもりはない、慌てるな」といった。

曹却は浦長亭を押さえて、須臾《しゅゆ》の間に楊程が本当に随従を帯同していないか再度確認した。曹却は浦長亭を押さえながら立ち上がり、「自負心こそ人を殺《あや》める武器なのだ」とささやき、陌刀を包む布を懐から取り出してきつく腰につけると、陌刀をかかげはじめた。

しゃがんだままの浦長亭は、幾分感激しながら曹却を仰ぎ見た。

曹却は彼の肩を軽く叩くと、しゃがんで浦長亭がさっきまで握っていた剣を手にとった。

「これも貸してくれ」

浦長亭は反対しなかった。

曹却は剣と鞘を一緒に腰帯にさし、きつく締めてから、笑って言った。「長槍は百兵の王といってね、俺の陌刀よりも三、四尺は長いんだ。簡単な相手じゃないね」

普通、剣は左脇に差し、右手で抜けるようにするが、このとき曹却は剣を右側に差した。

浦長亭は何か言いたかったが、結局言葉に出来なかった。

曹却は話を続けた。「若人よ、知っといた方がいいぞ、淄青を平定したいと思ったら、楊程一人を殺ったところで成し遂げられないぞ」

「私たちは天下の大乱を鎮めたいのだ」

「私たち？　いまやお前ひとりじゃないか」曹却はわざとらしく浦長亭の周りを見て、「おとなしくここで待っとけ、邪魔するんじゃねえぞ」と言った。

曹却は陌刀を担がず、鍔を支えに右手で柄を握り、長い刀の柄を脇にはさみ、出て行った。

「楊程！」曹却は大声をあげて、まっすぐ楊程に向かっていった。

その声を聞いた楊程は、すぐさま振り向いて曹却を見た。

これで太っちょが楊程であると確認できた。

「何者だ?!」楊程は脇に刀の柄を挟んで向かってくる男を見ると、素早く重心をさげて、腰をかがめて槍を持ち、前脚弓後脚蹬をなし、弓歩の姿勢[※8]をとった。

「お前、なかなかの姿勢だな」曹却は嘲りながら言った。

しかし、楊程は相手の挑発にのらず、すぐに対応した。近づいてくる曹却の心臓に槍を向け、その移動にあわせて微調整している。

まだいくらか距離があるうちに、槍を構えた楊程が突然大声をあげた。「誰の命令だ？　名を名乗れ」

「そんなのどうでもいいだろ、お前の命を奪いに来ただけのことよ」

曹却は軽口を叩いたが、距離が近づいたので、全身の重心を相手の重心にあわせて低くし、刃を水平にしてからわずかに下に向けた。刀身をかすかに傾かせ、面前の中線を守り、弓歩の構えをとり、ゆっくりとした足取りで、楊程の構える槍の射程外をめぐる。

慎重でゆっくりとした足取りであっても、二人の距離は少しずつ接近していく。臨戦態勢をとって弓歩で近づく。二人とも声一つあげない。一声の呼吸の隙に、生死が決まってしまうのだ。

風も無い。ただ泉の音だけがこんこんと響く。

槍を構えた楊程はゆっくりと己の向きを調整する。全身が渾然一体として、城の如く落ち着き、攻め入るすきが微塵もない。曹却の脇下に挟まれた刀は槍の射程圏外からゆっくり近づく。刀身は槍先から離れない。半歩の距離をさぐる。曹却は突然槍先にはりついた刀を猛然と外側に動かすと、すぐさま右足を大きく踏み出し、その力を借りて右手に握った刀を前に勢いよく進めた。刀は刺すためのものではなかった。対峙する楊程に、刺しつつ投げつける。一瞬、刀の柄が彼の手から離れ、再び掴んだときには柄の末端だった。陌刀はりついていた槍先から伸び進んだ。曹却が伸ばした肘を加えると、その長さは槍に匹敵するほどだった。

刀は楊程の喉に向かって突き進む。

「はっ！」楊程は大きく叫び、同時に肥えた尻を丸々とした腰とともに勢いよくひねる。すると長槍が虎の尾と化したかのように、刀を送り出した曹却の腰に容赦なく向かってきた。

曹却の身は完全に伸びきっていた。こんな一撃をくらえば、どんな人間でも馬車にぶつけられたかのように、姿勢を崩して吹っ飛んでしまう。

当然、楊程は姿勢が崩れた隙を逃すことなく、すぐさま長槍を曹却の喉めがけて突き刺してくる。

幸い陌刀は長かった。よろけた曹却は片手で刀を振るい、完全に重心を失う前に、喉に直進してくる槍を無理やり弾いた。だが、槍の威力で完全に平衡感覚を失い、地面に倒れてしまった。

曹却は背中が地面に触れるやいなや、ごろごろと転がり、可能な限り距離をとって立ち上がった。肋骨の激痛を顧みず、すぐさま陌刀を正中に構える。

「蔵刀か！　卑しいな」

一手交えただけで、二人とも相手の力量を覚った。楊程の唇に軽蔑の色が浮かんでいる。嘲りを受けただけでなく、肋骨の痛みに冷や汗が滲む曹却だったが、かえって興奮していた。曹却は姿勢を整えて弾いたばかりの槍先の距離に戻る。

ただ、もう同じ手は使えない。そこで楊程の槍の構えに相反するように、両手で刀を握って外側に向けた。楊程の技量をみるに、相手から己の射程圏内に斬り込ませるのは難しい。楊程の周囲をひとまわりした曹却は、しかたなく自分から斬りかかった。

接近して刀身が槍刃に触れた瞬間、二人とも次の動作に移った。

二尺の長さの槍刃が横に振られる。曹却はすぐさま刀を返して槍を打ち、同時に前に出て斬りつける。この一歩で陌刀と槍の長さの差を補おうとしたのだ。しかし、楊程は後ろに二歩下がって、曹却の一撃を無効にした。楊程が再び腰をひねると、曹却はまたもや射程圏外に追い払われた。

再び進む。刀を返し、斬りあげ、片手で振り、身をかがめて振る。しかし、長槍を打ち破ることはできない。楊程は長槍を、当て、刺し、振り回し、斬りあげ、曹脚を全く寄せ付けない。身体の大きな楊程自身も、足並みは異常に軽やかで、曹却が突進しても、左右に躱し、前後に避け、曹却を寸毫も近づけさせない。一方、曹却には、すでに多くの痣《あざ》や瘤《こぶ》ができ、槍刃で斬り裂かれた傷も多い。

楊程は巨大な籐球のようだった。ぶつかっても動かないどころか、かえって弾かれ、最後には頭を打って血を流す有様だった。

陌刀の重さも二十斤近い。何合《ごう》か打ち交わすと、傷だらけの曹却は息があがってしまった。白羆が微かに頭をあげ、力が抜け始めて汗が雨のように滴る曹却を見た。場外から曹却の敗北が分かったかのように。

「時運はやはり我が楊程にあり」楊程は最後の一撃を加える時が来たと覚り、思わず大笑いすると、勢いよく突き刺しに来た。

疲労困憊していた曹却は、どうにか右手で刀をかかげ、片手で刀を返して遮った。

この一突きは防がれたが、まだ次の手がある。楊程は慌てなかった。しかし、彼は曹却が丸く縮こまって左肩から己に向かってくるのをみて驚いた。

「邪魔する者は、死ね!」楊程は大声で叫ぶと、腰を回して槍を振り、曹却の肩甲骨を打ち砕いた。

すると、突然、丸く縮こまっていた曹却が左肩を引いて体をひらいた。

と同時に、一振りの剣が右腰から楊程の顔に向かって飛んでいく。

楊程は既に立ちつくし、腰にも力が入っていたため、動いて飛剣をかわすことができなかった。しかたなく後ろ手をあげて槍の柄で飛剣を払った。飛剣が音とともに弾かれる。

だが、飛剣を払ったそのとき、男の顔が眼前に迫っていた。

二つの顔の間には、ただ冷え冷えとした陌刀の刃あるのみ。

次の一瞬、陌刀は楊程の首を斜めに斬り裂いた。

血が噴き出て、巨大な身体が音も無く倒れる。

先ほどまで帝王僭称を企み、一代の梟雄《きょうゆう》と自惚れていた愚か者は、ただ燃えるように熱い血潮の中に横たわる肥えた死体となっていた。

曹却も急に力が抜けて座り込んでしまった。絶対に立ちあがりたくない。

束の間、こんこんと湧き出る泉の音だけが鳴り響く……。

「なんと大槍が破られるとはなぁ、いやぁ大したもんだ」

突然、ぼろ木楼から喝采する声が聞こえてきた。

力を出し尽くした曹却が見たのは、二人の影だった。

そのうち一人はやせ細った浦長亭だったが、もう一人は体格がよく、頬髯だらけの、あの漢人とも胡人ともつかない男だった。頬髯は片手で盾を握りながら浦長亭も引きずり、もう片方の手には大斧をひっさげていた。

6

「いい加減にしてくれよ……」曹却は仕方なく陌刀を支えにして立ち上がった。

「どう戦うのか知りたいんだよ、さっき庭園でお前さんの腕前みとけばよかったな」

「はっ」立ち上がった曹却は、捕えられた浦長亭をちらっと見て、見下げたように言った。

「じゃあそいつを放して、かかってこいよ」

「時間の余裕さえあれば、俺様は喜んでお前と百合《ひゃくごう》でも打ち合うんだがなぁ」

「そんなに打ち合わなきゃ犬ころ野郎は……」

「無駄無駄」浦長亭を捕えたやつは曹却の話を遮った。「おまえ、そんなんで挑発できると思ってんのか？」

こいつはあのもう少しで皇帝を僭称するところだった楊程よりもずるがしこい。

「確かにな、お前は虫一匹殺せない書生を大斧でばらばらにできるんだもんな」

曹却の言葉を聞いた浦長亭はすぐさま反応し、両目を見開いて、委細構わず、頬髯の肘の中でじたばた暴れ、もがきながら叩きまくった。

「死にてぇのか！」頬髯は一喝すると、肘をきつく引き締め、斧刃を浦長亭の首筋にあてた。冷え切った斧刃が浦長亭の喉に触れる。鋭い切っ先が微かに皮膚を斬り裂く。浦長亭が動く隙間は微塵もない。唾を飲んでも斧刃にひっかかるだろう。

やむを得ず、浦長亭はもがくのをやめた。

こいつを相手にするのは本当に厄介だ……。

曹却が刀を持ちあげて近づこうとすると、頰髯は大声で「そこにいろ！　動くな！」と言った。

大斧が浦長亭の首筋を這う。

「もういいだろ」曹却は口調を緩め、頰髯を落ち着かせようとした。「お前と俺の任務は違うだろ。相煎《に》ること何ぞ太《はなは》だ急なるや※9というじゃないか」

「俺様と学を競うってか？」頰髯は目をむいた。「お前はここで死ぬんだよ」

「何故だ？」

頰髯は笑って言った。「その陌刀からとっくに身元はわれてんだよ」

「それはわかってる。だが、お前も俺も神策軍だろ、俺は左、お前は右だが、ここで生きるか死ぬかのやりとりする必要ないだろ？」

「あの太っちょはお前が殺った、じゃあ俺様はこの盾を持って何をすればいい？」

盾と斧で槍を破ることもできるだろう。勝算は陌刀で戦った己よりも大きいはずだ。やつは右神策軍に属していることを否定しなかった。それさえわかれば十分だ。

「お前が斉州に来たのもあの太っちょを殺すためだったのか？」

「お前さっき言っただろ、ついでに一人殺っとく……動くな！　頭をかちわるぞ！」

浦長亭はもがき出せそうもない。浦長亭を生かさなければならない理由は、彼が右神策軍の老宦官を倒せる証拠だからだ。顔杲卿の子の顔義明を殺した一件は、老宦官と盧杞が手を組んでいる証しとなる。これは皇上の面前で老宦官を倒すに足る。結局のところどの宦官も皇上が取り立てた者である。宰相の盧杞は皇上からすれば状況に応じて使うだけの信用ならない外部の人間にすぎない。外部の人間と宦官が手を結ぶ、これは大いに忌むべきことである。

「はっ！　どのみちあの太っちょはお前には殺れねぇ、俺様じゃなきゃいけねぇんだよ」

「それは……お前が楊程を殺したことは誰が証明するんだ？」

「証明なんていらねぇよ」頬髯は大笑いして「俺様はやつをばらばらにすんのさ、それが証拠さ」と嘯《うそぶ》いた。

おそらく「ばらばら」の言葉に刺激されたのだろう。浦長亭は突然頭を動かした。

「もう一度動いたら俺様が……」

「わん！」浦長亭が突然叫んだ。

犬の鳴き声のようだ。頬髯だけでなく、曹却も意表を突かれた。

「わん！　わん！　わん！」浦長亭は犬の鳴きまねを続けた。

おかしな犬の鳴きまねを止めようとしたそのとき、頬髯は手遅れだったと気づいた。一陣の風のように、何かが自分に向かって突進してくる。すぐさま振り返って左をみると、丸々とした顔が飛びかかってくるところだった。鋭い牙で満ちた大きな口を開けている……。

衝撃は大きかった。剝きだしの牙は手盾で防いだけれども、頬髯は浦長亭と一緒に弾き飛ばされた。

人も大斧もふきとんだ。地面に落ちるや、大斧と肘の脅威から逃れた浦長亭はこけつまろびつしながら走り出した。振り返ってみると、頬髯が長々と悲鳴をあげるなか、さっきまで寝転んで微動だにしなかった白羆が、覚醒して飢餓の極みにあるかのように、頬髯の左手に喰らいついていた。正確にいえば、左手に握った手盾と一緒に、である。低いうなり声とともに剝きだしの牙が肉を引き裂く。

大斧が飛ばされてしまった頰髯は、拳で白羆の頭を叩いていたが、どうみても力が入っていない。

少し離れたところで一部始終を見ていた曹却の脳裏に、少年時の記憶が再び浮かび、眼前の情景と重なってくる。

しかし、曹却に記憶と現実の重ねあわせを吟味している暇はなかった。白羆が頰髯の左腕をひきちぎり、手盾を咥えたと同時に、曹却は動き出した。両手で陌刀を持ち、悲鳴をあげながら大斧を探る頰髯の前に近づき、一刀のもとその胸を刺す。

この一刀を受けた頰髯は、頭をあげて曹却を見て、痙攣しながら笑い、血の泡を吹きながらつぶやいた。「さっきあいつは、白羆が竹を喰っている時に警戒すべきだと……」と言った。「後悔先に立たず」巨大な陌刀を握る両手に力を込め、刀下の肋骨・肺・心臓をかき砕く。

頰髯は瞬時に息絶えた。

曹却は陌刀を頰髯の死体から抜き、竹製の手盾を爪で押さえて齧り始めた白羆をみる。何ら脅威がないことを確認すると、弾き飛ばされた浦長亭に目をむけた。

浦長亭は既に立ち上がり、自分の首を撫でている。その手は血だらけだ。

曹却は陌刀を振って血と骨のかけらを落とし、腰に付けた布袋をほどいて、陌刀を包んだ。陌刀を担ぎ、あたふたと首を撫でる浦長亭に近づく。「大丈夫だ、喉は切れていない」

「死なないか？」

「あの太っちょみたいに血が噴き出てないし、死なねぇよ」

「うまくいったと言っていいのかな」

「それはどうかな」曹却は口をゆがめた。続けて「さぁ、俺と一緒に長安に行くぞ」と言った。

「それは脅迫か?」

「それが命の恩人にいう言葉か?」

「誰が誰の命を救ったというんだ」

「そうだな、お前と俺を救ったのは、あいつだな」曹却はうーうーうなりながら手盾を喰っている白羆を指して言った。

「あいつには私たちを救う気なんてさらさらないよ、ただ餓えているだけさ」

「はっ、俺たちの命を救った恩態になんて言い草だ……本当にお前はあいつが怖くないのか?」

「どうして怖いのさ? 言わなかったか、あいつは私たちと同じく憐れな存在だよ」

「霧の中みたいに何もわからん」曹却はふんっと鼻をならすと、「俺たちがこんな風に生きているのは、ここ数年の事にすぎないと言ってただろ。どういう意味だか全くわからん。じゃあ十数年前に安禄山のやつが大唐に叛いたのも幻だというのか? お前の友達の親爺が安禄山に惨殺されたのも幻か?」と言った。

「もちろん真実だ。ただ、あのときと今とでは何もかもが違っている」

「どこが違うっていうんだ、それにどうしてお前は知っていて……俺は何も覚えていないんだ」

そう言った時、曹却の脳裏にあまりにも多くの事が浮かんできた。さっき見たばかりの竹楼の異様な現象、記憶に残る竹簡の破片を喰う白羆、さらにはかつて竹簡の書物を読み、紙の書物を見たことがなかったことまで……。己の常識では理解できないことだらけだ。

「どうして知っているかだって？　それは顔魯公のおかげだよ」浦長亭はまだ首を撫でていた。

血はもう止まったようだ。「もし顔魯公が白羆の糞で紙を造ることを思いつかなければ、旧世界の記録はひとつ残らず、白羆に喰われてしまい、何も残らなかっただろう」

「いや、何を言っているんだ、ますますわけわからなくなってきたぞ」

「私たちがあのように生きていたのは竹のせいさ、全て竹が創りだした存在なんだ。荘周の胡蝶の夢と同じさ」

「『同じ』だなんて、よく言えたもんだな」

「だが、竹が激減して……」

「白羆たちが喰ったせいか？」

「逆賊の安禄山どもが通った場所をあまねく焼き払ったのさ。平盧・范陽から洛陽・汴州《べんしゅう》まで、唐土の大地に広がっていた竹林は、数年のうちになくなったよ。もともとあちこちにいた白羆も、喰う竹がなくなって大半が餓死した。今では、安禄山たちが侵入しなかった剣南道の益州一帯に、いくらか残っているだけさ……」

「それから？」

調べても何も得られなかったあの頃から、いまこの時に至るまで、曹却は誰にも己の砕けた記憶を語ったことはなかった。それは戯言のように過去を語る浦長亭の前でも変わらない。彼は黙して語らない。目撃したばかりの竹楼の異様な現象のことさえも。

必要も無ければ、意味も無い。それに余力も無い。

「それから、急速に衰弱した竹群は、仕方なく世界を返したよ。言い換えれば、あの竹たちは余すことなく喰われたのさ。私たちの書物も、建築も。そして今のようになったのさ」

「どういうことだ?」

「木にとってかわられたのさ。私たちの記憶の中では、ほら、木が普通の存在になっているだろ? 誰も数年前の竹簡を覚えていない。はっ、私たちの脳みそも木に変わっちまったんだ。きっとそうだ」

「そうか、楡木頭《がんこもの》に変わらなくってよかったな」曹却はそういうと、浦長亭を引っ張った。

「ほらいくぞ、俺と長安に来い。別にお前や竹が何をどこに返そうとどうでもいい、どの世界もどこかにあるってことだろ」曹却がそういったとき、あの支離滅裂な記憶に最後の審判が下ったかのようだった。もはやあの奇妙な記憶に振り回されることはない。どのみち地道に生き続けるというのは、簡単なことではないのだ。「そんなあることないこと気にするやつなんていないさ」

曹却は浦長亭を引きずって、斉州の城門に向かって歩き出した。こいつの話が己の曖昧な記憶とどこまで一致するかなんてどうでもいい。

「強引すぎる!」

「無駄口叩くな」

引っ張り合う二人の影は次第に月影の霧中に消えていく。ただこんこんと湧き出る三つの泉と、一頭の白羆が飢えに耐えかねたように竹製の手盾を喰いちぎる波濤のような音だけを残して。

※1　安史の乱後に半独立状態となった河北の藩鎮。
※2　唐の第十二代皇帝徳宗。在位七七九～八〇五。
※3　唐の第三代皇帝高宗の皇后。息子の睿宗を退位させて皇帝に即位し、王朝名を周に改めた。中国唯一の女性皇帝。在位六九〇～七〇五。
※4　安史の乱平定に多大な功績を立てた名将。生没年六九七～七八一。
※5　唐の太宗に仕えた名将。生没年五七一～六四九。
※6　唐代中期の官僚。書家として著名。生没年七〇九～七八五。
※7　北魏の酈道元『水経注』巻八に見える言葉。
※8　武術の基本姿勢の一つ。前に片方の足を出し、もう片方の足を後ろに下げて足先を外側にむける。
※9　魏の文帝が弟の曹植に七歩の間に詩を作れと命じたところ、曹植が「豆がらで豆を煮るようなもので、どうしてそんなに急ぐのか」という詩を作ったという伝説に由来する。兄弟や仲間で殺し合うことを諫める成語。出典は『世説新語』文学。

仮名《けみょう》の児《こ》

十三不塔

時代背景

日本や新羅をはじめとする東アジア各国は、遣唐使や商人を通して様々な制度や知識を積極的に摂取し、唐をモデルに国造りを進めていった。それればかりではなく、文学や芸術も東アジアの人々に多大な影響を与えた。

なかでも書文化（書道・書法）は古代から現代まで脈々と受け継がれており、愛好家の数は極めて多い。東晋の王羲之とともに高く評価されているのが、唐代の書家たちである。優れた楷書を残した唐初の欧陽詢・虞世南・褚遂良、新たな書風を産みだした唐中期の顔真卿、そして奔放な草書（狂草）で知られる懐素……。王朝としての最盛期をとうにすぎた唐代後半期になっても、こうした文化面での存在感はまだ失われていなかった。

本作の舞台は、順宗（李誦：在位八〇五）から憲宗（李純：在位八〇五～八二〇）に代替わりしたばかりの長安。書の魅力にとりつかれた若者は、彷徨の果てにどんな道を選ぶのか。

（編者）

一

ただの線に過ぎないものがどうして美と呼ばれるのだろう。

しかも、それが文字でもあるとはいかなることか。書字とは実用のもの、そして手段である。恋情を託した詩文だったり、用立てた金の借用書だったり、また天子の命も書字による布令となって下る。にもかかわらず、それは線の交錯に還元されてしまう。閔晨《びんしん》は筆を止めることができない。思考が黒々ととぐろを巻いていくにつれて、たっぷりとした紙の余白が墨色に染め潰されていく。

あまたの文字がそこにある。

王羲之《おうぎし》『黄庭経《こうていけい》』の端正な楷書や、褚遂良《ちょすいりょう》の幽遠な奥行きのある『陰符経《いんぷきょう》』などの名品を持ち出すまでもない。酒肆《しゅし》の屋号の題字や寺廟の扁額にも見るべきものがある。なによりも長安のそこかしこに壁書され、風雪に耐えながら、いまだ薄く残る狂草体――これを書いた男はとうに地に伏し、その魂魄《こんぱく》は散ったが、彼の残した美はひとかけらも失われない。

「懐素《かいそ》」閔晨はその名を舌先で転がした。

ちょいとひと昔前のこと、長安の往来で浴びるように酒を食らっては塀に筆を走らせる気の触れた坊主がいたという――腕組みをした蕭霞鳳《しょうかほう》は、お得意の切り口上をまくしたてた。

激しく奔放な草書を狂草と呼ぶのは、この生臭坊主の振る舞いが、尋常一様ではなかったから。その運筆はまるで、酔いどれた蚕が黒い糸を吐くようだった。あるいは剣舞の絶技を彷彿《ほうふつ》させた。

いずれにせよ連綿不断と綴られた懐素の書は後の世に至宝となった。

閔晨にとって母親の代わりである蕭霞鳳は、仙学の経典そっちのけで仏門の書家の逸話を語り聞かせる。曰く、書の修練に熱心なあまり、使い潰した禿筆が山をなしたので、懐素はそれをまとめて筆塚に埋めて供養したという。わかっていますとも。これはたんなるお伽話ではなくて、不肖の弟子である閔晨の生い立ちと深く関わる物語なのだった。

ふん、道士の俺がどうして酔いどれの仏徒と関係があるのかって？

「その筆塚に捨てられてたのが、赤子のおまえだったのです」

閔晨の手から馬毛の筆を取り上げながら、あけっぴろげに彼女は言った。

蕭霞鳳は、四十をとうに越えているはずの女道士だったけれど、とてもそうとは見えない。肌理《きめ》細かな膚《はだ》には張りがあるし、白髪もなく、声は鶴のよう。祠堂に祀られている天仙娘娘《てんせんにゃんにゃん》さながらに婀娜《あだ》っぽい。ただひとつ額に走る深い傷痕が容色を損わせているものの、これもまた書字と同じく線の美をほのめかす。

「そう、俺は一本のちびた筆みたいに転がってたんでしょ？」

絶品をものにできなかった筆たちが化生したかのように生まれつき閔晨の頭髪は硬く逆立っている。みすぼらしい赤子を拾って青蓮宮《せいれんきゅう》に連れ帰ったのは蕭霞鳳に違いなく、すくすくと育って早十七、いくら恩に着ても過ぎることはない。

「イテっ！　だからね、俺は懐素よろしく日夜書の練習に励んでるだろッテテ！」

端座する閔晨の膝を、蕭霞鳳が白い道服の袖を翻しながら竹棒で連打する。

晩春の大唐の往来は騒がしくごった返している頃合いだろうが、万年県《まんねんけん》の片隅にある青蓮宮では、空気は冷たく張りつめている。ほーら、寄っておいで見ておいで、楽しいお仕置きの時間だ。懲罰の理由は、愚かな弟子が値の張る料紙を紙屑に変えてしまったから。霊符のための桃板も駄目にした。

わたしが懐素の話をするのは、と彼女は肩をそびやかして言った。

「その行いを他山の石とするためです。修行に励めばよいものを……益体もない書になどかまけて、そこら中に不格好な字を書きまくる」

年嵩の姉弟子である崔媛《さいえん》が祠堂に形のいい頭をひょっこり覗かせては、閔晨の醜態を冷笑する。「まーた、やってんだ、懲りない奴」

「うるさいぞ、消えちまえ、チビ」

「ふん、無駄飯食らいの役立たず！　ヒモ同然の身の上でふらふらとよくも毎晩遊び歩いていられるもんね」

「てめえ余計なことを……」口達者な崔媛に嚙みついたのを後悔したが、もう遅かった。蕭霞鳳は聞き流してはくれない。

「清浄な暮らしを送り、精気神の三宝を養うのが道士の心得。少しは崔媛を見習いなさい。おまえがあの娘に勝るのは背丈だけです。刻苦精励しろとは言いません。せめて定められた勤めを果たすのです」

ぴしゃりと蕭霞鳳は言った。

「こっちだって好きでここにいるわけじゃねえ！」

いささか恩知らずな言葉を叫んでしまった。ここで養われなければ閔晨はとっくに野垂れ死んでいたはずである。しかし別のわけもある。

青蓮宮は女冠、つまり女道士のための修行場なのだ。

それゆえ男子である閔晨はこの場所では肩身が狭い。ここには道士を志す奇特な女だけじゃなく、よんどころない事情のある貴人や妓女たちも身を寄せる。

「だったら出ていけばいいじゃない！　あんたは女じゃないし……」崔媛がとげとげしく言いかけると「小媛《しょうえん》、そこまでになさい」蕭霞鳳がたしなめる。

崔媛には閔晨の自堕落が眼に余る。霊験あらたかな符を書くのが道士の本分であるというのに閔晨は懐素の影を追って、とりとめのない草書などにかまけている。なにより男の存在は青蓮宮の風紀を乱す。

閔晨にだってわかっている。そろそろ潮時だ。

幼き日に転がり込んだからお目こぼしにあずかっているものの、筋骨は張り、体毛だって濃くなった。閔晨が男であることは隠しようもない。修行を重ね、陰陽の気が中和すれば、馬陰《めおん》蔵相《ぞうそう》といって性器が縮んで体内に没すると言い伝えられているが、だからといって女になれるわけではない。

「坊主と言えば、異国の怪しげな連中と関わってるようですが、ほどほどになさい。ふたりとも外出を禁じます」

え、あたしも巻き添えになるの、と崔媛は抗議の身振りをする。

「そもそも俺に書を勧めたのは宮主だ」

「それがいけなかったのです」と蕭霞鳳は深くため息をつく。

青蓮宮の宮主であった汪煙青《おうえんせい》は、亡くなる前に茅山派《ぼうざんは》の経典である『真誥《しんこう》』の摹塡《もてん》複写を閔晨と崔媛に見せた。修行に身の入らない閔晨の尻を叩くためだっただが、弟子はその神秘の内容ではなく書字に心を奪われた。『真誥』は楊義《ようぎ》という男が神懸りとなって口述したものとされており、その筆勢は写しといえど神気に満ちて、ぴちぴちと紙の上から跳び出してしまいそうだった。

あれは閔晨の人生をまるっきり変えてしまった。

「汪煙青がこの子に火をつけてしまった。まったくお節介め。今頃は冥府で鬼吏《きり》たちにいびられているでしょう」

忌々しげに蕭霞鳳はまたぴしゃりと俺の膝を叩く。

ぎゃっと声が漏れる。

「鬼はあんただろ! 鬼女!」

顔は女神でも性根は羅刹《らせつ》だ。

「はんっ!」さらにもう一打、蕭霞鳳は痛棒を食わせる。

この子は一歩外に飛び出せば何をしでかすかわからない、と神経質なほどに彼女は案じている。そんなに信用できないのか。俺はもう子供じゃない。

天仙娘娘よ、と閔晨は祠堂の女神に目配せをした。

俺は書に人生を捧げたい。そのために生まれたと感じるんだ。

「俺に構うな。あんたの顔なんてもう見たくねえ！　好きに生きられないなら長安なぞ蓋の開いた棺桶同然だ！」

すかさず蕭霞鳳は弟子の耳を捻り上げ、力一杯、石畳に引き倒した。

二

上巳節の賑わい冷めやらぬ曲江の水上に、甘い香が吹き渡る。

この春は例年より暖かく通善坊の杏子の開花が早い。青蓮宮を抜け出した閔晨は鋳物屋や薬房の立ち並ぶ大路をひた走って、右手に楼閣や水から突き出た台榭《うてな》が見えると、矢も楯もたまらず芙蓉園を囲む土塀をよじ登って乗り越えた。

春風に波立つ水際では、談笑する二つの影があった。ひとりは異国より来た留学僧で、清潔だが着古した袈裟を纏っている。ひとりは顔馴染の胡人だ。この支利翼《しりよく》は肩幅の広い拝火教の男であり、青蓮宮からほど近いところに薬房を構えているため、ちょくちょくお使いに出されるのだ。

「やあ、来たな。紅耳真人《あかみみしんじん》」

僧の闊達な声色が、今日ばかりは腹立たしい。

流暢な話しぶりは耳に心地よく、唐土の出だと言っても疑う者はない。物腰柔らかでいながら、たっぷりと茶目っ気がある。そうして閔晨をからかうのだ。「紅耳真人」もそうだ。真人とは道家において天地と合一した達成者の尊称だったが、閔晨がお仕置きで耳を紅くさせているのを皮肉ってそう呼ぶのだ。

「うるさいぞ、蛭牙沙門《しつがしゃもん》め。今日は踏んだり蹴ったりで虫の居所が悪いんだ」

閔晨は仕返しにあだ名をつけてやった。大した意味はない。蛭のありもしない牙のように嘘臭い奴だったから。世俗より離れた修行者を沙門というが、こいつはのべつくまなしに誰とでも交遊する軽薄者だ。

「ガハハ、こってり絞られたようだなガキんちょ」

彫りの深い顔の支利翼は、野太い声で笑いながら、閔晨の頭をポンポンと叩く。いつも大音声を響かせているから、たとえ三つの房を隔てても支利翼の居所はわかると言われている。

チッ、と閔晨は癖になりつつある舌打ちをした。

「おい沙門、いつもの連れはいないのかい?」

蛭牙沙門と同じ船でやって来たという倭人《わじん》の姿が今日は見えない。

「あれは宿酔《ふつかよ》いだ。そっちの木陰に転がっているだろう? 妓楼で羽目を外し過ぎたのさ」

沙門には、へっぽこな同郷の仲間がいる。唐語がおぼつかないのでいつも筆と紙とで筆談している書生だ。どうしてあれで妓楼に登れるのか閔晨にはわからない。男女のことに言葉は不要なのだろうか。

「ふーん。まあいい。さあ、いつものやつをやろう」

「またか」と沙門はげんなりした口ぶりになった。「書は優劣を比べるものでもあるまい」

「男子三日会わざれば刮目《かつもく》して見よ! 俺は特訓したんだ」

鬼女の眼をかいくぐってな、と小声で付け足す。

仁王立ちになった閔晨だったが、ひれ伏す者はまだいない。閔晨は能筆家と見れば、因縁を吹っ掛けては腕前を比べるのだったが、何度挑んでも沙門の超脱自在の筆勢には太刀打ちできなかった。

蕭霞鳳に筆を取り上げられた閔晨は、不規則な寝息を立てる宿酔いの書生の懐から筆と硯を抜き取り、脇腹を踏みつけながら川べりへ戻った。

「悲鳴が聞こえたぞ」と沙門。

「そうか？　いざ勝負だ」閔晨は言い捨てた。

「いつもと趣向を変えよう。少年よ、川に文字を書けるか？」

バカなそんなことができるわけ、と閔晨は言いかけるが――

硯に磨った墨。その黒々とした闇を吸い上げた沙門の筆先が水面に踊った。

――大悲《だいひ》。それは衆生を救う広大な慈悲の意である。

なんと沙門の端正な二文字は、水に溶けることもなく、ほとんど形を崩さぬまま静かに曲江を流れていった。これはいかなる手妻か。はたまた異国の妖術であろうか。胡人の薬師は眼を剝いたまま「おお！」と天を仰いだ。

いつも思う。この男の書く墨の色は太陽ほどに明るく輝く。

「次は俺がやる！」沙門の手から筆をひったくる。

閔晨は勇んで「龍」と書いたが、あっという間に墨跡は水に溶けた。

「点画がひとつ足りぬな」

と、沙門は俺の筆に手を添え、穂先でトンと水面を叩く。

すると先程消えたはずの「龍」の文字が水底から浮かび上がり、その形を復し始めたではないか。いや、それだけに留まらぬ。

ただちに立ち現れたのは――猛々しく鱗を揺り動かす、それはまさしく龍であった。

「――あ、え」

文字が龍となったのではない。川の流れと龍との見分けがつかなくなった。

水と龍。二つの概念には密接な関係があった。古来より龍は水や雨を呼ぶものであるし、またその働きの具現でもある。だからといって、その別が失われるはずもない。しかし現にここにおいて川はそのまま龍としてある。

「ははっ！」

哄笑とともに沙門は閔晨の額にちょんとバツ印を記した。

すると、たちまち川はただの川である。龍は現れもしなければ、消えたのでもない。こちらが勝手に異なる観念を混在させたのだ。幻覚の類というわけでもない。

「やい、クソ坊主、説明しろ、いまのは？」閔晨は迫った。

「見たまま……と言っても納得しないであろうな。そう眼を尖らせるな。我々は言葉を挟んで万物と対峙している。それがあってこそ川や山や都邑《とゆう》がある。地上の事物を人の識において弁別させているものが言語なのだ。わかるか？」

閔晨はぶるぶると首を振った。丸太のように転がったまま書生がえずいた。

道家の経典も難解だが、沙門の言葉にはそれとはまた違った高遠さがある。

「言葉がなければ、我らは獣のごとく世界と混じり合って在るしかない。熊は川を渡るが、それを川と呼ぶことはないであろう？　つまり熊は川を渡ることは決してない。人だけが水の流れを川と名付け、川を渡ると称して足の置き場を少しばかり変える」

「チンプンカンプンだ」と支利翼が肩をすくめたが、興に乗ったのか沙門は構うことなく理を論じた。

「我々は言葉を通して世界の事物と触れるだけでなく、そこに在りもしないものをでっちあげる。これを嫌って禅では不立文字《ふりゅうもんじ》を掲げた。つまり言葉の媒介なくして鷲摑みにしようとするのだ」

「何をだよ？」と閔晨。

「悟りだとか仏だとか、まあなんだっていい。つまり一口には語れぬものを彼らとて言葉に託すほかないのだ。ならば我々は言葉から逃げてはならぬ。たとえば種子曼荼羅《しゅじまんだら》というものがある――」ふいに沙門は口を噤んで「いや、これは脱線だ」

仏門の宗旨の違いなどわかろうはずもない。ただ一点、閔晨に確信が持てるのは、沙門の言葉のうちには、書で龍を呼ぶ秘密が隠されている、そのことだ。

「世界と人の識は、危うい平衡を保っている。この両岸に挟まれながら流れるものこそが言語なのだ。平衡をちょいと崩してやれば、人の心の深みより、濁流のように文字が立ち現れる。あべこべに文字が人の心に形象を灯すこともある。猛る龍蛇であろうと、西王母の髪飾りであろうと、なんだって見られる」

「そうか」閔晨はもはや疑うことはできない。

「ただし、心の文字は、ありふれた書字のように分節されない。草書の連綿体と思えばいい。溶け合いつつ流れ崩れていく不定形の欲動だ」

「俺が知りたいのは、どうすりゃあいつに勝てるかってことだ」

鼻息荒い少年の言葉を文利翼が引き取った。

「例の謎の書家か。市中に忽然と現れるっちゅう狂草の詩賦だそうが、つまるところただの落書きだろ？　暇人の悪戯さ」

いいや、あれはとてつもない技量の持ち主の手によるものだ。

寺院の壁や娼館の赤い欄干に墨で刻まれた草書には骨力が貫通している。長安の文化人らの間で評価は真っ二つに分かれているとはいえ、閔晨にとって真価は揺るがない。柳公綽《りゅうこうしゃく》をはじめ何人もの著名な書家が謎の犯人の正体として推定されたが、本当のところはわからない。

閔晨は悔し紛れに鼻息を荒げてみせる。

「懐素の筆塚に生まれ落ちた俺だ。草書で負けるわけにはいかない」

さて、と沙門は首を傾げた。

「おまえの書字は水の流れに逆らうことはできぬ。しかし紙の上に川を生み出すことならできる。急流もせせらぎも瀑布《ばくふ》もそこにあろう。いずれの流れもいつか海へ注ぐ。人の内なる記述を引き込みながら、文字の河川を束ねることができたなら、おまえは大海を見るであろう」

「海は知らん。俺がいつか見たのは――」と訳知り顔で繰り返したとき、倭人の書生がとうとう胃を裏返らせて口から濁流を吐いた。閔晨は鼻を摘まみ、顔を背けて嘔吐の誘発を避ける。

「大河の氾濫だけだ」

三

ゆっくりと抜き足差し足で崔媛の居室の前を通り過ぎる。あの女はぐっすり眠り込んでいるに決まっているが、用心に越したことはない。いつだって蕭霞鳳の従順な手下である崔媛は、なぜか閔晨を目の仇にし、隙あらば陥れようと罠を仕掛けてくる。ほら、この張りつめた絹糸の先には、金物がつないであって足を引っかければ真夜中にガラガラと大音声を発するのだ。

「こんな子供騙しに引っ掛かるか。豚足すべた、ちんちくりんのゲジゲジ眉毛め」

数々の陰険な仕掛けをかわしながら、それよりもっと多くの悪態をつく。

柏の古木を這い登って塀に足を掛け、窮屈な囲いを飛び出ると、そこは色も形もない裸形《らぎょう》の夜だ。墨の中を泳ぐような新月の闇の中、心もとない提灯の明かりをたよりに閔晨は幽鬼のように街路をそぞろ歩く。唐律は夜間の外出を禁じているが、構うものか。酒こそ飲まなかったが、まるで懐素のように墨をひっかぶり、振り乱した髪を筆代わりにして、そこかしこに文字を書き殴る。

あいつにだけじゃない、と閔晨は誓う。

誰にも負けぬくらい雄渾で、流麗で、型破りな狂草を書くのだ。

筆塚で泣いていた赤子だったあの頃から何も変わっていない。閔晨は誰かに認められたくて堪らない。そうでないと不安で独りぼっちなのだ。だから一歩先も定かならぬ暗がりへ筆を走らせる。人生とは果たしてそんなものではないか。捨て子の俺ならば、そう口にする権利があ

るはずだ。未来など何も見えやしない。見えているのは惨めな過去、小さく寒々しい背中だけ
──あの狂草を書いた人物もきっと同じ背中を晒しているに違いない。きっと見つけてやる。

奴はこの夜のどこかにいる。

──うわあああああああああ！

叫んだのは閔晨ではない。その声は平康坊《へいこうぼう》の暗がりの一隅から発せられた。

「誰だ？」提灯をかざして誰何《すいか》すれば、そこに見知った顔がぼんやりと浮かび上がった。あの倭人の書生が腰を抜かして尻もちをついている。股間から液体をにじませているところを見ると、どうやら小便の最中だったらしい。会うたびに何かを排出している男だと閔晨は呆れた。

「へへ、へ、扁額が落ちてきた」

「罰当たりめ、寺の山門で小便などするからだ……ん？　それよりあんた唐語が話せるのか？」

「酔っていれば、気後れがなくなる」

死ぬかと思った、しかし死んでもよかったかもしれないと書生は尿と一緒に愚痴を漏らした。

そういえばこいつの名を知らない。

「私は名を橘逸勢《たちばなのはやなり》と言う。しかし意外だな、君は人の名前に関心がないと思っていたよ。己の本当の名前を知らない仮名《けみょう》の児だから、と」

「誰がそんなことを言った？」

君が蛭牙沙門と呼ぶ、あいつさ、と逸勢は白状した。

確かに閔晨は人の名前に興味がなかった。

しかしなんのことだ、仮名の児とは？

「私はこの二年を放埒に過ごし、二十年分の滞在費用をあらかた使い果たしてしまった。もはや妓楼にも上がれぬ。はるばる長安までやって来たはいいが、得るところもなく無為の日々を過ごしている。いっそ脳天をカチ割ってあの世に行けばよかった」

ちょっと待て、と聞くに堪えない泣き言を閔晨は制した。

「こいつは？」

扁額の文字も見事だったが、寺院の門柱に刻まれた書字はとりわけ異彩を放っていた。見間違えようもない。狂った草書。つまり狂草の詩賦である。もの狂おしくさんざめくその筆触こそ、そう呼ぶに相応しい。

滲みとかすれ、すなわち潤渇は劇的にして精彩に富む。張りつめた情動が雲中の雷のように閃いている。閔晨は圧倒されながらも、つとめて平静を保とうとする。

これは留め具が緩んで落下した扁額とは関係があるのだろうか。実相寺《じっそうじ》というこの寺に恨みでもある者の犯行か。

――それとももっと別の何かがあるのか？

墨が乾ききっていないところを見ると犯人はまだ遠くに行っていない。

いや、むしろ疑うべきは逸勢であろう。

「さっさと白状したほうがいいぜ。沙門によれば、あんたも達筆なのだそうだな」

「ち、違う！　早とちりするな。私が得意とするのは隷書だ。このような破天荒な書ではない……あっ！　おい、あれ」

夜陰の端でコトリと音がして、振り向けば人影のようなものが動くのが見えた。ほら、あいつだ、と逸勢が身の潔白を証明すべく路地の先を指差す。が、慌てて追うものの二人は不審な人物を見失ってしまう。

「駄目だ、逃げ足の早い野郎だ」

明日になれば、新たな狂草の詩賦は衆目に晒され、またもや評判となるだろう。閔晨は人目に触れる前に塗り潰してやりたいという誘惑に駆られたが、なけなしの矜持がそれを踏み止まらせた。

「何か落ちているぞ」それを見つけたのは逸勢だった。「犯人のものか？」

「よこせ」倭人が矯めつ眇めつ眺める装身具をもぎ取ると、閔晨は胸を矢で貫かれたように強張って、しばし立ち尽くした。

それは金の歩揺《ほよう》、つまり女の髪飾りだった。

四

青蓮宮に戻ったころにはすっかり夜は明けていた。

こっそり寝台に潜り込んだ閔晨はあの髪飾りをずっと握りしめたまま、一睡もできないでいた。こいつの持ち主に心当たりがある。

「蕭姐」厨房でいそいそと立ち働く蕭霞鳳に声をかけた。

「忙しいのです。おまえに構っている暇はない」

「これ、あんたのだろう」と髪飾りを差し出した。

鍋の焦げを落としていた蕭霞鳳はうっそりと顔を挙げると、冷たい表情で問い返した。「これをどこで？」

「平康坊に落ちていた。例の書がそばに書き付けてあった。つまり——」

「つまり、わたしがあれを書いたというのですね。長安を騒がせる張本人だと？」

だってそうだろう、と詰《なじ》るというより妬む口調で閔晨は言った。

「あんたしかいない。まったく馬鹿げてる。なあ、あんたはどんな気分でじたばたと悩む俺を見てたんだ？」

手を止めた蕭霞鳳は、弟子の眼を覗き込み、ひとつため息をついた。

「そうです。わたしがやりました。わたしの仕業です。児戯に等しいおまえの書など到底及びもつかないでしょう。だから言ったのです。才もないのに書などにかまけていないでただ修行に励めと」

胸をえぐられる思いだ。ただ一抹の違和感のようなものがある。

このやり取りの底の底に、拭い切れない空疎さを感じる。欺瞞に似たものを。

「あんたが身を売っていたときに客に貢がせた品なんだろ？」

閔晨が髪飾りを突きつけると、

「こいつはあたしのだ」横から伸びた細い手がそれをひったくっていった。

崔媛——こいつの眼の下にも閔晨とお揃いの隈がある。指先には墨の汚れ。

「姐さん、あたしを庇わなくたっていい。この馬鹿には何もわかっちゃいない。すねて甘えてるだけの子供なんだ。閔晨、これはあたしが姐さんに貰ったものだ」

「なんだと、どういうことだ？　これがおまえの物だってことは、あの書はおまえが書いたってことになる」

　激しく動揺して閔晨は声を荒げた。まもなく他の女冠らも起きてくる頃合いだった。紛糾させるつもりはなかったが、風向きは怪しい。

「ええ、そうよ。あれはあたしが書いた。書に魅入られたのが自分だけだと思ってるの？　亡くなった宮主があたしたち二人に『真誥』を見せたとき、心を打ち抜かれたのはあんただけじゃない。へっちゃらなふりしてたけど、あたしだって居ても立ってもいられないほどに感動した。震えて泣きそうなほどに」

「なぜ、それを隠す？」

「あんたはわかっていない。どれだけ入れ込んでも女が書で名を成すのは簡単じゃない。ましてや婢女だった身の上じゃね。あんたはこの女だらけの道観にのうのうと暮らしてるけど、書芸の世界にあたしの居場所があると思う？」

　官吏だった崔媛の父は讒訴《ざんそ》で落ちぶれたのち娘を売ったが、物のように主人を変えていく彼女を買い上げて奴婢の身の上より解放したのは蕭霞鳳だった。人買いとのきわどい取引の最中に刃傷沙汰になったのは、蕭霞鳳の気性の狷介《けんかい》さが原因に違いない。額に傷を負った彼女は、そのため見目を競う妓女でいられなくなった。

「世間知らずのガキめ、あんたは何にも知らないいんだ！」

　そこまでです、と蕭霞鳳は、いまにも取っ組み合いそうな二人に割って入ったけれど、崔媛の憤懣は収まらず、懐から取り出した反故を閔晨に投げつける。それは閔晨が書の修練に使ったものだった。贅沢に伸びやかに横たわった書字の余白に、異なる筆跡の文字が小さくみっしりと書き込まれている。

「小媛は、ずっと長い間、おまえのお下がりの紙で腕を磨いていたのです」

蕭霞鳳はすべてをお見通しだったのだ。思い起こせば、閔晨を叱りながら、二人に外出禁止を申し渡したのは崔媛の行状を知っていたからに違いない。

「嘘だ、こいつにこんな字が書けるわけがない。美しい線が引けるわけがない。無学でガサツな、ただの女なのに！」

「黙れ」

崔媛の細い手が見かけによらぬ力で閔晨の首を絞め上げ、壁に押し付ける。

筆胼胝《ふでだこ》のある右手が閔晨の気道を絞った。げええと喘鳴《ぜんめい》を上げながらメラメラと憎悪の炎渦巻く崔媛の瞳を見つめると、不思議と安らかな気分になった。

どうせ居場所のない俺だ、崔媛ごときに負けたなら、ここで死ぬべきなのだ。

「やめなさい」と蕭霞鳳。

「いやです。いくら大姐の命令でも聞けません。こいつはここで殺します」

「やめるのです」

「絶対にいや」

「小媛、お願いです。この子は……閔晨は血のつながったわたしの息子なの」

蕭姐の懇願を聞いたのはこれがはじめてだ、と閔晨が思ったとき、ふいに崔媛の力が緩んだ。

やっぱりと呟く。続いて切れ上がった目尻から大粒の涙が溢れ出す。関晨は石畳に尾骨を打ちつけながら蕭霞鳳の言葉の意味を反芻した。

娼妓だった頃の蕭霞鳳は、筆塚で拾った赤子を青蓮宮に預けたのち、数年の時を経て、ここへ戻ってきて女冠となった。

関晨の知っている彼自身と蕭霞鳳の来歴がこれだった。

「あなたはれっきとしたわたしの子供です。筆塚で拾ったという話は嘘」

「どうして今頃？　なぜ自分が母だと教えてくれなかった？」

「ここは世俗との絆を断つべき場所だからです。しかし子供にとっては、そんなこと関係ありませんね。あなたを捨てたことは確かです。少なくとも一度は。母親として心より詫びましょう」

おまえは気付いていたのかと関晨は崔媛に問う。

ええ、と崔媛は首肯し、ついぞ向けたことのない挑むような目付きで蕭霞鳳を見た。「時ならぬ恋の果てに生まれた関晨には、実の父親がつけた本当の名前がある、しかしそれは生涯名乗ることは許されないのでしょう？」

「そこまで突き止めていたとは――気をつけなさい。身の丈に合わぬ狡知は危険を招きます。愚鈍でいられないなら、せめてそんなフリをしていなさい」

崔媛はゆっくりと首を振った。

「女だから馬鹿でいろと？　関晨みたいに何も知らずに生きていけと？　いつだって母に庇護されていたことも、父の莫大な喜捨があってここに暮らせていることも知らない。捨て子だとことさらに嘆いてみせるが、どれだけ守られてきたのかまるでわかっていない！　犬猫のように拾われたのはあたしなの、あんたじゃない！」

首に指の痕のついた閿晨は息も継げずにいた。

俺の、俺の父親は誰なのだ？

「柳公綽」二人の女道士は同時に答えた。

そうかこれで合点がいった。あの寺院の扁額が外されたのは、実相寺に恨みがあるからではない。あれを揮毫したのが、名の知れた能書家である柳公綽だからで、崔媛は俺の父親であるそいつのことも気に食わないというわけだ。

「あんたが出ていかないのなら、あたしがここを出て行くよ。閿晨、勝負が好きならこうしない？　七夜連続で書くの。どっちが上なのかは長安のお偉方と利口な牛馬が決めてくれる。駱《らく》駝《だ》もね。負けた方がお互いの人生から去るの。あんたは長安なぞ棺桶同然だって言ったわよね。まったく同感よ。ここはあたしにとってもそうなんだ。でももうすぐ何かがわかりそうなの。棺桶を蹴破るための何かが」

それだけ言うと、崔媛は青蓮宮を飛び出し、朝靄に紛れ、二度と戻らなかった。

五

この時節になると、三つの石を組んだだけの筆塚に白い花が咲き乱れる。

閿晨は筆を埋めようと思った。この筆塚を胎にして生まれたのだと嘯《うそぶ》いていたが、蓋を開けてみれば、なんのことはない。もとより縁もゆかりもなかったのだ。味気ない混乱と虚脱がある。懐素の狂草に憧れ、己の人生を投影してきたのは、ひどく滑稽な振る舞いだった。蕭霞鳳を母と呼ぶのもいまさら気恥ずかしい。

閔晨は己の凡庸さにほとほとうんざりしてしまった。

俺には書の才がない。いくら書いても線は美を宿さず、ただ鬱蒼とした墨の藪が生い茂るだけ。甘ったるい自己憐憫に浸っているうちに、女と侮っていた崔媛に出し抜かれた。情けない気持ちで筆塚を掘れば、そこから出てくる出てくる、殺戮の地に出土する人骨と見紛うほどの筆である。これは閔晨自身の残骸でもあった。かの懐素も己の非才を嘆いたことがあったのだろうか——

往時に想いを馳せていると、穴の奥の固い何かが指先に触れた。

ん？

六

「で、こいつを見つけたわけか」

「なんだかわかるか？」支利翼の薬房に寄ったのは、筆塚から革袋を掘り出した翌日のことだ。棚には得体の知れない薬石が、びっしりと置かれている。鹿から採れた麝香《じゃこう》、オオヤモリの内臓に針鼠の皮、瑠璃の器に入った百歩蛇《ひゃっぽだ》は、嚙まれれば百歩歩かぬうちに絶息するという毒蛇だったが、乾燥させれば生薬となるのだ。

ふむ、と支利翼はいつものように髭を撫でた。

「こいつぁ寒食散《かんしょくさん》だな」

「寒食散？」俺はオウム返しに答えた。

「五石散《ごせきさん》とも言う。正確にはその材料だ」

薄暗い薬房で支利翼はぎろりと眼を光らせた。

「なんだい知らねえのか？　おまえら神仙家の専売だろ。不老長寿の秘薬とされているが、実際は大したものじゃない。鍾乳石《しょうにゅうせき》、硫黄《いおう》、白石英《しろせきえい》、紫《むらさき》石英、赤石脂《しゃくせきし》を調合して服すのだが、つまるところ精神を乱調させるためのものさ。しかし――」

閔晨は筆塚に咲いていた白い花を引っこ抜いて持ってきた。

「こいつも加える調合は俺も知らない。こりゃ気違《きちが》い茄子《なすび》だぞ」

店の中を物色していた沙門は背中を向けたままで「曼荼羅華《まんだらげ》とも呼ぶ。法華経では釈尊が説法をしたときに天からその花びらが舞い落ちたという」

「うまくすれば痛み止めなどにもなるが、用量を間違えれば狂乱に陥る」

支利翼は渋い顔付きで補足した。

寒食散を隠したのが懐素だとしたら、彼は酒のみならず薬石の力を借りて驚異の書をものにしたことになる。

ならば――

「調合してくれよ、おっさん。曼荼羅華も一緒にね」

「おめえ人の話を聞いてたんかよ、こいつは永遠の命なんざ約束しちゃくれねえ。阿呆がもっと阿呆になりたくて飲む代物さ」

「それでいい」

なんだっていい。これを筆塚で見つけたことは天啓なのだ。懐素の狂放《きょうほん》不羈《ふき》な書風に手が届くなら、書いても書いても超えられぬ壁を壊せるなら死んだっていい。それくらいしなくてはあいつに勝てやしない。

「そんなもん手掛けたことはねえから責任は持てねえぞ。小媛とのことなら聞いたが、あまりムキになるな。人生長《なげ》え、気に染まねえ悲しみを受け取める時間なんざたっぷりある」

そうか。はじめて閔晨は気付いた。

惨めなだけではない。俺はひどく悲しいのだ。

「頼めるんだな？」

有無を言わさぬ口ぶりで繰り返すと、支利翼は「ったく言い出したら聞きやがらねえ」と肩をすくめた。

なあ、蛭牙沙門よ、と閔晨は声を投げた。

「俺を仮名の児と知っていたそうだな。蕭霞鳳があんたに胸襟を開いているとは思えない。ならば誰に聞いた？」

「亡くなった宮主の汪煙青とは懇意にしていた。小媛とも知らぬ仲ではない。なあ、閔晨よ、おまえは己の真の名を知りたくないのか？」

どうでもいい、と閔晨は断った。

「俺は他人のだけじゃなく自分の名前にも興味がないみたいだな。それよりあんたが崔媛に与えた詩文の残り半分をよこせ。何を企んでいるのか知らないが、あいつをそそのかしたのはあんただろ?」

「人聞きが悪い。支利翼は巧みに薬石を調合する。わたしにできるのは文字と韻律でそれをすることだ。拙い戯れに過ぎんよ」

沙門は文字の書かれた大きな帛《はく》を寄越す。

見事な雑書体だったが、眼を見張ったのはそこではない。重複のない千の漢字を梁の文官に詩として編ませたものを千字文といったが、沙門は、同じ千字を新たな詩文として組み直して見せた。千字文を奏上した周興嗣《しゅうこうし》は一晩にして白髪に成り果てたという。定められた千字を過不足なく使用し、まだ見ぬ詩文として再構築するのは人外の業に違いなかった。

閔晨、そして崔媛、と干からびた百歩蛇を射すくめるように沙門は言った。

「おまえたちの書は長安を飾る新しい対聯《ついれん》となろう」

七

書とは、凍りついた音楽だという。

律動と調和がそこにある。奏でられた文字は余白に縁どられ漆黒に凍りつく。

それらは運動を内包しつつ静止し、それを味わう者の心の内においてもう一度解き放たれるのを待つ。

閔晨は、筆塚に埋めなかった筆にたっぷりと墨を含ませた。

日中ならば、胡餅を売る商人の掛け声や娘たちの嬌声で賑わっているはずの街区だったが、夜半を過ぎ、丑の刻ともなると、水を打ったように静まり返る。西方の行商人も、物見遊山の書生も、浅黒い肌の崑崙奴も、名妓の小間使いも、馬喰《ばくろう》も、香舗《こうほ》の旦那も、十字杖を持つ景教の女ももういない。明日になれば、またありふれた活気が戻ってくるとしても、この時間帯、世界は冷たく凍りついているといってもいい。書にはぴったりの刻限だった。

壁に向かって気を凝らす道服の少年は、心中に構図を定めたとみるや一気呵成《いっきかせい》に筆を動かした。草書は、湧水のように奔出する。

墨が限りなく透明に澄み渡れば、文字は崩れ、転折はうねり、点画は舞う。側《そく》、勒《ろく》、努《ど》、趯《てき》などの筆法は、やわらかく撓《たわ》み、鮮烈に引き伸ばされていく。

丹田にかつてない充実をおぼえる。

脳髄にチカチカと星辰の火が点ったようだ。

筆先から次々と繰り出された線条は、文字を成し、詩歌となって結実する。

行は、曲江のごとく連綿と流れる。滑らかな筆捌きによって、部首は溶融し、字間は滑らかに均《なら》される。燃える幌馬車に乗って坂を下るように詩言は奔り続ける。

声なき喝采を置き去りに、どこまでもどこまでも行こう。

見るがいい、懐素よ、張旭《ちょうきょく》よ、と閔晨は死した狂草の大家たちに呼びかける。

——俺たちの書こそが、生と死、天と地を真っすぐに貫く縦糸なのだ！

喉が裂けるほどに叫ぶと、閔晨は卒倒した。

八

七日目の夜には、太白星《たいはくせい》が明るく輝いた。

市井の人々は二人の若き男女によって書かれた草書の千字文にたちまち眼を奪われた。それらは坊と呼ばれる百八の区画のあちこちに深遠な意図を持って散りばめられており、その印象を深く心に刻まぬ者はなかった。

これら高尚な暴挙を楽しめるほどに長安の民は成熟していた。

しかし七日を過ぎ、犯行がピタリと止んでしまうと、これらの書はひどく奇怪で危ういものに感じられた。得体の知れない不安が忍び込む。

あの崩れた線の群れははたして文字なのか。

あれを見かけるたびに誰にも知られることのない心の臓がぎしぎしと軋むのだった。決して開け放ってはならないものなのに――だからこそ、ぶちまけてしまいたい衝動に駆られる。

人の心が堰を切って氾濫しようとしている。

それは閻羅王《えんらおう》の帳簿より漏れ出した過去の罪業なのかもしれない。

あるいは、綿密に綴られた内なる倒錯の記述か。

わからない。わからないが、そこにある秘密はきっと言語の形をしている。

九

閔晨はひどい悪夢より醒めたが、あまり変わり映えしないなと思う。

長安中の文字という文字が作物を食い尽くす飛蝗《ひこう》のように空を舞っていた。三省六部の機密文書も史書も経典も何もかもが飛散してしまったのだ。地に降りたそれらは黒い霜とも見えるが、仔細に観察するならば、文字の集合とわかる。本来、紙や木簡や帛に囚われていた文字たちが軛《くびき》を脱して飛び立ち、蟲さながらに交接し、新たな文字を産み落としていく。まだ見ぬ文字は未知の意味を伴う。それは人の脳中に新たな概念の卵を産み付けるのと同義であった。

文字の飛沫を吸った人々にも異変が生じていた。

彼らは、祖先の系譜やら己の来歴やらを右手で記し、同時に左手で私的な情動を綴った。また口からは、前生《ぜんしょう》のものであろう得体の知れぬ異言が轟く。傀儡《かいらい》めいたその動きを誰も止めることはできない。鳥の飛跡や水路でさえも文字を象《かたど》る。いや人の意識がそこに文字を見てしまうだけかもしれぬ。ただ、その差異など、この文字の氾濫を前にしては、もはや些末なことに過ぎない。

寒食散と曼荼羅華のせいで狂ってしまった知覚がまだ戻っていないのか。

あらゆるものが言語による自己開示を迫られている。

このすべてが俺と崔媛の仕業だというのか？

「そうさ」朱雀大街に荘厳な袈裟が翻る。「五大にみな響きあり、十界に言語を具す、六塵ことごとく文字なり。何も失われてはいない。これで長安は読まれるべきひとつの書物となった」

「沙門――いや、空海《くうかい》。このために、おまえは俺たちを焚きつけたのだな」

人聞きが悪い、と前にも聞いた台詞を沙門は繰り返す。

唐土を踏むが早いか、青龍寺の恵果《けいか》和尚に見出され、数多くの弟子たちを差しおいて密教の全伝を授かった男、それが沙門空海だった。

「わずかな時で知り尽くすには長安はあまりに巨大で奥深い。しかし書であれば読むことができる。そして文字であれば――」

トントンと沙門は自分のこめかみを指で叩いた。

「ここにすべて収まる」

ぶんぶんと羽音を立てながら「蠅」という文字が飛んできて閔晨の肩に止まる。それを手で叩けば、虫偏は潰れて糸偏と変じ、「蠅」だったものは「縄」となり、瞬く間に縄が手に絡まる。百歩蛇を連想して、閔晨は悲鳴とともにそれを投げ捨てる。髪を掻きむしる少年を尻目に、沙門は落ち着き払っている。

「なあに、このような奇禍は長続きせぬ。すでに収束の過程にある。放っておいても文字はそれぞれの場所に還っていく。おまえの望むがままに」

「望んだのはあんただ。あの千字文はあんたの作ったものだ」

「あの千字文は人の阿頼耶識《あらやしき》を開く、ただのきっかけさ」と空海は認めた。「おまえたちの激情、それに種子曼荼羅の布置が欠かせなかった」

本来なら別々に描かれる金剛界と胎蔵界の曼荼羅を長安の上に重ね合わせてみたのだと沙門は言ってのける。諸仏を文字に置き換える、それが種子曼荼羅であれば、その種子が置かれるべき座標に二人は狂草の詩言を配したのだった。

「もともと曼荼羅とは、城郭を模したものなのだ。それを現実の都城に引き写したとき何が起こるか——わたしは知りたかった」

空海の図抜けた企てに閔晨は呆れてしまう。異国の都で手前勝手な実験をやってくれたものだ。遅まきながらわかってきた。書芸における同好の士だとばかり思っていたが、こいつはそんな可愛らしいものではなく、仏法という枠にさえも収まりのつかぬ異能の怪物なのだ。長い馬車の列、この積荷はすべて故国に持ち帰る品であるというが、征服者が略奪品を運ぶ光景に見えぬこともない。

空海は、馬車のひとつから飛び降りた逸勢に頷きかける。

「予期せぬ船が来た。二十年のはずだった滞在を繰り上げて我らは戻る。急ぎ長安のすべてを持ち帰らねばならぬ。目録に記される経典や法具だけではない。この長久の都にある知識と経験の蓄積ことごとくを」

いいさ、お望みなら、なんだって持っていけばいい。おまえには紫微星《しびせい》を負うような使命があるのだろうさ。しかし、それよりも——

「崔媛は？　おまえらなら知っているだろう。あいつはどこだ？」

そう尋ねれば「あたしはここにいる」と声がして馬車の幌が上がった。

祠堂にひょっこり顔を出したのと同じ仕草。

平康坊で追いかけたのと同じ華奢な輪郭。

そして揺れる金歩揺。

「死ななかったんだね。ヤバい薬をずいぶん食らったって聞いたけど」

「そこまでしても、せいぜいが引き分けだ」

「勝負ならあんたの勝ちだよ、閔晨」

「違う」と閔晨は食い下がる。「夜が明ければ、はっきりするさ」

「違わない」と崔媛は断言する。「あたしにはわかる。あんたは命を賭けた。墨に血を混ぜることができた。あたしにはそれができなかった。この国の文字のあまねくすべてが男たちの拵《こしら》えたものである限りね」

わからない。何を言っているのだ。そんなことはどうだっていい。

どうしておまえは空海の馬車に乗っている？

これじゃまるで——

「そう、負けた方は互いの人生から消えるって約束よね」

「倭国《わこく》へ渡るのか」

崔媛は決意を込めて頷いた。

「あたしは誰かの財物として生きてきた。今度だって使節の荷として長安を離れるの。でも、海を渡るそのとき、あたしはあたしのものになる。彼の地で新しい文字をつくるわ。漢字を真とするならば、それは仮の名の文字と呼ばれるでしょう」

「だめだ、どこにも行くな……空海、頼む。何もかも持っていけばいい。でも崔媛だけは置いていけ！」

ひれ伏すように頭を垂れても沈黙しか返ってこない。

「崔媛、おまえは俺の唯一の……」

唯一の何だというのだろう。筆を取ればいくらでも湧いて出てくるはずの言葉がここに至って出てこない。いたわるように崔媛は閔晨の手に手を重ねた。

あんたのおかげだよ、と崔媛は言った。

「七つの夜を繋いで、ついにわかったよ。草書の崩し字の向こうにずっと透けて見えていたものが。女たちのひそやかな声ならぬ声を紡ぐ文字。それは石に刻むための厳めしい文字じゃなくて、やわらかで、ふくよかで、しなやかで、とびきり優美なものなの。空海のつるつる頭の中には千年の企図が詰まってる。あたしの名は歴史には残らないでしょう。でも、遠い異国のはじまりの一部になることはできる」

「逃げるのかよ！　俺はもっと何度も、何度だっておまえと――」

今度こそ崔媛は何も答えず、静かに閔晨の掌を裏返すと、そこに〝あ〟という線の交錯を残した。細い指先に紡がれた文字が閔晨には、読めもせず、書けもしなかったが、言わずとも知れる。これは崔媛の物語のはじまりの一文字だった。

馬車列の最前部より、出立の号令が発せられた。

「閔晨、思えば愉しい日々だった」空海は彼の名を呼んだ。「このような季節は二度とは訪れまい」

逸勢は惜別の嗚咽のあと、高らかに詠んだ。

「さらば長安、美しき不貞の城市よ！」

舞い散る文字たちは宙に溶け、人々は言語の獄より解放された。

鞭を浴びた馬たちが身を震わせて、ゆっくりと長い列が動き出す。

さながら凍りついた線が息を吹き返したようだった。五体の気血は温み、地にあっては蔓草が萌えようとしているというのに、閲晨は、掌中の一字をこぼさぬよう壊さぬよう、やわらかく握りしめることしかできない。

楽游原《らくゆうげん》

羽 南音（大恵和実訳）

時代背景

憲宗（李純）による藩鎮抑圧策は、一定の効果を発揮し、唐朝は多くの藩鎮とともに共存していくこととなった。その一方、安史の乱後、歴代皇帝が宦官に大きな権限を与えた結果、宦官の影響力が増大化し、政局を左右するようになった。さらには憲宗以後、皇帝の多くは宦官に擁立されて即位した。官僚の派閥争いが長く続いた影響もあり、文宗（李昂：在位八二七～八四〇）による宦官抑圧の試みも失敗に終わった（八三五年の甘露の変）。軍事・内政ともにかつての勢いを失った唐朝は、前半期の国際的で闊達な雰囲気をも喪失していった。文宗没後、皇帝となった武宗（李瀍：在位八四〇～八四六）は、仏教・マニ教・キリスト教・ゾロアスター教・イスラーム教を徹底的に弾圧した（会昌の廃仏）。

本作は、晩唐に活躍した詩人李商隠を主人公とした掌編である。馬車の中で目覚めた彼が目にしたものは……。

（編者）

向晩意不適、駆車登古原。夕陽無限好、只是近黄昏

晩に向《なんなん》として意適わず、車を駆りて古原に登る。夕陽限り無く好し、只是黄昏に近し

李商隠「楽游原」

会昌《かいしょう》五年（八四五）、長安。

陰陽の交わる酉の刻（十七〜十九時）、李商隠《りしょういん》は揺れる馬車の中で目を醒ました。

彼は血光の滴り落ちる夢を見ていた。甘露の変[※1]はもはや遠い昔のこと。だが夢の中では、多くの死者が蘇り、群れを成して奔《はし》っていた。見知った頭がぽろぽろと地面に落ち、身体だけになってもなお駆けてゆく。刑天《けいてん》の如く舞いながら。

車の簾《す》が風にはためく。李商隠は微かに震えた。無意識に首をなで、身に纏った衣服が汗で濡れていることに気付く。

このとき楽游原《らくゆうげん》の数千km下の地核では、神が時間次元から地球の詩歌を見渡していた――過去・現在・未来の全ての詩歌を。

神は光の形をとり、その思考速度は秒速三十万kmであった。

神は極めて聡明だった。

神は高圧高温の環境を好んだ。そのような環境では、粒子とエネルギーが踊りくるい、その思考に愉悦がもたらされるのだ。

ビックバンの後、神は無数の星々を創ってきた。神は星の最奥に住み、飽きたら別の星にうつるのだ。

大抵の時間、神は多忙だった。複雑な日常業務をこなさなければならないからだ――例えばグレートフィルターのパラメータ調整といったものを。

ときには退屈することもあった。そんなときは雲や雨をもたらしたり、星の表面にランダムに生物を創ったりした。

大抵の生物はつまらなかった。神と交感できなかったからだ――神は己より下等な生物しか創れなかった。

ただ、気晴らしにはなった。例外なく、星の資源を利用し、少しばかり複雑な社会を生み出し、最後には殺し合って滅亡するか、新しい種族にとってかわられた。

しかしながら、今日、神は突然発見したのだ。この「地球」と呼ばれる星の、ある生物の面白さに。そいつらは己を「詩人」と呼んでいる。どのような手段を使ったのかはわからないが、幾らかの「詩人」は宇宙の真相を覗き知ったかのようだった。なかには神の形を描く者すらいた。

はじめに、神は天と地とを創造された。地は形なく、むなしく、やみが淵のおもてにあり、神の霊が水のおもてをおおっていた。神は「光あれ」と言われた。すると光があった。

神が最も喜んだのはこの一節だった。

神が喜ぶとき、星の表面に変化が生じる。

馬車の外から、微かなざわめきが伝わってきた。楽游原の人々が歓呼の声をあげているようだ。

李商隠は車の簾をあげた。

血光が穹廬《きゅうろ》から滴り落ち、四方を覆っていく。

それは彼の生涯で最も華麗な夕焼けだった。楽游原の陰風の中、凍火のように燃えている。

地平線の彼方では、融けた火球のような夕日が、ゆっくりと血の海に沈んでいく。

言いようのない力に打ちすえられたかのように、詩人たる李商隠は戦慄を覚えて簾を下ろした。

訳《わけ》もなく彼は思った。大唐の落日のようだ、と。

※1　八三五年に文宗・李訓らが企図した宦官誅殺未遂事件。

シン・魚玄機《ぎょげんき》

立原透耶

時代背景

九世紀半ばになると唐の財政を支えていた長江流域の藩鎮で軍人による藩帥の追放・擁立が発生し、唐朝の衰えが露わになってきた。さらに懿宗（李漼：在位八五九～八七三）の時代になると、民衆や兵士による反乱も相次いだ。次の僖宗（李儇：在位八七三～八八八）の時代には、黄巣の乱（八七五～八八四）が発生して唐全土を混乱に陥れた。黄巣から唐朝に寝返った朱全忠と沙陀突厥の李克用の活躍で、からくも反乱鎮圧に成功した唐朝だったが、その命脈はもはや尽きていた。朱全忠によって唐が滅ぼされたのは九〇七年のことである。

本作の舞台は、黄巣の乱がおきる少し前の長安（八七一年頃）。題名にある魚玄機とは、数奇な人生を歩んだ女性詩人である。明治の文豪森鷗外が「魚玄機」を書いてから百九年。令和のいま新たな魚玄機が立ち現れる！

（編者）

不思議な話を聞き集めるのがいつの間にか趣味を通り越して生きがいになってしまった。それがどれほど荒唐無稽であっても、できるだけ正確に記録する。それが大切なことだと思う。私が書き記すことは後世の人々が判断するだろう。

それにしても無駄に長生きをしてしまった。私を知る人間はわずかになってしまった。訪れる者となると、もう一人しか残っていない。

手すさびにあったこと聞いたことを書き連ねることが今の唯一の楽しみだ。といっても、実際には書き表すことのできないことだってある。

ふと眩しさを感じて目をあげた。庭の向こう、戸口に誰かが座り込んでいる。白い光は鏡だろうか。こんな山奥に鏡磨きとは珍しい。

そう彼が思った瞬間、

「段《だん》のおじさん、元気かい」

元気な声が頭上から響いてきた。「やあ、聶隠娘《じょういんじょう》。相変わらずだな。どうしていつも木の上からの挨拶なんだ」

「軽功《けいこう》が得意だからね。それに地上をのろのろ歩くなんて様にならないったら。

それはともかく、面白い話を聞きつけたよ。おじさんが好きそうな話なんだ、これが」

明るく笑ってヒョイと飛び降りる。まるで重さを感じない軽やかな動きだ。

聶隠娘はとある事件をきっかけに文士の段成式《せいしき》を慕うようになった。段成式は官僚の家柄に生まれた文人で、子供の時から不思議なことに興味があった。六朝時代に書かれた『捜神記《そうじんき》』などは愛読書の一冊で、繰り返しその怪異な内容を読み返した。そのうち読んでいるだけでは物足りなくなり、『捜神記』と同じく「事実を淡々と記す」という姿勢で不思議な出来事の聞き書きを始めた。それは段成式にとって一生の仕事でもあった。

ニコニコ笑っている聶隠娘は、幼い頃に謎の尼僧に攫《さら》われて暗殺術の全てを叩き込まれた凄腕の殺し屋である。今までにその仕事をしくじったことはない。特に得意なのは匕首《あいくち》を用いた急所への一撃である。

こんなにも愛らしい彼女が暗殺者だなんて、段成式にはやはり今でもまだ信じがたい気持ちがする。

茶を啜りながら、段成式はにこやかに対応した。聶隠娘の唐突な登場にはすっかり慣れている。

「ほう、どういう話なんだい?」

「聞きつけたっていうのは正確には間違いかな。あたしもちょいと関わっているんだな、これが」

「また何かやらかしたのかい?」

「失礼な。あたしはむしろ正義の好漢ってとこかな」

ヒョイと身を翻して木から飛び降りると、聶隠娘は段成式のそばに音もなく歩み寄った。

「おじさんは魚玄機《ぎょげんき》のことは知ってる？」

段は大きく頷いた。

「もちろんだとも。あれほど市中を騒がせた事件はないね。詩才の誉高い彼女は事件の前から有名だったし。酒の席でも何かあれば魚玄機が……と語られたものだよ。

今回の件は友人の皇甫枚《こうほばい》が『三水小牘《さんすいしょうとく》』で詳しく書いている。私もみんなもそれを読んで魚玄機には同情しているよ」

「その魚玄機とあたしが友人だって言ったら驚く？」

「それは驚きだ。でも魚玄機は道観で修行していたのだから、君とは知り合いでも不思議はないね。君のような日常生活とはかけ離れた人生を送っている人たちとも相性がいいのではないかな」

「さすが、おじさん」

聶隠娘は子供のようにあどけなく、パチパチと手を鳴らした。

魚玄機、か。と段成式はさまざまな言い伝えを思い起こした。

魚玄機は花街に生まれた娘で、幼い頃からその傾城《けいせい》の美貌と天性の詩才で有名だった。十五の歳に客として熱心に通い詰めてきた高級官僚の李億《りおく》という男の妾になり、玉の輿だと大騒ぎになったものである。深く愛し合っていた二人は新婚まもなく、正妻の嫉妬により引き裂かれる。ただ一人待ち続けた魚玄機が李億と無事に再会し一緒に暮らし始めた時には、市中のみなも安堵したものである。

やがて李億は昇進し、地方へ赴任することになった。当然、魚玄機も連れて行く。魚玄機の詩の師匠に当たる温庭筠《おんていいん》などはわざわざ送別の宴を催し、詩を作って二人を見送ったほどである。魚玄機もさぞかし誇らしかったことであろう。

ところが運命は魚玄機に対して残酷だった。旅の途中で李億が心変わりし、魚玄機を捨てて去ってしまったのである。

右も左もわからぬ不慣れな土地でどれほど魚玄機は心細かったことであろう。山に庵を結び、魚玄機はしばらくそこに住み着いた。もしかすると李億の気持ちが変わって、彼が迎えを寄越してくれるのでは、と期待していたのかもしれない。

しかし李億は立ち去ったまま、決して魚玄機のことを思い出しもしなかった。一年ほど待ったのち、魚玄機は失意の中、都の長安へ戻った。あれほど誇らしげに出立したことを思えば、屈辱にまみれた帰郷だっただろう。

人生に絶望した魚玄機は道観に入り、女道士となり、世間から離れた。歳すでに二十歳をすぎていたという。女性専用の道観は表向きは世間と隔絶された環境ではあったが、身を売る者もいれば、世間と付き合いを深くする者もいた。離縁のために入る者もいた。魚玄機は詩を書き、詩人たちとやりとりをしたし、時には旅にも出た。

風に臨んで　興歎す　落花の頻りなるを、
芳意　潜かに消ゆ　又一春。
応に　値高きが為に　人　問はざるなるべし、

却て　香甚だし気に縁《よ》って　蝶　親しみ難し。
紅英　只称ふ　宮裏に生まるるに、
翠葉　上林苑に移すに至るに及んで、
王孫　方《まさ》に恨まん　買ふに因《よし》なきを。

「売残の牡丹」

（風に落ちる牡丹の花の　哀れなことよ　そうしてまた　この春も　暮れていく　値段の高さゆえに　買う人もなく　香りが高いゆえに　蝶も近よらず　紅い花びらは　九重の奥にこそ緑の葉は　世の塵を厭うけれども　上林に　移して植えられ　買うすべもないことを　恨みに思う）

彼女の美貌と詩才を慕う男は少なくなかった。
やがて彼女は李某という一人の男と恋仲になる。今度こそ本物だと彼女は何もかもを投げ打って夢中になった。彼女の激しい恋情はたびたび詩にも表れている。

冰を飲むも　檗《きはだ》を食ふも　志　功なし、
晋水《しんすい》　壺関《こかん》　夢中に在り。

「情書、李子安に寄す」

（冰をのんでも、きはだを食べても、あなたへの思慕で夜も昼も火のように燃えあがっていますこのわたくし、情炎を消しとめることはどうしてもできません。夜ごとの夢のなかには、あ

なたのいらっしゃる晋水や壺関のあたりが、たえずあらわれつづけているんですもの）

李某を情熱的に愛した魚玄機は見境がなくなっていく。いつしか自分の不在時にやってきた彼と侍女が男女の関係を結んだのではないかという疑心暗鬼に囚われ、侍女を激しく折檻し、鞭打つこと数十回、ついに侍女を殺してしまったのである。

こっそり侍女を埋めた魚玄機だったが、それに気づいた役人が死体を掘り出したことによって、逮捕される。

多くの人々による嘆願も虚しく、刑場の露と消えること二十六歳。

哀れな一生を終えたのであった。

「確かあまりの美貌に処刑人の手が狂い、片腕を切り落としてしまったとか。それからやっと死を賜ったと聞いている。なんというか、本当に哀れだね」

段成式の言葉に、聶隠娘は黙って唇をひんまげた。

「可哀想な一生だったと思うよ。才能が溢れていたのにもかかわらず、身分が低かったために、恋愛でしか生きることができなかった。もしもっと良家に生まれていたら、別の人生もあっただろうに」

「おじさん、彼女は良家に生まれたかったんじゃないの。男に生まれたかったんだわ」

小鳥がさえずるかのように、聶隠娘が歌った。

自ら恨む　羅衣《うすぎぬ》の詩句を掩《おお》ふを、

頭を挙げて　空しく羨む　榜中《ぼうちゅう》の名。

「崇真観の南楼に遊び、新及第の題名の処を観る」

（考えてみると、自分は女であるために、かような進士のかたがたに負けない、どんなに上手な詩を作ってみたところで、進士及第の列の中に、くわわることはできないのである。ああ、男に生まれていたらよかった！）


じっと目を閉じ、段成式は嘆息した。確かにその通りだ。世の中、女というだけであらゆる可能性が潰されてしまう。ただ結婚して子供を産むことだけが存在意義となっているように。どれほど詩をよくしても、どれほど聡明であっても、どれほど五経を理解してそらんじていたとしても、女というだけで一生は定まってしまう。

なんとむごいことか。

「そんなに暗い顔をしないで。世の中のことすべてが段おじさんのせい、みたいな顔をしているわ」

明るく聶隠娘が笑った。暗殺を生業にしているにもかかわらず、聶隠娘はいつも朗らかで快活であった。時に彼女の過酷な身の上に思いを馳せることはあったが、それでもこの明るさにはずいぶんと救われていた。

「君はどこで魚玄機と知り合ったんだい？」

「実はね、あんまり有名だから興味を抱いて、それで道観まで覗きに行ったの」

そしたら見つかっちゃってさあ、と大笑いする聶隠娘。暗殺者の彼女の気配を察するのは至難の業である。想像するに、魚玄機は相当に敏感なたちなのであろう。

魚玄機はかすかな気配に反応して、聶隠娘を見出した。驚いた聶隠娘は、暗殺者らしからぬ失敗をした。木から転げ落ちたのである。それを見て吹き出した魚玄機は、すぐに聶隠娘に夢中になった。神秘的で殺伐としているにもかかわらず、明るくて途方もなく楽天的。聶隠娘もまた魚玄機に、自分にはないものを感じ取った。二人が親しくなるのに時間はかからなかった。何物にも代え難い友情の証に、聶隠娘は銀色の義足を見せた。これゆえに空を飛び、木々の間を駆け抜けることができるのだ。

魚玄機もまた自分にできる最高のお返しをした。詩を贈ったのである。それも何通も。

「彼女が書いてくれた詩のひとつがこれ」

放情　恨むことを休む　無心の友、

養性　空しく抛《なげう》つ　苦海の波。

「愁秋」

（人の心のわからぬ薄情なあんな人のことなんか、もう恨まないことにしました。そして道家の教えを奉じて、人間世界の苦しみから、しいてのがれようとしているんですが、しかしだめなんですね）

「この無心の友っていうのがあたしらしい。しばらく顔を見に行かなかったら、もう不貞腐れて。そこがまた可愛いんだけどね。魚玄機はやっぱりわがままでなきゃ」

楽しそうに笑って、聶隠娘は両腕をグッと伸ばした。

仲の良かった友人の話を語る聶隠娘の表情に、段は改めて気づいた。やはり聶隠娘は暗殺者だ。死に鈍感だ。

「あたしたち、本当に気が合った。会うと時を忘れた。あの子は幸せになりたいって口癖のように言っていた。あたしが幸せにしてやるって思ってたけど、なかなか会えなくて。そのうち、言い寄られて李某という男に走ってしまった。

すごく後悔しているよ。あたしたちの絆は男なんかにゃ理解できないほど深くて確かなものだった。なんで手放してしまったのかな。目を離してしまったのかなって」

その言葉に、段ははっと気がついた。微かに潤んだ瞳の聶隠娘は魚玄機と、友情を超えた深い情で結ばれていたのだ。姉妹というには重く、友人というには深く。

「それで？」

段も重苦しい気分になりながら、続きを促した。

暗殺者は孤独だ。その孤独から救ってくれたのが魚玄機ならば、彼女の死はどれほどこたえたことだろう。ただそれを表にあらわしていないだけなのではないか。

「ちょっと脅迫した」

「は？」

「だから、役人を脅した」

当時の京兆府尹《けいちょうふいん》（首都長安の長官）は温璋《おんしょう》という豪胆な人物であった。どれほど身分の高い相手であっても、決して気圧されることなく、法に基づいて粛々と刑を実施することで有名で、賄賂も何もきかぬ閻羅王《えんらおう》のような存在だと噂されていた。

「彼を脅したのか？　しかし無理だろう。どんな脅しにも屈したことがないことで有名だ」

「誰にだって弱みはある」

前髪を人差し指でくるくると巻いて、ふっと息を吹きつける。むじゃきな仕草とは別に、聶隠娘の目は炯々《けいけい》とした冷たい光で満ちていた。

「娘をさらった。まだ三歳のあどけない子供だった。あたしの名前と共に、魚玄機を殺すこと能わず、と書いた紙を残した」

淡々と言ってのける聶隠娘。そのあまりの「当たり前」な風情に、どこかゾッとするものを感じる。

「あそこは子供が一人しかいない。溺愛している正妻はからだを壊してもう子供が産めない。やつは妾を持つつもりがない。だから娘は大切な大切な宝物ってわけ」

にいっと聶隠娘が白い歯を見せた。

「だが、温庭筠をはじめ、彼女を捨てた李億も他の詩人たちも政府の高官たちもみんながこぞって助命を嘆願したが、聞き入れずに処刑したのでは」

「うん、表向きはね」

「では、彼女は……生きているのか？　それならいい。それはよかった。本当に良かった」

「おじさんいい人だね」

不意に聶隠娘が呟くように言った。

「知り合いでもなんでもないのに、こんなに喜ぶなんて」

「それは……君にとって大切なひとらしいから、なおさらだ」

「ありがと」

にこっと笑って聶隠娘が立ち上がった。

「あたしたち、一緒に暮らしているの。幸せになるね」

「ああ」

聶隠娘は立ち去る気配を見せたが、思い出したかのように、段の家の前でしゃがみ込んでいる鏡磨きに声をかけた。

「行くよ」

立ち上がった鏡磨きの左腕は銀色に鈍く輝いていた。まるで鏡のように。

段成式は目をこすった。

あれは鏡を磨いていたのではない。鏡に見えたのは、あの銀色の重たそうな腕だったのだ。見たこともない不思議な義手。

木でもなく、土でもなく、まるで汞《みずがね》（水銀）のような色。

そうか。と段成式ははたと気がついた。

殺さなかったけれども、殺した証拠は必要だったのだ。だから。腕を。

背を丸めていた鏡磨きが、すっと背筋を伸ばした。

襤褸《らんる》をまとった身体は驚くほどほっそりしていて、とても男には見えなかった。

蓬髪《ほうはつ》の下から、思慮深そうな瞳がきらめいた。息を呑むほど白い肌、天女もかくやと思わされる美貌。

幸せそうな微笑み。

「書き残されますか？　わたくしたちのこと」

鏡磨きが銀色の片腕を振りながら、言った。軽やかな動きだった。

「いや」

と段成式が首を横に振った。

「詳しいことは皇甫枚が書き記した通りだ。魚玄機は処刑された。それで物語は終わりだ」

新しい物語は君たちが紡いでいく……

言葉を呑み込んで、段成式も微笑み返した。

「幸せに」

「はい、幸せになります」

少し離れた場所で、聶隠娘が笑っている。

なんだか段成式もとてつもなく嬉しくなった。

空は青い。

どこまでも青く、どこまでも広く、続いている。


のちに世は乱れ、大乱が生じた。

戦乱に喘ぐ人々の口の端にのぼったのは、仙女もかくやという不思議な二人連れの物語。

空を走る銀色の足を持つ美少女と、どんな重いものでも軽々と持ち上げる銀の腕を持った美女。二人連れは苦しみに喘ぐ人々を救い、暴虐の限りを尽くす荒くれどもを次々と打ち倒していったという。

主要参考文献
辛島驍著『漢詩大系　第十五巻　魚玄機・薛濤』集英社、一九六四年
文中の漢詩の書き下し、翻訳はほとんどこの本によります。謹んで感謝を述べさせていただきます。
『太平廣記』中華書局、一九六一年
段成式著、今村与志雄訳註『酉陽雑俎』（一～五）平凡社東洋文庫、一九八〇～八一年
今村与志雄訳『唐宋伝奇集』（上下）岩波文庫、一九八八年　ほか

編者解説　八岐《やまた》の園《その》そぞろ歩き

大恵和実

前代未聞のアンソロジーを手に取っていただき、誠にありがとうございます。拙編『中国史SF短篇集　移動迷宮』、武甜静《ウーテンジン》・橋本輝幸《はしもとてるゆき》・拙編『中国女性SF作家アンソロジー　走る赤』に続く中央公論新社の中国SFアンソロジー第三弾は、まさかの唐代SFアンソロジー、その名も『長安ラッパー李白』！　中国の一王朝をテーマとしたSFアンソロジーはおそらく世界初であり、中国と日本のSF作家が同一テーマで競作したのも極めて珍しい。そのようなアンソロジーを日本で出す日がくるとは、『移動迷宮』刊行時には夢にも思わなかった。

中国では、多くの中国史SFが生み出されてきた。そのうち近現代史を題材にした作品が約三割を占めているものの、殷周・春秋戦国・秦漢・魏晋南北朝・隋唐・宋元・明清といった各時代を舞台とする作品も一定数書かれている。既に序で触れたとおり、今回の中国SFアンソロジー第三弾を編むにあたって、歴代王朝の中から唐代を選んだのは、作品の質が優れていたことと、唐代そのものの歴史的魅力に惹かれたためである。

ユーラシア大陸東部に大帝国を築いた唐朝（六一八～九〇七）は、同時代から現代まで数多《あまた》の物語の源泉となってきた。白居易《はくきょい》「長恨歌《ちょうごんか》」、呉承恩《ごしょうおん》『西遊記《さいゆうき》』、芥川龍之介「杜子春《とししゅん》」、中島敦「山月記《さんげつき》」、近年では千葉ともこ『震雷の人《しんらい》』やシーラン・ジェイ・ジャオ『鋼鉄紅女《こうてつこうじょ》』など、今でも新たな作品が次々に生み出されている。本書に収めた八作品は、唐代の史実とそこから派生した物語をもとに、想像力と可能性の限りを尽くして創出された珠玉の唐代ＳＦである。編者解説では、「八岐の園そぞろ歩き」[※1]と題し、各作品の概要・著者紹介・選定理由などをネタバレ込みで語っていきたい。本書未読の方は、ぜひ八作品を先に読んでほしい。

ここで唐代ＳＦも含む中国史ＳＦの分類について、簡潔にまとめておきたい。[※2]中国のＳＦ作家の宝樹《バオシュー》は、自身が編者をつとめた『科幻中的中国歴史』（生活・読書・新知三聯書店、二〇一七年）の序文で、中国史ＳＦについて時間移動（タイムスリップ）・秘史（史実の奥に隠された秘密の歴史）・別史（改変歴史）・錯史《さくし》（意図的にアナクロニズムを用いた作品）という分類を提案している。この四分類は大変便利であり、中国史ＳＦのみならず、歴史ＳＦ全般に当てはめることが可能である。ただ、この四分類に入らない作品もあることから、編者はさらに擬史[※3]（偽史：史実をベースにＳＦにまつわる架空の人物・事件を描く）と幻想（ファンタジー）も加えた六分類がよいのではないかと考えている。では、前置きはここまでとして、解説に入っていきたい。

『日中競作唐代SFアンソロジー 長安ラッパー李白』（以下『長安ラッパー李白』）の巻頭を飾るのは、**灰都《はいと》とおり「西域神怪録異聞《さいいきしんかいろくいぶん》」**である（分類は錯史）。『西遊記』でお馴染みの三蔵法師は、現代日本でも小説・漫画・アニメ・ドラマなどに登場している。漫画・アニメでは藤子・F・不二雄の『T・Pぼん』やドラえもん映画『のび太のパラレル西遊記』、諸星大二郎《もろほしだいじろう》の『西遊妖猿伝』。ドラマでは、夏目雅子《なつめまさこ》（一九七八～八〇年放送の『西遊記』『西遊記Ⅱ』）や深《ふか》津絵里《つえり》（二〇〇六年放送の『西遊記』）が三蔵法師を演じたことをご記憶の方もいるだろう。

では、史実の三蔵法師（玄奘：六〇二～六六四）はどうかといえば、仏教経典を求めて長安と天竺（インド）を往復し、帰国後は経典の翻訳に傾注した人物である。しかし、『西遊記』の物語が成立する遥か以前、玄奘の死後ほどなくして書かれた伝記（『大唐大慈恩寺三蔵法師伝』や『続高僧伝』巻四玄奘伝）の段階で、すでに彼の旅路に関する虚構化は始まっていた。[※4]「西域神怪録異聞」では、意識的にアナクロニズムを用い、玄奘が実際に歩んだ長安・高昌《こうしょう》・于闐《コータン》での様々な人物との対話を描くことで、幾重にも虚構がまとわりついている三蔵法師（玄奘）を、史実から、そして既存の物語からも軽やかに脱出させる。『長安ラッパー李白』の目指すところを体現したかのような内容であったため、本書の冒頭に配することとした。

灰都とおりは、SFや幻想小説を中心に執筆している新進気鋭の作家であり、橋本輝幸編『Rikka Zine』Vol.1に「エリュシオン帰郷譚」が、Webマガジン『anon press』二〇二二年十二月七日に「西遊神怪録異聞」が、同二〇二四年三月二十七日に「文学少女生成デスゲーム」が掲載されている。最新作は「絶対思想破壊ミーム小夜渦ちゃん」（藤井佯《ふじいよう》編『故郷喪失アンソロジー 沈んだ名』二〇二四年所収）である。

前二作の中国ＳＦアンソロジーと違い、今回のアンソロジーに日本の作品を入れようと思ったきっかけは、「西遊神怪録異聞」を読んだことである。一読して世界に風穴を開ける玄奘に魅かれ、唐代ＳＦアンソロジーを編むなら是非入れたいと感じたのだ。本アンソロジーに収録する際には、唐代ＳＦに重点を置いて改稿していただいた。そのため、「西域神怪録異聞」と改題し、「西遊神怪録異聞」とは別作品として収録することになった。

本書の収録作は、二作目以降、おおむね時代順となっている。

円城塔《えんじょうとう》「腐草為蛍《くされたるくさほたるとなる》」は二代皇帝太宗（李世民：五九八～六四九）を軸に据えて唐の建国とその後の変容を描いた作品である（分類は錯史あるいは別史）。作中の歴史展開は、群雄との死闘や玄武門の変をはじめ、おおむね史実に即しており、人肉を兵糧としていた朱粲《しゅさん》も実在の人物である。ただし、本作に出てくる人類は、我々の知る人類とは異なる進化を遂げており、異形ともいうべき姿をしている。群雄や弟の李元吉との死闘を展開する李世民の姿は壮絶の一言である。そして変容を重ねていく李世民の姿に、遊牧民と農耕民が衝突から融合に転じていった南北朝隋唐の歴史が凝縮されている。[※5] ちなみに題名「腐草為蛍」の本義は、腐った草の中から蛍が出てくる様を意味する七十二候の一つであり、旧暦六月十一日～六月十五日ごろに相当する。

円城塔は二〇〇七年に『Self-Reference ENGINE』（早川書房）でデビューしたＳＦ作家。『道化師の蝶』（講談社）で第一四六回芥川賞を受賞し、伊藤計劃《いとうけいかく》との共著である『屍者《ししゃ》の帝国』（河出書房新社）で第三三回日本ＳＦ大賞特別賞・第四四回星雲賞日本長編部門を受賞した。二

○一七年には「文字渦《もじか》」（短篇）で第四三回川端康成文学賞を受賞し、二〇一九年には短篇集の『文字渦』（新潮社）で第三九回日本SF大賞を受賞した。近年は「機械仏教史縁起」（『文學界』連載）や「去年、本能寺で」（『新潮』連載）といった仏教史や日本史を題材にした連作短篇を雑誌に連載している。最新作に短篇集の『ムーンシャイン』（東京創元社、二〇二四年）と『コード・ブッダ―機械仏教史縁起』（文藝春秋、二〇二四年）がある。

日中競作というコンセプトを決めた際に頭に浮かんだのが、唐の高宗期における則天文字《そくてんもじ》の誕生秘話を描いた円城塔「新字」（『文字渦』所収）であった。そこで円城塔氏に唐代SFの書き下ろしを依頼したのである。快諾《かいだく》の知らせを聞いた時には、嬉しさのあまり小躍《こおど》りしてしまった。

祝佳音《ジュージアイン》「大空《おおぞら》の鷹《たか》――貞観航空隊《じょうがんこうくうたい》の栄光《えいこう》」（原題は「碧空雄鷹」）は、太宗の高句麗《こうくり》遠征を描いた作品である（分類は錯史＋別史）。ただし、その内容は史実とかけ離れている。作中の唐朝は、妖人（時間旅行者）が影響力を持つ高句麗を攻撃するため、牛筋皮のねじり力で飛ぶ航空機を飛ばし、空中戦や爆撃を繰り広げている。ケン・リュウがシルクパンクを提唱するはるか前の二〇〇七年に、すでに中国において牛筋皮パンクともいうべき作品が書かれていたのだ。牛筋皮でできた飛行機や飛行船、鳩や鷹を使った空中戦など、次々に登場するガジェットに目を見張った読者も多いのではないだろうか。また、SF世界では何かと歴史を変えてしまいがちな時間旅行者の失敗を間接的に描いており、タイムスリップものに対する皮肉になっている点も興味深い。その一方、超大国ともいうべき唐朝が高句麗に侵攻し、一方的な勝利をおさめる展開に違和感を抱いた読者もいよう。実際のところ、史実では三度にわたって行われた太宗の高句麗遠征は失敗に終わっている。本作は牛筋皮パンクであるだけでなく、歴史展開も大きく改変されているのだ。[※6]

では、なぜ史実を改変しているのか。それは本作の高句麗遠征が二〇〇三年に行われたアメリカのイラク侵攻（イラク戦争）と重ねあわされているからである。訳者の林久之《はやしひさゆき》は、その根拠として以下の三つをあげている。①太宗の高句麗遠征は貞観十九年（六四五）から二十二年（六四八）に行われたが、本作では貞観十一年（六三七）となっており、その数字が九・一一事件（二〇〇一年のアメリカ同時多発テロ事件）を想起させること。②終盤に名前の挙がっている演劇『戦群星天行者惨断臂』『崑崙奴吁天録』『真竜帰来三部曲』『三百壮士撃吐蕃』が、それぞれ『スター・ウォーズ　帝国の逆襲』（「天行者」の直訳は「スカイウォーカー」）『アンクル・トムス・ケビン』『指輪物語』『３００〈スリーハンドレッド〉』のパロディであり、全てアメリカ映画であること。③最終盤に登場する太宗がスーパーマンと同じポーズをとっていること。このように本作にはアメリカを連想させる仕掛けが施されている。本作の発表時期（二〇〇七年）からすると、アメリカのイラク侵攻が念頭にあったとみて間違いない。これを踏まえると、ラストシーンに東国の傭兵《ようへい》が出てくることも、イラク侵攻の際にイギリスやオーストラリアが参戦したことを示唆しているようにみえる。また、太宗が飛船内で勝利宣言をしたことも、ジョージ・W・ブッシュ大統領が空母エイブラハム・リンカーン艦上で任務完了演説を行ったことに対応している可能性がある。「大空の鷹」の展開自体が戦争を題材としたハリウッド映画やシューティングゲームなどを意識している節があり、戦争を題材とした作品の娯楽性とその危険性を皮肉交じりに描いた一作としてとらえることもできるのではないだろうか。

作中の高句麗遠征とアメリカのイラク侵攻は、時間旅行者や大量破壊兵器の存在を名目に侵攻したこと（実際にはイラクに大量破壊兵器はなかった）や、相手国を蔑視（野蛮視）していたこと、民間人の犠牲をいとわない点でも共通している。近年、ロシアによるウクライナ侵攻やイスラエルによるガザ（パレスチナ）侵攻が相次いでいる。民主主義国家であろうと権威主義国家であろうと、軍事強国による他国への侵略行為（および虐殺の多発）という点では同じ穴のムジナである。

祝佳音（別名はcOMMANDO）は、本作を『幻想1＋1』（二〇〇七年）に発表した後、執筆活動を休止し、現在はゲーム会社を経営している。ただ、本作は『二〇〇七年度中国最佳奇幻小説集』（四川人民出版社、二〇〇八年）『中国奇幻文学精選：幽黙《ユーモア》巻』（四川人民出版社、二〇一二年）『新世紀小説大系（２００１‐２０１０）奇玄巻』（上海文藝出版社、二〇一四年）の三つの奇幻（ファンタジー）傑作選に収録されており、高く評価されている。今回、初邦訳となる。

編者が本作を知ったのは、梁清散《リアンチンサン》『厨房里的海派少女』（人民文学出版社、二〇二〇年）の巻末に収録された梁清散氏と陸秋槎《りくしゅうさ》氏の対談である。その中で梁清散氏は魅力ある歴史ＳＦとして本作の名をあげ、唐代を舞台にした「牛筋皮朋克《パンク》」であると紹介している。この一文を読んだときの興奮は忘れられない。ぜひとも読みたいと思っていたところ、梁清散氏本人を通じて入手することができた。さらに驚いたのは、梁清散氏と祝佳音氏が友人だったことである。今回、本作を収録できたのも梁清散氏の仲介のおかげである。記して深謝したい。

続いて表題作の李夏《リーシア》「長安ラッパー李白」（原題は「长安嘻哈客」）。主人公はタイトル通り、六代皇帝の玄宗期に活躍した詩人の李白（七〇一～七六二）である。本来、玄宗期は唐の最盛期にあたっており、長安城は国際色豊かで開放的な気風に溢れていた。しかし、本作に描かれる長安は史実と異なり、人々に韻を踏んで話すことを強いる奇怪な都城と化しており、玄宗も不気味な弥勒《みろく》の殻に包まれた姿で描かれている。当初、仕官を願っていた李白であったが、長安城内の庶民の苦境を知り、ついには得意のラップを駆使して圧政に亀裂をいれる。唐代の長安に想を得ながら、寓意《ぐうい》をこめて想像力を大きく飛躍させた一作である（分類は錯史＋別史）。

作中に登場するラップの多くは、李白の作品（「山中問答」「梁甫吟《りょうほぎん》」「少年行」「俠客行」「行《こう》路難《ろなん》」「長相思《ちょうそうし》」「流夜郎贈辛判官《やろうにながされしんはんがんにおくる》」「于五松山贈南陵常賛府《ごしょうざんにおいてなんりょうのじょうさんふにおくる》」など）が下敷きになっている。[※7] 著者は脚韻を重んじていた唐詩をラップに見立てたのである。確かに原文はしっかり押韻しており、ラップとして解釈することができる。しかし、これを書き下しにしてしまうと韻があわなくなり、ラップではなくなってしまう。とはいえ完全に現代語訳にしてしまうと唐詩の雰囲気が失われてしまう。そこで今回は、なるべく原文の語句や書き下しの雰囲気を残しつつも、意訳を交えてラップ調に翻訳してもらった。この無理難題に巧みに応えてくれた訳者の大久保《おおくぼ》洋子《ひろこ》氏に深謝したい。なお、著者によれば本作のラストシーンは、エミネムの「ラップ・ゴッド」の歌詞「Be a king? Think not! Why be a king when you can be a god?」を翻案したとのことである。

李夏は二〇一九年にデビューしたオランダ在住の若手ＳＦ作家である。Ｗｅｂ雑誌『不存在科幻』に「長安ラッパー李白」（二〇二二年七月十八日発表）をはじめ、長安を題材にした作品を数多く発表している（長安シリーズ）。「長安ラッパー李白」で第一回幻享未来科幻文学賞銅賞（二〇二二年）を獲得した。今回、初邦訳となる。

二〇二二年七月、編者は『不存在科幻』に掲載された「長安ラッパー李白」を読み、ラップを武器に圧政に立ち向かう李白のかっこよさに痺れてしまった。唐代SFアンソロジーを編もうと強く思ったのは、このときのことである。今回、題名と内容のインパクトを踏まえて本アンソロジーの表題とした。

梁清散「破竹《はちく》」（原題は「罄之竹」）からあとは、唐代後半期を題材にした作品が並ぶ。「破竹」は、日本でも大人気のあの動物——パンダが人を襲うという衝撃のシーンで幕をあける、まさかの唐代パンダSFである。安史《あんし》の乱に端を発する動乱の余燼《よじん》もさめやらぬ中、野心にまみれた男を始末するために山東の斉州に派遣された曹却《そうきゃく》。しかし、情報収集を進める過程で、その脳裏に奇妙な白羆（パンダ）にまつわる恐怖の記憶が蘇る。鍵を握るのは書家としても著名な顔真卿《がんしんけい》（七〇九～七八五）とその一族。[※8] 果して曹却は野心にまみれた男との死闘を制し、謎の記憶と向き合うことができるのか。武俠小説の要素を含み、幻想的な雰囲気の漂う作品である。中国史SFの分類でいえば、秘史＋別史＋幻想となろう。

なお、曹却は記憶の中の書物が竹簡だったことに衝撃を覚えているが、その理由についてここで解説しておきたい。もともと古代中国では木や竹を短冊状にした木簡・竹簡に文字を記していた。しかし、前漢において紙が発明され（主に包装紙として利用）、後漢の蔡倫《さいりん》が製紙法を改良した（西暦一〇五年）後、徐々に紙が書写材料となり、魏晋南北朝時代には書籍は紙で作られるようになった。当然、唐代の書籍も紙でできており、竹簡を用いているはずがないのである。本作では、紙が発明されなかった世界から、紙が発明された世界に移行したことが示されているが、曹却は前の世界の記憶を保持していたことになるのだ。

ちなみに本作の影の主役ともいうべきパンダであるが、もともとは中国各地に生息していた。しかし、人目に触れる機会が少なかったためか、名称も定まっていなかった。中国史上でパンダを指す可能性の高い名称としては「貘」・「猛豹」が知られている。しかし、人口増加と森林伐採の影響で生息範囲は狭まり、十九世紀には湖北・湖南・四川・陝西・甘粛・青海に限られるようになり、その後、湖北・湖南のパンダは絶滅した。※9

梁清散は歴史ＳＦを得意とする中国のＳＦ作家。代表作に清末スチームパンク『新新日報館』シリーズ、清末グルメシスターフッド小説『厨房里的海派少女』、唐代ＳＦ『不動天墜山』、歴史考証ＳＦ連作短篇集『沈黙的永和輪』などがある。また、中国の華語科幻星雲賞の四部門（ネット小説・評論・短篇・長篇）で金賞を獲得している。二〇二二年から来日しており、現在、近代史を題材にした長篇を執筆中である。邦訳に、拙訳「済南《チーナン》の大凧《おおだこ》」（立原透耶《たちはらとうや》編『時のきざはし』所収）・「広寒生《こうかんせい》のあるいは短き一生」（拙編『移動迷宮』所収）・「夜明け前の鳥」（立原透耶編『宇宙の果ての本屋』所収）、小島敬太訳「焼肉プラネット」（柴田元幸・小島敬太編訳『中国・アメリカ謎ＳＦ』所収）がある。

本アンソロジーを編むにあたっては、ぜひ中国ＳＦからも新作が欲しいと考え、唐代ＳＦ『不動天墜山』（華語科幻星雲賞最佳長篇受賞作）を出したばかりの梁清散氏に書き下ろしを依頼した。パンダが竹簡を喰いつくす話なんかどうですか、と提案された時、心の中で「なにそれ、絶対面白いじゃん！」と快哉を叫び、前のめりでお願いした。それにしても、まさかパンダを「怪獣」（怪しい獣）として描くとは。日本におけるパンダイメージを覆す一作である。

「破竹」の少しあとの時代を描いたのが、**十三不塔《じゅうさんふとう》「仮名の児《けみょうのこ》」**である。書家として著名な懐素《かいそ》（七二五〜七八五）の得意とする狂草体にとりつかれた少年閔晨《びんしん》は、ともに道観で育った崔媛《さいえん》とぶつかりあいながら、日本から来た留学僧（空海）と書の腕前を競う日々を過ごしていた。そんなある日、閔晨は恐るべき狂草の書と出会ってしまう。その日を境に、彼の日常は音を立てて崩れていく。文化・芸術にとりつかれた人々の業が描かれた本作は、東アジアの文化交流に目を向けた作品であると同時に、開放的な気風が薄れていく唐代後半を生きた女性たちの姿を描いた作品でもある。※10 終盤、帰国（八〇六年）を前にした空海の術によって幻想的な光景が広がるなか、崔媛の下した決断が胸を打つ。中国史ＳＦの分類でいえば、秘史＋幻想といえようか。

十三不塔は、早川大介名義で発表した『ジャイロ！』（講談社）で第四五回群像新人文学賞を受賞してデビュー（二〇〇二年）。二〇二〇年に十三不塔名義で発表した『ヴィンダウス・エンジン』（早川書房）が第八回ハヤカワＳＦコンテスト優秀賞を受賞。現在、ＳＦ作家として活躍中である。商業誌・同人誌を問わず、精力的に短篇を発表しており、大森望編『ベストＳＦ２０２２』（竹書房文庫）に「絶笑世界」が収録された。また、近々、恋愛リアリティ番組をモチーフとした長篇『ラブ・アセンション』（早川書房）を刊行予定とのことである。

書道を趣味の一つとし、中国史ＳＦに関心を寄せている十三不塔氏には、王陽明《おうようめい》とその弟子徐日仁《じょえつじん》が織りなす歴史改変SFの傑作「白蛇吐信《はくだとしん》」※11と、麻雀の創始者と言われる陳魚門《ちんぎょもん》を主人公とする清末が舞台の歴史改変異能力麻雀SF「八は凶数、死して九天」（『SFマガジン』二〇二三年一〇・一二月号）がある。そこで本アンソロジーを編む際に、真っ先に書き下ろしの依頼をした。ご快諾いただいた際には、これで日中競作という試みが実現できると胸をなでおろした。

安史の乱後も体制変革を進めて生き延びた唐朝であったが、九世紀半ばになると衰えが目立ってくる。晩唐の詩人李商隠《りしょういん》（八一二～八五八）の詩※12にインスピレーションを得て書かれた**羽《ユー》南音《ナンイン》「楽游原《らくゆうげん》」**（原題は「乐游原」）は、李商隠と神の一瞬の邂逅《かいこう》を通じて、唐朝の黄昏《たそがれ》を描いた掌篇である（分類は秘史）。

羽南音は、SF作家・翻訳家の呉霜《ウーシュアン》の筆名である。これまで呉霜名義で短篇集の『双生』・中篇小説『不眠之夜』を出している。羽南音名義では中国の歴史や文化にまつわる短篇を集めた『龍骨星船』がある。「龍骨星船」で第一回冷湖科幻文学賞短篇優秀賞（二〇一八年）を獲得し、「画壁」で第二十回百花文学賞科幻文学賞（二〇二三年）を受賞した。邦訳に、大谷真弓訳「宇宙の果てのレストラン――臘八粥《ろうはちがゆ》」（ケン・リュウ編『金色昔日《こんじきせきじつ》』所収）と拙訳「人骨笛《じんこつてき》」（立原透耶編『時のきざはし』所収）がある。いずれも呉霜名義である。

「楽游原」は『龍骨星船』（上海文藝出版社、二〇二一年）に収録された掌篇である。『龍骨星船』の序文を書いた怪奇幻想作家の騎桶人《チートンレン》は、「楽游原」について小説に不可欠なストーリーやSFというジャンルの約束を超越し、わずか千字足らずで人類の偉大さと愚かさを描き切った作品として激賞している。編者もこのシンプルな掌篇が強く印象に残り、本アンソロジーに収録することを決めた。

『長安ラッパー李白』の掉尾《ちょうび》を飾るのは、**立原透耶「シン・魚玄機《ぎょげんき》」**。晩唐の女性詩人魚玄機（八四四〜八七一）と女刺客の聶隠娘《じょういんじょう》のしたたかでたくましい愛を描いた百合《ゆり》SFである。「シン・魚玄機」とは、史実をベースに彼女の波瀾の人生をまとめた森鷗外の短篇「魚玄機」を踏まえた題名である。魚玄機の略歴は作中に描かれているので省略し、ここでは聶隠娘について紹介したい。もともと聶隠娘は、『太平広記』巻一九四に引かれた裴鉶《はいけい》『伝奇』に登場する女刺客である。貞元《ていげん》年間（七八五〜八〇五）、十歳の時に尼に誘拐されて暗殺術を学び、女刺客として活動し、鏡研《かがみみが》きを夫に迎えた。最後に目撃されたのは開成年間（八三六〜八四〇）であったが、その姿は若い時のままだったという。彼女は暗殺術を身につけた後、夫や主《あるじ》を自分の意思で決めるなど、人生を主体的に選び取っており、当時の常識から逸脱した存在として描かれている。その姿は現代に至るまで物語の源泉となっており、近年でもケン・リュウ（古沢嘉通《ふるさわよしみち》訳）「隠娘」（『神々は繋がれてはいない』所収）や侯孝賢《ホウシャオシェン》監督の映画『黒衣の刺客』などが生み出されている。

唐代は他の時代に比べれば女性が比較的活動しやすかった時代であるものの、やはり男性中心の社会であったことにかわりはなく、苦しむ女性も多かった。魚玄機も苦しみの果てに殺人を犯して処刑されてしまった。だが、「シン・魚玄機」では、虚構の存在である聶隠娘の活躍年代を数十年ずらして魚玄機と出会わせることで、彼女たちに別の人生を歩ませたのである。

作中の年代（八七一年頃）から数年後には、唐朝を崩壊に導いた黄巣《こうそう》の乱（八七五〜八八四）がおき、九〇七年には唐朝は滅亡して五代十国時代が到来する。それでも二人はいつまでもともに戦いともに生きたのではないだろうか。

なお、作中で聶隠娘と対話する段成式《だんせいしき》は、古今の異事を集めた随筆集『酉陽雑俎《ゆうようざっそ》』の著者として知られている。本来、彼は八六三年に没しているが、作中では魚玄機の処刑（八七一年）の後まで生きており、ささやかながら歴史が改変されている。ここから「シン・魚玄機」は秘史＋別史と分類できよう。

立原透耶は作家・翻訳家・アンソロジスト・中国文学研究者。一九九一年に「夢売りのたまご」でコバルト読者大賞を受賞し、翌年文庫が出版されてデビュー。SF・ファンタジー・ホラーなど様々な作品を手掛け、『立原透耶著作集』全五巻（彩流社）が刊行されている。また、中華SFの紹介・研究・翻訳に尽力し、劉慈欣《リウツーシン》『三体』の翻訳を監修し、劉慈欣『三体Ⅱ』と郝景芳《ハオジンファン》『人之彼岸《ひとのひがん》』を共訳した（いずれも早川書房）。編訳書には『時のきざはし―現代中華SF傑作選』・『宇宙の果ての本屋―現代中華SF傑作選』がある（いずれも新紀元社）。その他にも多数の作品を翻訳している。二〇二一年には、中華SF紹介の功績を評価されて第四一回日本SF大賞特別賞を受賞した。さらに二〇二四年には中国の第二回科幻星球賞の優秀貢献賞を受賞した。近々、韓松《ハンソン》『紅色海洋』とパンダの専門書の翻訳を出す予定とのこと。

中国文学の研究者である立原透耶氏には、幻獣の白澤《はくたく》を題材とした「白澤の死」（『ナイトランド・クォータリー』新創刊準備号）、クトゥルー西遊記の「苦思楽西遊傳《クスルウーさいゆうでん》」（朝松健《あさまつけん》編『秘神界《ひしんかい》 歴史編』所収）、隋の煬帝《ようだい》の暗黒遊戯を描いた「迷楼鏡《めいろうきょう》」（井上雅彦監修『異形コレクション 黒い遊園地』所収）といった中国の歴史や文化を題材にした短篇が複数ある。そこで本アンソロジーを編むにあたって、唐代ＳＦの新作を収録したいと思い、書き下ろしを依頼した。中国史ＳＦは久しぶりとのことであったが、ラストにふさわしい作品をお寄せいただいた。

以上、『長安ラッパー李白』に収録された八作品についてあれこれ語ってきた。時期でいえば唐の建国から晩唐まで（唐前半が四作品・唐後半が四作品）、地域でいえば首都の長安を中心としつつも、西は于闐から東は高句麗さらには日本まで広範囲に及んでいる。そして、その内容は唐朝にふさわしく文武両面にわたり実に多様であった。アナクロニズムに満ちた言葉を使う玄奘、キチン質の外殻をまとって闘う李世民、航空機で空中戦を展開する唐と高句麗、沈黙都市でラップを叫ぶ李白、竹簡を食べるパンダとその糞から紙を造った顔真卿、空海の呪術で文字が宙を舞う長安、神がもたらした真紅の夕日、魚玄機と聶隠娘を結ぶ愛。唐朝の史実と物語から生まれた八作品は、想像力と可能性の限界を超えたものばかりである。本書を読んで、史実の唐朝に興味を持った方は、ぜひ森部《もりべ》豊《ゆたか》『唐―東ユーラシアの大帝国』（中公新書、二〇二三年）を手に取ってほしい。最新研究を踏まえて唐朝の変容過程を生き生きと描いたおすすめの概説書である。

最後に謝辞を。本書に原稿を寄せてくれた著者の方々、素晴らしい翻訳を寄せてくれた訳者の方々、版権をはじめとして様々なご助力をいただいた武甜静氏に、この場を借りて謝意を述べさせていただきたい。また、前代未聞の『日中競作唐代ＳＦアンソロジー　長安ラッパー李白』の企画を実現させ、刊行にまでこぎつけてくれた編集者の藤吉亮平氏に感謝したい。最後の最後は編者の心の支えとなっている妻と子どもたちに。いつもありがとうございます。

※1　唐代を題材に新たに八つの作品が生み出されたことから、ホルヘ・ルイス・ボルヘス（鼓直訳）「八岐の園」（『伝奇集』岩波文庫、一九九三年）にちなんだ題名としたが、特に内容が深く関係しているわけではない。

※2　中国史SFの概要については、拙編『移動迷宮』（中央公論新社、二〇二一年）所収の「編者解説　中国史SF迷宮案内」参照。

※3　本アンソロジーに擬史の事例はないが、代表的事例として梁清散（拙訳）「済南の大凧」（立原透耶編『時のきざはし』所収）や「広寒生のあるいは短き一生」（『移動迷宮』所収）があげられる。両作とも現代のフリーライターが清末の架空の知識人を調査する過程で、SF的想像力と結びつく話である。

※4　倉本尚徳「玄奘、その理想と現実」（『アジア人物史　第3巻　ユーラシア東西ふたつの帝国』集英社、二〇二三年）参照。

※5　唐の太宗については、布目潮渢『隋の煬帝と唐の太宗　暴君と明君、その虚実を探る』（清水書院、二〇一八年、初版一九八四年）、大室幹雄『檻獄都市：中世中国の世界芝居と革命』三省堂、一九九四年）が詳しい。

※6　前掲注5の布目潮渢『隋の煬帝と唐の太宗　暴君と明君、その虚実を探る』に、唐太宗の高句麗遠征の経緯について簡潔にまとめられている。

※7　李白の詩については、松浦友久編訳『李白詩選』（岩波文庫、一九九七年）や筧久美子『李白』（角川ソフィア文庫、二〇〇四年）など参照。李白の生涯については、金文京『李白―漂泊の詩人その夢と現実』（岩波書店、二〇一二年）参照。

※8　顔真卿とその一族については、吉川忠夫『顔真卿伝―時事はただ天のみぞ知る』（法藏館、二〇一九年）が詳しい。

※9　パンダの生息範囲と名称については、荒木達雄「中国古文献中のパンダ」（『東京大学中国語中国文学研究室紀要』九、二〇〇六年）参照。なお、「貘」には次第にマレーバクの要素が混入し、明代にはパンダとかけ離れてしまった。そのほか「白豹」「白羆」「貔貅」もパンダを指していた可能性がある。梁清散「破竹」ではパンダを指す言葉として「白羆」を用いている。

※10　唐代の女性については、高世瑜（小林一美・任明訳）『大唐帝国の女性たち』（岩波書店、一九九九年）が詳しい。

※11　「白蛇吐信」は、『不存在科幻』二〇二二年一月十七日に掲載された中国語版（武甜静訳）が初出である。日本語版は『anon press』（二〇二二年十二月十四日）で公開されている。

※12　李商隠の詩については、川合康三選訳『李商隠詩選』（岩波文庫、二〇〇八年）参照。

「西域神怪録異聞」　「西遊神怪録異聞」（anon press、二〇二二年十二月七日）を改稿
「腐草為蛍」　書き下ろし
「大空の鷹――貞観航空隊の栄光」　訳し下ろし
「長安ラッパー李白」　訳し下ろし
「破竹」　書き下ろし／訳し下ろし
「仮名の児」　書き下ろし
「楽游原」　訳し下ろし
「シン・魚玄機」　書き下ろし

編者・訳者略歴

大恵和実（おおえ・かずみ）　編者／「破竹」「楽游原」翻訳
主な編訳書に『中国史ＳＦ短篇集　移動迷宮』『中国女性ＳＦ作家アンソロジー　走る赤』などがある

大久保洋子（おおくぼ・ひろこ）　「長安ラッパー李白」翻訳
主な訳書に陳春成『夜の潜水艦』、紫金陳『検察官の遺言』、陸秋槎『喪服の似合う少女』などがある

林久之（はやし・ひさゆき）　「大空の鷹――貞観航空隊の栄光」翻訳
著書に『中国科学幻想文学館』（上下巻、共著）があるほか、翻訳多数

装画　ぱいせん
装幀　坂野公一＋吉田友美（welle design）

日中競作唐代《にっちゅうきょうさくとうだい》SFアンソロジー
長安《ちょうあん》ラッパー李白《りはく》

二〇二四年 九 月二五日　初版発行

編　訳　大恵和実《おおえかずみ》

発行者　安部 順一

発行所　中央公論新社
〒一〇〇-八一五二
東京都千代田区大手町一-七-一
電話　販売 〇三-五二九九-一七三〇
　　　編集 〇三-五二九九-一七四〇
URL https://www.chuko.co.jp/

ＤＴＰ　平面惑星
印　刷　ＴＯＰＰＡＮクロレ
製　本　大口製本印刷

Published by CHUOKORON-SHINSHA, INC.
Printed in Japan　ISBN978-4-12-005831-8 C0093

好評既刊

中国史ＳＦ短篇集

移動迷宮

大恵和実　編訳

孔子は時空を越え、諸葛亮孔明は珈琲栽培に成功し、マカートニー伯爵は乾隆帝の迷宮に閉じ込められ、魯迅は故郷でＨ・Ｇ・ウェルズのタイムマシンに出くわす――悠久の中国史を舞台に、今もっとも勢いのある中国の作家７人が想像力の限りを尽くした超豪華短篇集。

単行本

単行本

中国女性SF作家アンソロジー

走る赤

武甜静
橋本輝幸 編
大恵和実 編訳

宇宙を、異世界を旅し、ヤマネコが歴史を見つめ、世界は彩りを失い／取り戻し、しがないおじさんはミニブラックホールにダイブして、植物状態の少女がVR世界を駆け抜ける――いま最前線で活躍している中国の女性SF作家14人の傑作短篇で紡ぐ、変幻自在のアンソロジー！

単行本

1984年に生まれて

郝景芳 著
櫻庭ゆみ子 訳

ヒューゴー賞受賞作「折りたたみ北京」の郝景芳が描く〈中国×1984年〉。中国が歴史的転換点を迎えたこの年、父は出奔し、私は生まれた。激動の中国を背景に二人の運命が交錯する！

単行本

文城

夢幻の町

余華 著

飯塚容 訳

生まれたばかりの娘を置いて妻はどこへ消えたのか。清末民初の革命吹き荒れる中国を舞台に、現代中国を代表する作家・余華が描いた男と女の慟哭の物語。東山彰良氏感嘆。